Mord in der Altmark

SILKE THATE

Mord in der Altmark

Kriminalroman

Ich ersuche um Kenntnisnahme:

Alle in diesem Buch geschilderten Handlungen und Personen sind frei erfunden. Ähnlichkeiten mit lebenden oder verstorbenen Personen wären/sind zufällig und nicht beabsichtigt. Die darin enthaltenen geschichtlichen Begebenheiten wurden von mir sorgfältig recherchiert (Quelle: www.wikipedia.de). Ach ja, wer Fehler findet, darf sie gern behalten ☺

Bibliografische Information der Deutschen Nationalbibliothek: Die Deutsche Nationalbibliothek verzeichnet diese Publikation in der Deutschen Nationalbibliografie; detaillierte bibliografische Daten sind im Internet über http://dnb.dnb.de abrufbar.

© 2016 Silke Thate
Foto: https://pixabay.com/de/
Umschlagsgestaltung: Silke Thate

Herstellung und Verlag: BoD – Books on Demand, Norderstedt
ISBN: 9783741263491

KAPITEL 1

Es ist Mitte Oktober, kurz nach Mitternacht. Der seit Tagen anhaltende Regen durchnässt den dunkelgrauen Basaltschotter. Das gelbliche Licht der wenigen Straßenlaternen spiegelt sich in ihm wieder und sie lassen dessen Oberfläche glänzen wie blank polierter Marmor.

Die schwerfälligen Schritte des alten Mannes dröhnen weithin hörbar durch die Nacht. So erscheint es ihm in diesen Minuten zumindest. Sein Gesicht wirkt beinahe schneeweiß. Silbrig graue Haare hängen wirr in seinem Gesicht.

Im Grunde genommen fühlt er sich für dieses nächtliche Unterfangen gar nicht bereit. Aber ihm bleibt nichts anderes übrig. Nur heute kann er unauffällig in seine Unterkunft, dem Seniorenheim ›Geborgenheit‹ in Kehnert zurückkehren, denn dort halten ihn ausnahmslos alle Bewohner und auch das Pflegepersonal für nicht anwesend.

Der Mann verharrt einen kleinen Moment lang im Schutz einer uralten großen Eiche. Mit Zufriedenheit stellt er fest, dass außer dem unaufhörlichen monotonen Rauschen des Regens und dem kaum vernehmbaren Rascheln der welkenden Blätter keine anderen Geräusche zu vernehmen sind. Mit Genugtuung nimmt er gewahr, dass auch auf dem Schotter keine sichtbaren Fußspuren von ihm zurückbleiben.

Während er seinen Weg nun zielstrebig fortsetzt, berühren nur die Fingerspitzen seiner Hand behutsam das Küchenmesser in seiner rechten Manteltasche, welches von ihm sorgfältig für sein nächtliches Unterfangen geschärft worden war. Dieses Messer hatte er einige Tage zuvor beim gemeinschaftlichen Abendbrot im Seniorenheim unbeobachtet und vorausschauend in seine Jackentasche gleiten lassen.

In Gedanken versunken, streichelt er immer wieder dessen glatte Oberseite. Die Kühle des Metalls macht ihn aber nicht im Geringsten nervös. Ganz im Gegenteil, es verleiht ihm eine gewisse Sicherheit für seinen Plan, den er heute, auf Teufel komm raus, durchführen will und wird.

Sein Vorhaben nicht länger vor sich herschiebend, nähert er sich mit zügigen Schritten dem schon vor vielen Jahren restaurierten Barackenbau aus DDR-Zeiten, in dem einst die Büroräume der LPG, ›Landwirtschaftliche Produktions-Genossenschaft‹, untergebracht waren.

Ein lautes Knacken unter seinen Füßen lässt ihn erschrocken zusammenfahren und innehalten. Doch außer ihm scheint niemand das Zerbrechen des morschen Astes gehört zu haben. Befreit atmet er auf und setzt seinen Weg fort.

Obwohl der Mann mit einhundertprozentiger Sicherheit weiß, dass die Eingangstür des Seniorenwohnheims um diese späte Zeit verschlossen sein wird, drückt er prüfend und behutsam deren Griff nach unten. Wie von ihm erwartet, passiert nichts.

›Da werde ich mir wohl einen anderen Zugang zum Gebäude suchen müssen‹, grübelt er vor sich hin.

So schleicht er behutsam, wie eine Katze auf Mäusefang, seine graue Schirmmütze tief in das Gesicht hinuntergezogen, um das Wohnheim herum.

Da ist es ja auch schon, wonach der Mann so dringend sucht. Das Küchenfenster ist nicht fest verschlossen, sondern nur angelehnt worden. Sicherlich waren hier wieder heimlich die notorischen Raucher des Wohnheims am Werke, die auch in der Nacht einfach nicht vom Glimmstängel lassen können und die dann sicherlich vergaßen, es wieder zu verschließen. Was dem Mann in diesem Moment mehr als gelegen kommt.

Eine vor dem Fenster stehende Gartenbank, der man ihr vorgerücktes Alter schon vom Weiten ansieht, wie eine stark abgewetzte Sitzfläche, die rissigen Bretter der Rückenlehne sowie der abblätternde Farbanstrich, erleichtert es ihm in das Gebäude einzusteigen.

Vorsichtig steigt er auf die Bank. Immer darauf bedacht, nicht das Gleichgewicht zu verlieren. Dann drückt er das Fenster behutsam weiter auf. Er klettert auf das schmale Fensterbrett. Von dort lässt er sich langsam auf den gefliesten Fußboden der Küche herab. Mit sachten Schritten durchquert er den Raum. Bemüht, nirgends anzustoßen und Lärm zu verursachen.

Das Glück scheint der Eindringling heute Nacht ganz und gar auf seiner Seite zu haben. Auch die Tür stellt für ihn kein wirkliches Hindernis dar. ›Die Raucher haben wohl vergessen nicht nur das Fenster, sondern auch die Tür wieder richtig zu verschließen. Was ja mal wieder echt typisch für einige Bewohner ist‹, denkt er, ohne sich dessen bewusst zu werden.

Behutsam zieht er die Küchentür nur einen Spalt breit auf. Eine winzige Lampe, eine Art Notbeleuchtung, die ziemlich mittig im Flur des Gebäudes angebracht ist, spendet spärliches Licht.

Ein prüfender Blick, nach rechts und dann nach links in den langen Gang hinunter, lässt ihn befriedigt feststellen, dass seinem Entschluss nichts im Wege steht. Es irren keine Schlafwandler umher und selbst die diensthabende Nachtaufsicht, Frau Schlüter, ist nicht auszumachen. So wie er sie kennt, wird sie wieder im Aufenthaltsraum des Wohnheimes sitzen, die Kopfhörer aufhaben und sich von ihrem MP3-Player von moderner Musik berieseln lassen. ›Die jungen Leute von heute haben ja nur noch den neumodischen Kram im Kopf, entweder Musik hören oder ständig mit dem Handy herumspielen‹, schießt es dem Mann durch den Kopf.

Erleichtert holt er ein paar Mal tief Luft. Dann wendet er sich zielstrebig nach links. Dennoch schleicht er behutsam weiter, will er doch auf keinen Fall doch noch gesehen oder gar gehört werden. Bei jedem Zimmer, an dem er vorbeikommt, lauscht er mit angehaltenem Atem, aber alles bleibt ruhig.

Doch endlich steht der Mann vor seinem eigentlichen Zielort. Dieser betrachtet eher unbewusst das kleine Namensschild neben der Tür, vor der er jetzt Halt gemacht hat. Das Schild, welches fremden Besuchern des Seniorenheimes anzeigt, wer die beiden Bewohner dieses Zimmers mit der Nummer 13 sind. Weiß er doch ganz genau, um wen es sich dabei handelt. Nämlich um einen gewissen Erwin Schleicher, ein früherer Arbeitskollege aus dem ehemaligen VEB, Volkseigener Betrieb, Eisenwerk ›1.Mai‹ Tangerhütte und Freund. Na ja, guter Kumpel trifft es dann doch wohl eher und um ihn selbst, Gustav Freitag.

Schnell und flach geht seine Atmung, wie immer, wenn er auf das Äußerste erregt ist. Er holt behutsam das Küchenmesser aus seiner Jackentasche hervor. Hält dieses eisern mit seiner rechten Hand umklammert. Dann öffnet er leise die Zimmertür.

Die kauernde Gestalt im Zimmer kann er nur sehr schemenhaft erkennen, ist es hier drinnen doch um vieles dunkler als draußen im Flur. Dort war ja immerhin die Notbeleuchtung eingeschaltet. Aber anhand des äußeren Erscheinungsbildes meint er genau zu wissen, wen er hier vor sich hat. Offensichtlich durchwühlt Erwin gerade wieder einmal, und das gänzlich bedenkenlos, Gustav sein Nachtschränkchen.

Gustav hat schon immer den Verdacht gehabt, dass dieser sogenannte Freund ihn bestehlen würde. Fehlte doch immer, wenn ihm seine Tochter Irmgard etwas an Bargeld vorbeigebracht hatte, am nächsten Tag ein nicht unbeträchtlicher Teil davon.

Bisher konnte er sich nicht erklären, wo er das Geld gelassen oder ausgegeben hatte. Erst, als vermehrt die Gerüchte im Heim aufkamen, die besagten, dass es unter ihnen einen Dieb gäbe, der sich ohne Scheu an dem Besitz der anderen Bewohner bereichern würde, wurde ihm so einiges klar.

Wäre in diesem Augenblick die Deckenbeleuchtung des Raumes eingeschaltet, könnte man regelrecht sehen, wie die Zornesröte vom Hals aufwärts bis unter die letzten Haarwurzeln von Gustav Freitag schießt.

Es sind nämlich nicht nur die dreisten Diebstähle seines Mitbewohners, die ihn so unendlich wütend machen, sondern auch der Umstand, dass Erwin Schleicher ihm ohne Skrupel eine wirklich gute und alte Freundin ausgespannt hat.

Er kann keinen klaren Gedanken mehr fassen. Angefüllt mit je-

der Menge Verbitterung, maßloser Enttäuschung und einer gehörigen Portion an Wut im Bauch, rammt Gustav das mitgebrachte Küchenmesser in den nach vorn gebeugten Rücken von Erwin Schleicher, wieder und immer wieder. Das Blut spritzt nach allen Seiten. Aber erst als Gustav nach Atem ringen muss, Erwin vor ihm leise röchelnd auf den Boden sinkt, dieser unter einem letzten Hustenanfall endgültig zusammenbricht, hört er auf zuzustechen. Gustav schaut verbittert auf ihn herunter.
Aus dem Mund von Erwin sucht sich allmählich ein kleines Blutrinnsal seinen Weg über dessen Wangen und tropft von seinem Kinn auf die Brust herunter. Tropf, tropf, tropf ...
Plötzlich nimmt das Begreifen seiner Tat Gustav voll in Besitz. Fast empfindet er Mitleid mit diesem alten Mann. Plötzlich scheint sich um ihn herum mit einem Male alles, wie auf einem Kettenkarussell, zu drehen. Er stürzt aus ihrem gemeinsamen Zimmer heraus. Diesmal ist es ihm völlig einerlei, ob er dabei vielleicht Lärm verursacht und er flieht aus dem Wohnheim, auf dem gleichen Weg, wie er in dieses wenige Minuten zuvor hineingelangt war. Er schafft es nur mit Mühe bis nach draußen, wo er sich unter starken Bauchkrämpfen seines nach oben drängenden Mageninhaltes entledigt. Dass seine Schuhe und auch seine Hose einen beträchtlichen Teil des Erbrochenen abbekommen haben, bleibt von ihm zunächst unbemerkt.
Obwohl es immer noch sehr stark regnet, kalter Wind ihm ins Gesicht bläst, verharrt Gustav eine unbestimmte Zeit an Ort und Stelle. Er scheint in den letzten Minuten um Jahre gealtert zu sein. Seine Gestalt wirkt plötzlich durch und durch gekrümmt. Sein Gesicht sieht aschfahl aus und seine Wangen wirken unter den Bartstoppeln wie eingefallen.
Er steigt in sein kaminrotes Auto, ein Ford älteren Jahrgangs, den er auf dem nahegelegenen Besucherparkplatz des Seniorenwohnheimes abgestellt hatte.
Während er sich mit einem Taschentuch das Gesicht trockenwischt, schaut er sich gehetzt um. Aber niemand ist zu sehen.
Ein jähes und heftiges Zittern durchläuft ihn. Erst nach mehre-

ren Versuchen bekommt er das Auto gestartet. Endlich kann der zum Mörder gewordene Mann den blutigen Schauplatz seines brutalen Verbrechens hinter sich lassen.
Wohin dieser will? Gustav weiß es nicht. Nur fort will er. Weit fort von all dem.
Viel zu schnell, das Tachometer hat sich auf 120 Stundenkilometer eingependelt, rast er den kleinen und nicht befestigten Nebenweg, der von dem Wohnheim zur Hauptstraße führt, entlang. Als unverhofft braunes verwelkendes Laub auf die Fensterscheibe seines Wagens klatscht, wird ihm die Gefahr bewusst, in der er sich augenblicklich befindet. Durch den, von den Scheibenwischern, blank geputzten Kreisausschnitt auf der Frontscheibe hat er freien Blick auf die vor ihm liegende Straße. Nicht nur auf sein Auto sind die vom Herbst verfärbten Blätter und die reifen Früchte der Eichen gefallen. Die ganze Straße ist damit belegt. Sie bilden zusammen mit Schmutz und dem anhaltenden Regen einen bedrohlich rutschigen Belag.
Während er prüfend einen Blick auf den Tacho wirft, legt er behutsam einen kleineren Gang ein und nimmt allmählich seinen Fuß vom Gaspedal. Langsam geht die Anzeige von einhundertzwanzig auf fünfzig zurück. Endlich schlingert der Wagen nicht mehr. Da die unmittelbare Gefahr vorüber ist, legt er vorsichtig einen höheren Gang ein. Danach drückt er das Gaspedal sachte nieder, fährt aber langsamer, als zuvor, weiter.
Auf der Hauptstraße von Kehnert, die K1471, angekommen, kehren Freitag seine Gedanken zu dem sich überschlagenden Ereignis der letzten Stunde zurück.
Zugegeben, er hatte Schleicher zur Rede stellen wollen. Aber um die Ecke bringen wollte er ihn nicht, sondern nur mit dem Messer seinen Worten mehr Gewicht verleihen. Es sollte mehr ein unerbittliches Verhör werden und mit einem Eingeständnis enden. Außerdem wollte er das viele Geld zurückbekommen, welches Erwin ihm in den letzten Wochen beziehungsweise Monaten gestohlen hatte. Weiterhin sollte er seine unerschöpflichen Bemühungen um Gustavs ehemalige Freundin aufgeben.

Hartnäckig setzt sich ein Gedanke in ihm fest, welcher immer intensiver von ihm Besitz ergreift. Er muss sofort zurück zu dem Wohnheim fahren und er muss die Leiche fortschaffen. Ihn wird man ja nicht für das Verschwinden von Erwin Schleicher verantwortlich machen. Glaubt doch nicht nur die Heimleitung des Seniorenheimes ›Geborgenheit‹, sondern auch dessen Bewohner, dass er sich zu einem verlängerten Besuch bei seiner Tochter Irmgard in der nahegelegenen Ortschaft Bertingen aufhält.

Als das heftige Zittern etwas nachgelassen hat, die erste Panik von Gustav abgefallen ist, fährt er umgehend zum Wohnheim zurück.

Ungeachtet seines Alters ist er noch relativ rüstig. Trotzdem ist ihm bewusst, dass der um einen Kopf größere, leider auch etwas übergewichtige Schleicher nicht lautlos von ihm durch das ganze Wohnheim getragen werden kann, ohne dabei aufzufallen und ohne gesehen zu werden.

Da aber das Fenster ihres Zimmers zu einer großen, an die Baracke anschließende Rasenfläche zeigt, die von keinen hinderlichen Kantensteinen begrenzt wird, fährt er im Schritttempo mit dem Auto entschlossen rückwärts bis kurz davor.

Er sieht sich wieder einmal lange und prüfend um, denn er kann sich nicht völlig sicher sein, dass die Geräusche des heranfahrenden Autos nicht doch noch die friedlich schlummernden Bewohner des Heimes aus den Betten locken oder gar die schlafenden Hunde der anliegenden Grundstücke aus ihrem Schlaf reißen wird.

Er nimmt nun den gleichen Weg, wie eine knappe Stunde zuvor. Es geht über die Gartenbank in die Küche, von dort über den Gang, bis vor sein Zimmer. Sichernd schaut und lauscht er bei jedem weiteren Schritt den er macht, wobei er das Gefühl hat, dass ihm vor lauter innerer Anspannung gleich der Schädel platzt.

Aber das Heim liegt nach wie vor in friedlicher nächtlicher Stille. Selbst die Nachtaufsicht muss sich zurückgezogen haben, denn im Aufenthaltsraum brennt kein einziges Licht mehr.

Zögerlich betritt er den schaurigen Ort. Gustav nimmt den hölzernen Gehstock von Erwins Bett, welcher dort immer griffbereit am Kopfende hängt und an dessen Fuß sich eine metallene Spitze befindet. Er stößt Schleicher ein paar Mal prüfend mit dieser Spitze an und ist sichtlich erleichtert, dass dieser wirklich keinen Laut mehr von sich gibt.
Er tritt zum Fenster und wünscht sich, dass dieses alte Ding beim Öffnen einmal nicht in seinen Angeln quietscht wie sonst. Aber alles geschieht so, wie von ihm erhofft. Ohne ein hörbares Knarren oder andere weithin vernehmliche Geräusche von sich gebend, lassen sich die beiden Fensterflügel von ihm öffnen.
Gustav lehnt sich ganz weit aus dem Fenster heraus. Er kommt dann aber doch nicht, wie erwartet, an sein Auto, geschweige denn, die Kofferklappe heran. Leise schimpft er vor sich hin: »Verdammt noch mal, daran hätte ich auch vorher denken können, dass ich da nicht herankommen werde. Mist aber auch!«
Suchend schaut sich Gustav im Zimmer nach einem Stuhl um, der ihm beim Hinausgelangen aus dem Zimmer behilflich sein soll. Lange muss er nicht suchen, steht doch ein Stuhl an seiner üblichen Stelle, gleich neben dem Kleiderschrank.
Bedächtig hebt er ihn über Erwin hinweg und stellt ihn dann direkt vor das Fenster. Er steigt langsam auf dessen Sitzfläche und von dort auf das Fensterbrett. Er zieht den Stuhl zu sich empor und stellt ihn neben seinem Auto wieder ab. Vorsichtig klettert er vom Fensterbrett auf den Stuhl, springt von dort auf den Rasen hinunter und kommt endlich an die Kofferklappe seines Autos heran. Ganz langsam und vorsichtig öffnet er sie, immer darauf achtend, jeglichen Lärm, jedes Geräusch tunlichst zu vermeiden.
Auf demselben Wege, wie er das Zimmer eben noch verließ, gelangt er auch wieder hinein.
Dort schaut er sich nachdenklich um. Er braucht etwas, womit er die Leiche bedecken kann. Entschlossen nimmt er das Laken seines Bettes und schlingt es Erwin Schleicher um den blutbeschmierten Oberkörper.

Gustav wuchtet sich unter verhaltenem Stöhnen den schweren Körper des Toten auf seine linke Schulter und tritt dann, unter seiner Last leicht schwankend, zu dem geöffneten Fenster hin.

Dort lässt er seinen einstigen Zimmerkumpel, wie einen zu schwer gewordenen Sack Kartoffeln, auf die Fensterbank hinunterfallen.

Nach einer kleinen Verschnaufpause gelangt er mit Hilfe des Stuhles wieder nach draußen. Von dort zieht er Erwin zu sich heran und stemmt, ein lautes Stöhnen unterdrückend, diesen in den Kofferraum seines Autos.

Um auch den letzten Beweis zu beseitigen, dass hier etwas Schreckliches passiert ist, muss Gustav aber noch ein weiteres Mal in das Zimmer zurückkehren.

Dort rollt er den von Blut befleckten Bettvorleger fest zusammen und legt ihn auf dem Fensterbrett ab. Dann steigt er wieder auf den Stuhl, auf die Fensterbank und springt von dort auf den vom Regen völlig aufgeweichten Rasen hinunter.

Endlich kann er den blutigen Beweis seiner Tat mit zu dem Toten legen.

Langsam und vorsichtig, so wie er die Kofferklappe geöffnet hatte, verschließt er sie auch wieder.

Gustav Freitag, der von dem ständigen Rein und Raus schon ziemlich erschöpft ist, muss noch ein letztes Mal in das Zimmer zurückkehren. Diesmal muss er den Weg über die Bank, durch die Küche und den Gang wählen, weil er vergaß, denn Stuhl abermals mit nach draußen zu nehmen. Aber von seinem jetzigen Standpunkt aus, vor dem Fenster, auf dem Rasen stehend, kommt er einfach nicht an ihn heran.

Wieder schaut er sich sichernd um. Lauscht, ob noch immer alles ruhig bleibt, ehe er in das Zimmer zurückkehrt. Dort verriegelt er sorgfältig das Zimmerfenster. Jetzt nur noch das Bett in Ordnung bringen, den Stuhl an seinen alten Platz stellen und beinahe sieht alles aus wie immer.

Gustav wirft von der Tür aus einen letzten prüfenden Blick in das Zimmer hinein. Er nimmt auch noch den alten Gehstock, die

Halbschuhe und die Jacke von Erwin Schleicher an sich und geht.

Niemand sieht, wie Gustav Freitag, ein zum Mörder gewordener alter Mann, das Zimmer mit der Nummer 13 und das Seniorenwohnheim eilig verlässt. Niemand sieht, wie dieser die Sachen von Erwin mit Schwung auf die Rückbank seines Autos wirft, in sein Auto steigt und davonfährt.

In der Annahme keine Spuren zurückgelassen zu haben, fährt er mit dem Leichnam davon. Er hat auch schon die geeignete Idee, die ihn wie ein Blitz getroffen hat, wo er seinen ehemaligen Mitbewohner und guten Kumpel Erwin Schleicher für immer und ewig verschwinden lassen wird. Liegt doch das ehemalige Fischerdorf Kehnert nur einen Katzensprung entfernt und wie geschaffen für sein Vorhaben, an einem verzweigten Elbe-Seitenarm.

Dass er durch seine innere Anspannung in die falsche Richtung gefahren ist, bemerkt er aber erst, als er kurz vor der Ortschaft Sandfurth einen überdachten Rastplatz für Wanderer und Radfahrer erreicht. Da es dort aber für seinen Ford eine recht gute Wendemöglichkeit gibt, dreht er an Ort und Stelle um und fährt umgehend nach Kehnert zurück.

Sicherlich hätte er seinen Plan, die Leiche in der Elbe loszuwerden, auch in Sandfurth in die Realität umsetzen können, aber ihm fehlen hier einfach die dafür nötigen Ortskenntnisse.

Langsam aber sicher bemächtigt sich eine beinahe lähmende Müdigkeit Gustav Freitag. Nur unter großer Willensanstrengung kann er seine Augen noch offen halten und einen klaren Gedanken fassen. Aber er weiß, dass es allerhöchste Zeit für ihn wird, den Toten loszuwerden. Fahren doch bald die ersten Pendler aus den umliegenden Ortschaften zur Arbeit und dann besteht durchaus die große Möglichkeit, dass einer von denen ihn identifizieren kann. Hier kennt man sich schließlich, nicht nur als unmittelbarer Nachbar, ehemaliger Schichtarbeiter oder Kneipengänger.

Er gibt sich einen tiefen inneren Ruck, reißt all seine Lebens-

kraft zusammen, reibt sich einen Moment lang die übermüdeten Augen und fährt nach Kehnert zurück. Um aber seine getroffene Entscheidung wirklich in die Tat umsetzen zu können, muss er fast die gesamte Ortschaft durchfahren.
Ganz in der Nähe des Kehnerter Schlosses macht die Kreisstraße eine große Kurve. Genau dort, an dieser Kurve, geht ein ausgefahrener Feldweg ab. Folgt man diesem, trifft man unweigerlich auf die Elbe. Er führt vorbei an dem Jugendklub, am Kehnerter See entlang und zirka einen Kilometer weiter, bis zum eigentlichen Hauptstrom der Elbe.
Gustav hofft nun, sich auf dem schleunigsten Wege dem Leichnam und seinem damit verbundenen Problem entledigen zu können. Aber da es noch immer aus allen Wolken schüttet, als ob die ganze Welt ertrinken soll, kommt er auf dem aufgeweichten Weg nur äußerst langsam voran. Immer wieder drehen die Räder des kleinen Autos durch. So manches Mal hat es den Anschein, als ob er gleich stecken bleiben würde. Aber nach einer knappen halben Stunde, die ihm all sein fahrerisches Können abverlangt hat, kommt er schließlich am Ufer der Elbe an.
An der flachen Uferböschung kann er eine Stelle ausmachen, wo so gut wie kein Gras oder Schilf mehr vorhanden ist. Hier hatten sich Petrijünger schon vor längerer Zeit eine Anglerstelle eingerichtet.
Gustav hofft, dass jetzt alles ziemlich schnell vonstattengeht. Er öffnet die Kofferklappe seines Wagens und holt als Erstes den mit Blut befleckten Teppich aus dem Kofferraum. Er packt die wenigen Sachen von Erwin auf den Selbigen. Rollt ihn straff zusammen. Wickelt dann das blaue Abschleppseil, welches er in seinem Auto zu liegen hat, fest darum. Anschließend wirft er den so verschnürten Teppich im hohen Bogen in die derzeit stark strömende Elbe hinein.
Ein flüchtiger kontrollierender Blick, ob der Teppich auch tatsächlich von der Strömung mitgerissen wird, dann wendet er sich der Leiche zu.
Erwin Schleicher aus seinem Auto herauszubekommen, erweist

sich dann als durchaus schwerer, da er ja von der Statur her nicht der Kleinste war. Unsichtbare Hände scheinen den toten Körper mit aller Kraft im Auto festhalten zu wollen. Nur unter großer Kraftanstrengung schafft es Freitag dann endlich, seinem Ziel näher zu kommen. Erwin ist aus seinem Auto heraus und liegt lang ausgestreckt vor ihm auf dem Kies der Anglerstelle.
Nur mit äußerstem Widerwillen und einer bodenlosen Feindseligkeit kann Gustav Freitag seinen ehemaligen Mitbewohner ansehen. Aber er will sich ein allerletztes Mal vergewissern, dass dieser wirklich nicht mehr am Leben ist. Prüfend tritt er mit dem rechten Fuß mehrmals gegen Erwins Schulter. Doch, wie von ihm erhofft, rührt dieser sich nicht mehr.
›Aber wie nur bekomme ich den Schleicher in die Elbe?‹, ist die nächste Überlegung von Gustav.
Langsam aber sicher macht sich eine unergründliche Verzweiflung in ihm breit. Hat er doch das unbestimmte Gefühl, dass ihm die Zeit nur so davon rinnt und er schon Stunden hier am Fluss zugebracht haben muss.
Trotz des fortwährenden Niederschlags und der herbstlichen Kühle stehen dem frischgebackenen Täter dicke Schweißperlen auf der Stirn. Er schaut sich gehetzt nach einem länglichen Gegenstand um, mit dem er Erwin in die Elbe stoßen kann. Bei diesem Wetter will er nicht in das Wasser steigen und ihn auch noch hereinziehen müssen.
Aber wieder einmal hat er das Glück für sich gepachtet, liegen doch an einer Feuerstelle der Angler noch ein paar längere Stöcke herum, die sich als bestens geeignet für seine nächste Handhabung erweisen. Er sucht sich den längsten Stock heraus, nimmt ihn und geht eilig zurück zu Erwin Schleicher. Ein letzter prüfender Blick, ohne jegliche Reue, dann schiebt er die Leiche in den Fluss hinein.
Gustav schaut den nur sehr langsam davon treibenden Körper von Schleicher nach, bis dieser schließlich nach ein paar Metern von der Strömung der Elbe erfasst und mitgezogen wird.
Es gleicht buchstäblich einem puren Davonstehlen, wie er sich

nun vom Flussufer wegbegibt und zu seinem Auto zurückkehrt. Beim Verschließen der Kofferklappe durchfährt es ihn siedend heiß, kann er sich doch in diesem Augenblick absolut nicht mehr daran erinnern, wo er das Messer gelassen hat. Das Messer, welches Erwins Leben für immer ausgelöscht hat. Erneut macht sich Panik in ihm breit. Sein Herz schlägt schmerzhaft gegen seinen Brustkorb. Ihm läuft kalter Angstschweiß den Rücken herab.

Suchend läuft er alles ab. Den Platz neben dem Auto, wo Erwin lag, nachdem er ihn endlich aus dem Kofferraum hatte. Die Anglerstelle und den Ort, an dem er Erwin schließlich in die Elbe befördert hatte. Nichts. Absolut nichts. So kann Gustav nur hoffen, dass er das Messer zusammen mit dem Leichnam oder mit in den Teppich eingewickelt, entsorgt hat.

Einigermaßen beruhigt darüber, dass er bis jetzt von keiner Menschenseele beobachtet worden ist, macht er sich endlich auf den Rück- beziehungsweise Heimweg. Zurück zu seiner Tochter Irmgard und deren Haus in Bertingen, wo er ja für einen verlängerten Besuch zu Gast ist.

Das völlig verschmutze Auto, den kaminroten Ford, stellt er aber nicht direkt vor ihrem Grundstück ab. Er möchte ihr nicht erklären müssen, warum sein liebstes Stück, welches er mehr verhätschelt als sich selbst, so übervoll von Schmutz ist. Deshalb lässt er ihn am kleinen Friedhof des Ortes stehen. Dort ist regsamer Betrieb eher die Seltenheit, liegt doch des Menschen allerletzte Ruhestätte am Rande von Bertingen.

Mit letzter Kraft und Willensanstrengung schleppt er sich zum Wohnhaus seiner Tochter zurück, welches er um die frühe Morgenstunde nur über die Garage betreten kann. Nach einer Einbruchserie im Landkreis wird die Eingangstür beziehungsweise die Hoftür von seiner Tochter am frühen Abend buchstäblich verbarrikadiert. Zum Glück hat er aber den Zweitschlüssel für das Garagentor bei sich, welches sich nur unter lautem Quietschen von ihm öffnen lässt. Angestrengt lauscht er, aber es bleibt alles ruhig.

In der Garage, die direkt an das Wohnhaus angebaut wurde und von der eine Tür geradewegs in den Flur des Eigenheims führt, entledigt sich Gustav Freitag seiner schmutzigen Sachen. Er reißt einen großen blauen Müllsack von der Rolle ab, die auf der Werkbank liegt und steckt dort alles hinein. Dann stößt er den Sack mit einem kräftigen Fußtritt unter den an der Mauer stehenden alten Küchentisch. Er nimmt sich aber fest vor, diesen Sack sobald wie möglich zu entsorgen.

Nur noch mit seiner Unterwäsche bekleidet, die nassen und verdreckten Schuhe in der linken Hand, schleicht er sich in das Haus. Wieder einmal ist er darum bemüht, keinen Lärm zu verursachen. Tief in seinem Inneren hofft und wünscht er sich, von seiner Tochter in diesem Augenblick nicht ertappt zu werden. Ihr sein momentanes Erscheinungsbild erklären zu müssen, wäre ihm nicht nur peinlich. Nein, das ist es nicht alleine. Er könnte ihr jetzt einfach nicht in die Augen sehen und sich irgendeine banale Lüge ausdenken.

Gustav läuft über den kurzen Flur. Steigt die schmale steile Treppe hinauf, die in die obere Etage führt, und geht in das dortige Gästebad. Sorgfältig verschließt er die Tür hinter sich. Hier kann er sich nun endlich den ganzen Schmutz abspülen, der sich in jeder Pore seines Körpers zu befinden scheint. Für kurze Zeit auch all den Schmutz, der seinen Seelenfrieden zu belasten beginnt. Selbst seine beiden verschmutzten Schuhe bekommen letztendlich eine reinigende Dusche ab.

Ein flüchtiger Blick auf die kleine Badezimmeruhr verrät ihm, dass es erst kurz nach halb vier ist. Genügend Zeit, sich noch für drei bis vier Stunden aufs Ohr zu legen und die furchtbaren Geschehnisse der letzten Stunden zu überschlafen.

Schnell trocknet er sich ab und begibt sich, so wie Mutter Natur ihn einst geschaffen hat, nämlich völlig nackt, innerlich stark fröstelnd, ins Gästezimmer hinüber, wo er vorrübergehend Quartier bezogen hat.

Dort zieht er sich seinen alten, aber flauschigen Schlafanzug an und auch die dicken weißen Frotteesocken über.

Er stopft seine nassen Schuhe mit Zeitungen aus, die er eigentlich noch lesen wollte, und legt sich in das alte, schon etwas wacklige Bett hinein. Er zieht sich dann das dicke Federbett bis weit über beide Ohren und versucht krampfhaft einzuschlafen. Ruhelos wälzt Gustav sich hin und her, findet aber keinen Schlaf. Er versucht es mit Schäfchen zählen. Er summt einen alten Schlager vor sich her. Stellt sich seine Angebetete bildlich vor. Aber nichts will so richtig helfen, um die so sehr begehrte Ruhe zu finden.
Erst nach unendlich lang erscheinenden gefühlten sechzig Minuten, vielleicht waren es auch ein paar mehr oder weniger, entschwindet er in einen unruhigen, mit Alpträumen durchsetzten Schlaf.

KAPITEL 2

In dem weitläufigen Gebäude herrscht Wochenendstille vor. Die Gänge liegen verlassen da. Nur in dem Dienstzimmer der Kriminalpolizei geht es ein wenig lebhafter zu.
»Es ist schon längst Mittagszeit durch. Wir hatten noch nicht einmal die Zeit eine kleine Stärkung zu uns zu nehmen«, beschwert sich soeben Assistent Jörg Paulich laut und unterdrückt dabei ein herzhaftes Gähnen. »Ich möchte nur einmal wissen, warum sich die Menschen in dieser modernen Zeit erhängen, vergiften, erschießen müssen und das auch noch gegenseitig. Den Schlamassel damit haben wir dann aber ganz und gar allein am Hals.«
Kriminalkommissar Heinz Schön betrachtet den jungen Mann innerlich tief aufgebracht. Derartige Reden gefallen ihm nicht. Überhaupt gefällt ihm an diesem Jungspund so einiges nicht. Wie zum Beispiel dessen Haarschnitt - eine Undercut Frisur, der kränklich wirkende bleiche Teint und der Anzug, der um die hagere Figur nur so zu schlottern scheint. Ein bisschen Sport treiben würde ihm sicherlich ganz guttun. Hatten denn Kriminalassistenten heutzutage so auszusehen?
Eigentlich müsste er jetzt etwas darauf erwidern, aber mit seinen Gedanken ist er noch immer an dem Tatort der zurückliegenden Nacht. In dem geschmackvoll eingerichteten Wohnhaus eines Landwirtes in Zielitz, im Stendaler Nachbarkreis.
Dort hatten mehrere bewaffnete Männer, der Sprache nach waren sie wohl russischer Abstammung, den als sehr vermögend geltenden Mann rücksichtslos überfallen und ausgeraubt. Zurück blieben dessen verängstigte Ehefrau, eine völlig demolierte Inneneinrichtung und der angeschossene Besitzer des Hauses, der Landwirt.

In den sehr zeitigen Morgenstunden wurden er und sein Assistent dann von den eigentlich zuständigen Kollegen des Nachbarkreises am Tatort abgelöst. Diese wurden zuvor bei einem polizeilichen Großeinsatz nach einem nicht so freundschaftlich endenden Fußballspiel, FSV Barleben gegen SV Irxleben, in Wolmirstedt gebraucht.
Nun sitzen sie hier in ihrem Büro des Stendaler Polizeireviers und nehmen ein umfangreiches Protokoll über die Ereignisse der vergangenen Nacht auf. Danach ist der Bereitschaftsdienst für sie erst einmal beendet.
Angespannt und ungeduldig wartet Kriminalkommissar Heinz Schön darauf, dass sein Assistent endlich die letzten Zeilen des Abschlussberichts eingetippt hat. Aber dieser ist mit dem Schreiben am Personalcomputer noch nicht so recht vertraut. Nur mit der Hilfe des sogenannten Zweifingersuchsystems bringt er es schließlich doch zu einem glücklichen Ende.
Heinz Schön drückt seinen schon etwas in die Fülle neigenden Körper an der Kante des Schreibtisches hoch.
Auf der stark strapazierten Arbeitsplatte des Tisches liegt kein einziges Blatt Papier mehr herum, was er zufrieden vermerkt. Ordnung ist schließlich das halbe Leben. Ein Grundsatz, von dem er sich schon immer hat leiten lassen. Ein leerer Schreibtisch war für ihn ein Merkmal von außerordentlicher Professionalität.
Nur ein schäbiger abgegriffener Kaffeebecher aus Metall bleibt mitten auf dem Tisch zurück, wo er einen alten Wasserfleck in Form eines Ringes verdeckt.
Er lässt sich von Paulich in seinen abgewirtschafteten, ehemals dunkelgrauen Mantel helfen und spürt plötzlich eine bleierne Müdigkeit bis in den letzten Knochen. Früher ist ihm das bei solchen Einsätzen in der Nacht nicht passiert. Er reibt sich mit den Fingerspitzen seiner beiden Hände die ergrauten schon stark ins Weiße gehenden Schläfen. Manchmal hilft dies ja, aber heute bleibt die erhoffte Wirkung aus.
Schön zerrt nervös an seinem Mantelkragen herum. Mürrisch

fragt er dann laut: »Was ist denn nun? Kommen Sie endlich, Herr Paulich?«
Er betrachtet durch die nur halb offen stehende Tür dessen Arbeitsplatz. Der schaut für ihn aus, als ob sich schon seit Wochen niemand die Mühe gemacht hätte, hier mal wieder klar Schiff zu machen. Dort stehen wahllos herum, ein Papp-Kaffeebecher, ein aufgeklappter Pizzakarton - mit einem angebissenen Stück Pizza und leider Gottes, nicht nur leere Getränkeflaschen.
Immerhin entgeht dem Assistenten der tadelnde Blick seines Vorgesetzten nicht. Flink greift er sich eine große Einkaufstüte von Penny und fegt mit einer schnellen Handbewegung all den Unrat hinein. Mit einem Papiertaschentuch wischt er auch noch alle Brösel in die Tüte und den Tisch oberflächlich sauber. Dann verschließt er sorgfältig die noch nicht erledigten Akten in seinem Schreibtisch.
Schön wartet noch immer ungeduldig an der Tür des Büros und als Paulich seinen Mantel anzieht, bemerkt er laut grollend: »Sie immer mit Ihrem neumodischen Fummel. Muss das denn wirklich sein? Ein Kriminalbeamter sollte diskret und unauffällig wie nur möglich ausschauen! Wann geht das endlich in ihren jugendlichen Schädel rein?«
»Einem geschenkten Gaul schaut man nun mal nicht ins Maul. Nicht wahr, Herr Kriminalkommissar?«, schmunzelt verzeihend Jörg Paulich. Aufreizend zärtlich fährt er mit den Handflächen über die schöne weiche Oberfläche des nussbraunen Wildledermantels, ohne seinen Chef dabei aus den Augen zu lassen.
Schön weiß genau, worauf diese saloppe Antwort gezielt ist. Hatte er doch vor vielen Jahren seinen Mantel auch geschenkt bekommen. Das war zu jener Zeit, als er in Stendal die frei werdende Assistentenstelle angetreten hatte. Er bekam ihn damals als Weihnachtsgeschenk von seiner leider schon viel zu früh verstorbenen Frau.
Ihm liegt schon eine grobe Antwort auf seiner Zunge, als er sich eines Besseren besinnt. Man war doch schließlich wer und eine

solche Blöße gibt man sich als Vorgesetzter nicht. Außerdem hatte sich Paulich in den vergangenen Tagen im Dienst als halbwegs akzeptabel erwiesen.

Er schiebt sich seine abgewetzte schwarze Aktentasche unter den linken Arm. Sich zu Jörg Paulich umdrehend sagt er: »Machen wir, dass wir hier fortkommen. Ich bin rundweg erledigt. Wer weiß denn schon, was uns die kommende Nacht alles so bringen wird.«

Er verschließt sorgfältig die Tür des Büros. Freut sich in Gedanken schon auf sein Zuhause und dem Bett, welches durch eine Heizdecke - die mit einer Zeitschaltuhr versehen ist - vorgewärmt sein wird.

Da klingelt plötzlich ununterbrochen, für die beiden Männer durch die Tür laut vernehmbar, das Telefon. Fragend schaut Paulich Kriminalkommissar Schön an.

Der schimpft volltönend: »Ach was! Ich will endlich nach Hause und schlafen. Hat sich wieder einer mit einem Seil erschossen, mit einem Spaten erhängt oder sich mit einer Pistole sein Grab geschaufelt. Nein, nein, nein! Ich will schlafen gehen und nicht von solchen Kinkerlitzchen abgehalten werden!«

Nur widerwillig lässt sich Heinz Schön von Jörg Paulich den Büroschlüssel aus der Hand nehmen. Dieser schließt eilends die Bürotür wieder auf und marschiert schnurstracks an den Telefonapparat. Er beugt sich mit seinem ganzen Oberkörper über die Arbeitsplatte des Schreibtisches. Dort stützt er sich mit den Ellenbogen ab und in dieser bequemen Stellung, die ihm Schön gleich wieder ankreidet, hört er auf die durchdringende Stimme im Telefonhörer.

Kriminalkommissar Schön bedauert soeben zutiefst, nicht selbst den Hörer abgenommen zu haben. Tatenlos muss er an der Eingangstür stehen bleiben und vermag nicht einzuschätzen, worum es bei diesem Anruf geht. Ist auf die Informationen des ›Bengels‹, wie er ihn gelegentlich zu nennen pflegt, angewiesen. Ein für ihn unhaltbarer Umstand. Er trommelt unaufhörlich mit den Fingern seiner rechten Hand am Türrahmen. Laut brummt er:

»Na, was ist denn nun wieder los? Wenn Sie mich mal aufklären könnten, um was es hier eigentlich geht?«
Aber sein Assistent Paulich schenkt ihm einfach keine Beachtung. Oder hat er ihn bloß nicht gehört?
»Augenblick mal, Augenblick bitte! Nicht so schnell! Ich muss mir das alles erst einmal aufschreiben. Warten Sie!«, ruft dieser soeben laut und mit fordernder Stimme in den Telefonhörer hinein.
Während er sich auf dem Schreibtisch nach einem unbeschriebenen Zettel und einen Schreibstift umschaut, legt er den Hörer auf dessen Arbeitsplatte ab und bekommt einen wahrlich verzweifelten Gesichtsausdruck, weil ausnahmslos alles sauber von Heinz Schön weggeräumt worden ist. Er öffnet daraufhin eine der Schubladen, um ihr beides von dort zu entnehmen, den Zettel und einen Stift.
Er greift wieder zum Telefon, klemmt sich den Hörer mit Hilfe der Schulter erneut an das Ohr und sagt: »Wiederholen Sie bitte das ganze Geschehen von Anfang an! Aber, wenn es geht, immer ordentlich der Reihe nach und nicht zu schnell, sodass ich mitschreiben kann.«
Schön brummt missfallend, gut vernehmbar für Paulich, weil ihn dieser über die Vorkommnisse noch immer nicht informieren will. Er horcht noch einen Moment lang konzentriert hin. Da er aber nicht verstehen kann, worum es geht, gibt er vor, als will er gar nichts verstehen.
So nimmt er seinen alten Indiana Jones Hut, den er sich nicht nur kurz nach der Wende zugelegt hatte, sondern vorhin auch vergaß, vom Garderobenhaken und schiebt diesen auf seinem Schädel hin und her, bis er wie gewünscht an Ort und Stelle sitzt. Er ist nicht nur das eigentümliche Markenzeichen des Kriminalkommissars, sondern so eine Art Glücksbringer. Dass der Hut in all den Jahren nicht nur stark gelitten, sondern auch einen hässlichen Schweißrand über dem Band bekommen hat, stört ihn dabei wenig.
Sein linkes Bein steht schon halb in der Bürotür, als seine Über-

legungen durch eine wirklich unschöne Redensart von Paulich unterbrochen werden: »Verfluchte Scheiße aber auch! Verdamm mich noch mal!«, die er immer nur dann benutzt, wenn sich etwas wahrlich Unangenehmes ereignet hat.
Fragend schaut Schön zu ihm herüber.
Noch immer am Schreibtisch stehend, den Telefonhörer hatte er wieder aufgelegt, starrt Paulich seinen reichlich mit Notizen bedeckten Zettel an. Er starrt darauf, als wäre es eine ihm unbekannte Schrift, nicht seine Eigene und die es gilt, erst einmal zu entschlüsseln.
»Um was es sich jetzt auch immer handeln mag, Herr Paulich«, wendet sich Heinz Schön behutsam und verhalten an diesen. »Ich bin wirklich mehr als zerschlagen und gehe schlafen. Soll es doch die Nase beleidigen, so viel es will. Morgen ist wieder ein neuer Tag und der Gestank wird bis dahin nicht nachgelassen haben. Glauben Sie einem alten Mann!«
»Kann ja durchaus alles sein«, widerspricht Jörg Paulich ihm und fixiert seinen vollen Notizzettel. »Ich nehme aber sehr stark an, dass Sie jetzt noch nicht zum Schlafen kommen werden. In Kehnert, im dortigen Seniorenheim ›Geborgenheit‹, ist seit den gestrigen Abendstunden ein Mann verschwunden. Sein Name ist Erwin Schleicher. Er ist siebzig Jahre alt und nicht am Frühstückstisch erschienen. Er ist wohl ansonsten immer einer der Ersten, die sich zur Essenszeit einfinden. Da er aber allerhand gesundheitliche Probleme habe, hat man, um ganz sicher zu gehen, sein Zimmer überprüft. Aber es wurde verlassen vorgefunden. Das Bett ist wohl unberührt und auch einige Sachen, die Herr Schleicher zu tragen bevorzugt, sind aus seinem Zimmer verschwunden.«
Jörg starrt wieder auf seinen kleinen Zettel, um seine hastig dahin geschriebenen Wörter zu entziffern. »Ach ja, hier geht es weiter. Ich habe es ja schon!«, murmelt er, mehr für sich, in seinen Dreitagebart.
»Daraufhin wurden seine bevorzugten Aufenthaltsorte um das Wohnheim herum von allen verfügbaren Kräften abgesucht und

abgelaufen. Verfügbar heißt in diesem Fall, das Pflege- und Küchenpersonal, der Gärtner sowie einige Bewohner des Heimes. Die Suche blieb bisher erfolglos.
Na ja, Chef. Außerdem hat man verdächtige Blutflecken im Zimmer des Herrn Schleicher gefunden. An der Stelle, wo sich eigentlich ein Bettvorleger befinden müsste sowie Blutstropfen, die von der Mitte des Raumes direkt zum Fenster führen. Weiterhin wurden vor dem Fenster des besagten Zimmers Reifenspuren entdeckt, die unmittelbar von dem Fenster wegzuführen scheinen.
Alles mehr als verdächtig oder? Daraufhin habe man sich entschlossen die Polizei zu verständigen, um eine Vermisstenanzeige aufzugeben.«
Missgestimmt, weil er sich vor Müdigkeit kaum noch auf seinen Beinen halten kann, lässt Kriminalkommissar Heinz Schön den lang anhaltenden Wortschwall von Jörg Paulich über sich ergehen. »Und wie geht es nun weiter?«, grollt er laut.
»Na ja. Zwei Kollegen der Revierstation Tangerhütte sind bereits an dem Ort des Geschehens, in Kehnert. Sie haben das Zimmer von dem Schleicher und die Rasenfläche davor weiträumig mit Polizei-Absperrband gesichert. Und sie sorgen gegenwärtig dafür, dass die am Morgen bei ihrer Ankunft vorgefundene Lage nicht verändert wird. Die Bewohner des Seniorenheimes stehen für eine Befragung bereit. Sie alle halten sich augenblicklich im Gemeinschaftsraum des Wohnheimes auf, also auch das Personal. Hannelore Golzow, die derzeitige Leiterin des Wohnheimes stellt uns ihr Büro zur vollen Verfügung. Sie erwarten uns dort schon sehnsüchtig.
Die vor Ort anwesenden Polizisten lassen auch anfragen, ob sie schon mal die Mordkommission in Magdeburg informieren sollen, wegen der vorhandenen Blutspuren und so!«
Damit beendet endlich Paulich seinen Bericht.
»Zum Teufel aber auch«, knurrt Schön und geht nun doch von der Tür weg und auf seinen Schreibtisch sowie Jörg Paulich zu. »Das muss alles gar nichts zu bedeuten haben. Vielleicht ist der

alte Mann nur gestürzt und hat sich dabei verletzt!? Man muss ja nicht immer gleich von dem Unerfreulichsten ausgehen oder? Und Reifenspuren vor einem Fenster? Na und? Mein Gott, wenn da jedes Mal bedeuten würde, da ist eine Straftat oder Schlimmeres passiert, wo kämen wir denn da hin? Vielleicht hat da ein Besucher des Wohnheims sein Auto vorrübergehend geparkt, weil woanders kein Platz mehr frei war.«
Sauertöpfisch mustert Kriminalkommissar Schön seinen jungen Assistenten: »Da will uns doch bloß wieder einer eine Narrenkappe aufsetzen! Wer weiß, wohin der gute Mann sich verkrümelt hat. Vielleicht bei einer jung gebliebenen Witwe unter dem Rock? Soll ja alles schon vorgekommen sein. Nicht wahr?«
Paulich kümmert sich nicht weiter um das unwillig klingende Brummeln seines Chefs. Er kennt diese absonderliche Unart nur zu gut, die dem Kriminalkommissar nicht nur den Spitznamen ›Der Brummbär‹ eingebrachte, sondern auch die Laufbahn verbaute, die er im Prinzip verdient hatte.
Er schaut auf sein eng beschriebenes Stück Papier hinunter und meint, scheinbar ohne Zusammenhang: »Aber, wie kommen wir jetzt dort hin?«
Schön schaut seinen Assistenten fragend ins Gesicht und erzürnt fragt er zurück: »Wohin denn, in drei Teufels Namen?«
»Nach Kehnert«, entgegnet Paulich nun doch ein wenig ungehalten. »Auf unseren Dienstwagen müssen wir aber verzichten, der ist zur Durchsicht. Sie müssen sich schon mir und meinem kleinen Flitzer anvertrauen!«
Schön beobachtet den jungen Mann mit nur vorgespiegelter Fassungslosigkeit. Er weiß natürlich genau, dass im Hof der Dienststelle noch ein weiterer Dienstwagen für sie zur Verfügung steht. Er weiß aber auch, dass Paulich sich innerlich wie eine diebische Elster freuen würde, ihn in seinem bunten kleinen Wagen, der wie ein Papagei angemalt ist, durch die Lande zu befördern. Da er aber trotz seines harten Broterwerbes ganz tief im Inneren seines Herzens doch ein Spaßvogel geblieben ist, manchmal zumindest, spielt er diesmal mit. Er schiebt seinen al-

ten Indiana Jones Hut auf dem Kopf zurecht, sodass er keck in seinem Nacken zu sitzen kommt, und meint dann kameradschaftlich einlenkend: »Na, dann wollen wir mal. Fahren wir also los, Herr Paulich!«

Auf der Fahrt nach Kehnert spürt Schön erneut, wie das Alter an ihm nagt. Seine Abgespanntheit holt ihn wieder ein, denn er ertappt sich dabei, wie er nur ganz kurz, Sekundenschlaf gleich, immer wieder einnickt. Er braucht jetzt sofort einen Muntermacher in Form eines extra starken Kaffees. Einen ordentlichen Happen zwischen die Zähne wäre auch nicht schlecht, hat er doch das Gefühl, als hänge ihm sein Magen in den Kniekehlen.

Da sie direkt an der neuerbauten Raiffeisen Tank- und Raststätte bei Lüderitz vorbeikommen, die hier, wie man weiß, einen sehr guten und wohltuenden Kaffee kochen, legen Kriminalkommissar Schön und sein Assistent Paulich dort endlich eine kleine, aber wohlverdiente Pause ein.

Paulich fährt an eine Zapfsäule heran, die sich nahe beim Eingang der Raststätte befindet. Dort lässt er erst seinen Chef aussteigen, der sich unter lautem Stöhnen aus dem Wagen schiebt, und betankt dann seinen kleinen bunten Flitzer.

Kriminalkommissar Schön ist indessen in die Raststätte vorgegangen und hat für sie beide einen großen Becher Kaffee sowie jeweils ein belegtes Brötchen bestellt.

Von seinem Sitzplatz in der Raststätte aus, direkt an der großen Fensterfläche, beobachtet er die Vorgänge an der Tankstelle sowie einen Mercedesfahrer. Dieser ist soeben mit dem Tanken fertig und er durchstöbert, offenkundig sehr hektisch, das Innere seines Wagens. Ganz ist ihm nicht klar, was der Mann da zu suchen scheint. Bis dieser sich plötzlich nach allen Seiten prüfend umschaut, hastig in sein Fahrzeug steigt und er versucht sich davonzumachen, ohne seine Tankrechnung zu bezahlen.

Aber der Rotschopf hat die Rechnung nicht mit Jörg Paulich gemacht. Er hat aus dem Augenwinkel heraus, man nennt es wohl auch ›Ein Bauchgefühl haben‹ oder ›Einmal Polizist, immer Polizist‹, ebenso den Fahrer des Mercedes beobachtet.

Er springt behände in seinen kleinen Flitzer. Fährt mit diesem unmittelbar vor den Mercedes, bevor der richtig durchstarten kann und hindert so dessen Fahrer daran, abzuhauen. Dann hupt er mehrmals laut, um das Tankstellenpersonal auf sich und den Benzindieb aufmerksam zu machen.
Dann steigt Paulich aus seinem Wagen aus. Er schlendert gemächlich zu dem Mercedes herüber. Öffnet die Tür zur Fahrerseite, beugt sich zu dem Fahrer herunter und fragt diesen leutselig: »Na, Kumpel! Wo liegt denn das Problem?«
Unterdessen ist auch die Angestellte der Raiffeisen-Tankstelle bei den beiden Männern angelangt. Mit einem nachsichtigen Lächeln auf ihren Lippen meint sie: »Ach, der Herr Aurich! Guten Tag auch. Na Herbert, hast du wieder einmal deine Geldbörse verlegt? Ich begleiche dann noch einmal die Rechnung für dich. Deine Frau kann mir das Geld ja wiedergeben, wenn sie nachher ihre Schicht antritt. Das ist jetzt aber wirklich das allerletzte Mal, dass ich dir aus der Patsche helfe. Hörst du! Die Leute fangen schon an, über euch zu reden und das könnt ihr beide nun wahrlich nicht auch noch gebrauchen! Oder?«
Dann kehrt sie, ohne den Mann noch eines einzigen Blickes zu würdigen, stehenden Fußes in die Tank- und Raststätte zurück, um dort wieder ihre Arbeit aufzunehmen.
Jörg Paulich, völlig überrascht von der plötzlichen Wendung des Geschehens, schaut, die Schultern zuckend, zu seinem Chef hinüber. Er hatte im Stillen gehofft, mit seinem ganz persönlichen Einsatz, ein paar kleine Pluspunkte bei ihm einheimsen zu können. ›Dann eben nicht‹, überlegt dieser enttäuscht und begibt sich dann ins Innere der Raststätte.
Tief in seinen Gedanken versunken, schlingt Jörg das Brötchen hinunter. Er trinkt auch den inzwischen nur noch lauwarmen Kaffee mit wenig Genuss aus. Erst die belanglose Bemerkung seines Chefs: »Werde endlich fertig, Bengel! Wir haben heute noch mehr zu tun. Schon vergessen? Wir werden dringend in Kehnert erwartet«, verbunden mit einem sehr kameradschaftlich gemeinten, leichten Klaps auf seinen Hinterkopf, lässt ihn wie-

der in die Wirklichkeit zurückfinden. »Alles klar, Chef! Wir können!«
Nur wenige Augenblicke später sind sie wieder mit Jörg seinem bunten Flitzer unterwegs, nun einigermaßen wach und auch der größte Hunger ist vorerst gestillt.
Einen kleinen Umweg über das Land müssen sie aber diesmal in Kauf nehmen, werden doch eilige Sanierungsarbeiten an der Bundesstraße 189 bei Lüderitz in Richtung Dolle durchgeführt. Dort war vor wenigen Wochen, im Rahmen einer Truppenübung der Bundeswehr, eine Panzerkolone entlanggefahren und hatte nicht nur den Fahrbahnbelag, sondern auch die Bordsteinkante innerorts von Dolle erheblich beschädigt.
Kriminalkommissar Schön genießt die insgesamt vierzig Minuten dauernde Autofahrt, von der Kreisstadt Stendal nach Kehnert, in vollen Zügen. Bietet doch die ländliche Gegend immer wieder etwas Neues, was sich zu entdecken lohnt. Diesmal ist es das herbstlich angehauchte Blätterdach der Landstraße, was in ihm eine friedfertige Stimmung auslöst. Auch das gemächliche Stolzieren eines Storchenpaares über ein erst kürzlich abgeerntetes Maisfeld, welches noch nicht in sein Winterquartier aufgebrochen ist, erfreut sein inneres Auge. ›Komisch‹, denkt er bei sich, ›dass einem erst mit vorrückendem Alter, solche Sachen überhaupt auffallen, ins Bewusstsein rücken. Vor ein paar Jahren hätte ich noch keinen Blick dafür übergehabt.‹
Jörg Paulich indessen folgt streng den Erklärungen des Alten, wie er Heinz Schön heimlich für sich nennt. Kennt er sich doch auf den Straßen des Landkreises Stendal noch nicht vollkommen sicher aus.
So führt sie ihre weitere Fahrt nicht nur durch Hüselitz und Bellingen, sondern auch durch die Orte Demker, Weißewarte, Tangerhütte, Birkholz, Cobbel, Uetz, Bertingen und letztendlich nach Kehnert.
Und tatsächlich, jetzt haben sie die Straße mit den alten Eichenbäumen, die den Weg bis hin zum Seniorenheim einsäumen, erreicht. Einmal mehr bewundert er das Erinnerungsvermögen

von Heinz Schön. Der Chef ist doch fürwahr ein Tausendsassa. Dass sie tatsächlich an Ort und Stelle eingetroffen sind, verrät ihnen auch die aufgeregte Menschentraube vor dem Barackenbau des Seniorenwohnheims.

Der Assistent Paulich stellt soeben das Auto in der Nähe vom Eingangsbereich des Wohnheimes ab, als er ganz plötzlich von der Beifahrerseite und seinem Chef böse angefaucht wird: »Hatten Sie nicht gesagt, dass die Bewohner und das gesamte Personal dieser Einrichtung sich im Gemeinschaftsraum befinden würden? Was zum Teufel ist hier los? Warum latschen die alle auf meinem Tatort herum?«

Eingeschüchtert schaut Jörg seinem Vorgesetzten in das Gesicht. In ihm brodelt es, denn er kann doch nichts dafür, dass die Leute sich inzwischen draußen aufhalten. Der Anruf liegt doch schon über eine Stunde zurück. Wer weiß denn schon, was hier inzwischen alles noch geschehen ist. Anstatt dies laut auszusprechen, stottert er dagegen nur: »Aber Chef! Ich ...« Etwas Sinnvolles kann er im Moment nicht wirklich erwidern.

Inzwischen ist Schön wieder der Mann, der er zu sein hat. Ein Kriminalist durch und durch. Ein Mann der weiß, Anordnungen zu geben.

»Es begeben sich alle anwesenden Personen sofort in den Aufenthaltsraum des Wohnheimes zurück und warten dort auf weitere Anweisungen von der Polizei. Ich werde auf keinen Fall die weiterführenden Ermittlungen durch die Missachtung meiner Befehle gefährden lassen«, brüllt Kriminalkommissar Schön sogleich über den gesamten Vorplatz des Seniorenheimes. Seine beiden Arme hat er auf dem Rücken zu liegen, die Hände fest ineinandergegriffen, wobei er ganz leicht auf seinen Zehen wippt. Kritisch beobachtet er noch einem Augenblick lang den Menschenauflauf, um sich zu vergewissern, dass er auch von allen gehört wurde und dass ihm Folge geleistet wird.

Als die ersten Personen sich endlich in das Seniorenwohnheim zurückbegeben, schaut er sich nach den beiden Polizisten aus Tangerhütte um. Zufrieden stellt er für sich fest, dass die beiden

vorschriftsmäßig ihren Dienst tun. Einer der beiden Beamten steht am Eingang des Wohnheimes und er sorgt dafür, dass niemand die Rasenfläche betritt und damit wertvolle Spuren vernichtet. Der andere Kollege leitet die Bewohner und das Personal des Wohnheimes in den Aufenthaltsraum zurück.
Energisch lenkt Kriminalkommissar Schön seine Schritte nun zum Wohnheim hinüber und er betritt es, ungehindert von dem dort stehenden Polizisten.
Als ihm sein Assistent Paulich folgen will, weiß er doch wie ungeduldig Schön werden kann, wenn er nicht gleich zur Verfügung steht, wird ihm dort aber der Eintritt mit den sehr lauten und energischen Worten »Keinerlei Zugang für Zivilisten!« verwehrt.
Jörg kramt verzweifelt in den Taschen seines Mantels nach seinem Dienstausweis. Endlich hat er ihn gefunden und er weist sich umgehend dem Polizeibeamten gegenüber aus, der ihn aufhalten will. »Aha, keine Presse!«, scherzt dieser und grinst über das verdutze Gesicht von Jörg Paulich, um sogleich noch eins draufzusetzen: »Nun lauf schon, Kleiner. Bevor Papa Schön böse wird!«
Dass Jörg Paulich prompt im Gesicht rot anläuft, wie ein bei einer Dummheit ertappter Schuljunge, wird ihm nicht einmal bewusst. Nur der Polizist am Eingang nimmt es wahr und es amüsiert ihn sehr, dass er es wieder einmal geschafft hat, einen dieser ›Anfänger‹ in Verlegenheit zu bringen.
Rasch begibt sich Jörg in das Seniorenwohnheim, weil er in dem plötzlich einsetzenden Nieselregen zu frieren beginnt. Beinahe bereut er es, auf diese Fahrt bestanden zu haben, so sehr sie ihm auch Freude bereitet hatte. Aber jetzt, nachdem er sich seines Mantels entledigt hat, ahnt er schon, dass viele ermüdende Stunden vor ihnen, dem Kriminalkommissar und ihm, liegen werden. Während er seinen Gedanken nachhängt, dringen aufgeregte und laute Stimmen an sein Ohr.
Hannelore Golzow, die amtierende Leiterin des Seniorenwohnheims, erläutert Kriminalkommissar Schön soeben, warum es so

unaufschiebbar notwendig wäre, dass der Aufenthalt oder der Verbleib des Herrn Erwin Schleicher geklärt wird. Er benötige dringend seine tägliche Medizin, da er nicht nur schwer herzkrank und Diabetiker, sondern in letzter Zeit auch zunehmend verwirrt wäre. Es wäre auch nicht das erste Mal, dass er den Weg nicht nach Hause, ins Heim, gefunden hat. Bis zum heutigen Tag ging ja immer alles gut, weil hier jeder jeden kennt. Irgendeiner fand sich immer an, der ihn ins Heim zurückbrachte. Aber nun ist er schon so lange weg. Er wurde das letzte Mal am Vorabend beim gemeinsamen Abendbrot gesehen. Danach kann sich keiner erinnern, den Erwin - äh, Herrn Schleicher, noch einmal gesehen zu haben?
»Können Sie nun meine ganze Aufregung verstehen, Herr Kommissar? Da muss doch dringend etwas unternommen werden? Schnellstens!«
Bittend und zugleich fordernd schaut sie in das Gesicht von Kriminalkommissar Schön, wobei ihr die ersten Tränen haltlos über die Wangen rollen.
Heinz Schön, ansonsten eher ein hartgesottener Kriminalist, fühlt sich im ersten Moment ein bisschen hilflos, denn Frauen hat er noch nie weinen sehen können.
Der Kriminalkommissar klopft der Heimleiterin tröstend auf die Schulter, reicht ihr ein sauberes Stofftaschentuch, welches er aus den unergründlichen Tiefen seines alten Mantels hervorgezaubert hat und meint dann sehr fürsorglich: »Alles wird wieder gut. Das verspreche ich Ihnen«
Umgehend ruft er seinen Assistenten Paulich zu sich. Gemeinsam gehen sie in das Büro der Heimleiterin, wo sie übergangsweise ihre ›Dienststelle‹ einrichten. Dort packt Jörg sein Dienst-Laptop aus. Mit dessen Hilfe stellen sie die bisher gesammelten Fakten zusammen. Sie wägen mit äußerster Sorgfalt ab, ob wirklich die Voraussetzungen für einen Vermisstenfall im polizeilichen Sinne oder eben die objektiven Tatbestände einer Hilflosigkeit gegeben sind. Da von beiden etwas zutrifft, nämlich die hilflose Lage aufgrund mehrerer Erkrankungen - wie eine Herz-

krankheit, Diabetes und Verwirrtheit, sowie der naheliegende Verdacht eines Verbrechens - die vorgefundenen Blutspuren im Zimmer des Wohnheims, wird unverzüglich die Fahndung nach Erwin Schleicher eingeleitet.
Kriminalkommissar Schön benachrichtigt telefonisch die Leitstelle über den Vermisstenfall Erwin Schleicher.
Wenig später brechen eine Hundertschaft der Polizei, ein Hundeführer mit seinem Hund - einem Leichensuchhund, sowie ein Polizeihubschrauber - ausgestattet mit einer Wärmebildkamera, und die Spurensicherung auf dem direkten Weg nach den kleinen Ort Kehnert auf.
Während nun der Kriminalkommissar, sein Assistent und die zwei Polizisten aus Tangerhütte auf deren Eintreffen warten, lassen sich Heinz Schön und Jörg Paulich von der Heimleiterin das Seniorenwohnheim zeigen. Viel gibt es dort allerdings nicht zu sehen.
Da das Zimmer des Vermissten vor unbefugtem Betreten gesichert ist, es noch eine Weile dauern kann, ehe die Kollegen in Kehnert eintreffen, richtet es sich Heinz Schön häuslich im Büro von Hannelore Golzow ein.
Als Jörg Paulich nach seinem Chef schaut, um ihn nach weiteren Instruktionen zu fragen, findet er diesen auf einem Sessel in sich zusammengesunken vor. Jörg muss nun doch schmunzeln, denn Heinz Schön ist eingeschlafen und er sägt im wahrsten Sinne des Wortes ganze Wälder ab.
Aber auch er spürt die alles lähmende Müdigkeit in jede Faser seines jungen Körpers zurückkehren, ist er doch schon seit fast vierundzwanzig Stunden auf den Beinen.
›Da hilft nur noch ein anständiger sehr kräftiger Kaffee‹, denkt er gerade noch bei sich, als das Telefon auf dem Schreibtisch der Heimleiterin zu klingeln beginnt.
»Das darf doch nicht wahr sein! Wieso immer bei mir!«, schimpft er leise. Nimmt aber schnell den Hörer ab, damit sein Chef nicht geweckt wird und fragt ziemlich brummig: »Wer ist denn da?«

Eine nicht mehr ganz so jung klingende Stimme antwortet belustigt: »Ich wusste ja noch gar nicht, dass du in einen Jungbrunnen gefallen bist, Heinz. Oder wer spricht dort? Hier ist Hundertschaftsführer Keppler. Junger Mann? Ist denn der Chef zu sprechen? Wir sind gerade angekommen und warten bei der Feuerwehr des Ortes auf euch. Man sieht sich!« Er wartet erst gar keine Antwort ab und legt auf.

Jörg Paulich weckt schonend Heinz Schön auf, der mit leicht offen stehendem Mund immer noch beim ›Sägen‹ ist.

Natürlich geht es auch dieses Mal nicht ohne ein mürrisches Brummen des Kriminalkommissars ab. Aber er ist sofort ganz Ohr und hellwach, als sein Assistent ihn von dem Eintreffen der Suchmannschaft, der Spurensicherung und dem Hubschrauber berichtet.

Zum Glück hat es inzwischen aufgehört zu regnen und so gelangen Heinz Schön sowie Jörg Paulich trockenen Hauptes bei der Feuerwehr an.

Da man nicht das allererste Mal zusammenarbeitet, ist schnell geklärt, welche Aktionen als Nächstes notwendig sind. So startet der Polizeihubschrauber zu seinem ersten Rundflug über Kehnert und den angrenzenden Wäldern, um mit der Wärmebildkamera nach Erwin Schleicher zu suchen. Der Hundeführer bringt seinen Leichensuchhund zum Einsatz, indem er ihn die Spur im Zimmer des Verschwundenen aufnehmen lässt. Auch die Spurensicherung beginnt mit ihrer mühevollen Arbeit.

Gleichzeitig suchen Teile der Hundertschaft zu Fuß das anhand einer Karte festgelegte Suchgebiet rund um Kehnert ab. Ein anderer Teil wurde beauftragt, die Bevölkerung des Ortes und der umliegenden Gemeinden nach der vermissten Person zu befragen.

Nachdenklich schauen Kriminalkommissar Heinz Schön und sein Assistent Jörg Paulich ihren Kollegen nach und wünschen sich, dass die Suche recht bald von Erfolg gekrönt sein möge.

KAPITEL 3

Wie so oft in den vergangenen Tagen liegt die kleine Ortschaft Uetz am Anbeginn des neuen Tages tief in Nebel eingebettet. Schon lange hat sich die Sonne nicht hinter den dicken tiefhängenden Regenwolken hervorgewagt. Aprilwetter, mitten im Herbst, bestimmt den tristen Alltag. Ein winziger Sonnenstrahl dann und wann lässt bei Marina den Anschein entstehen, Mutter Natur wisse nicht so recht, was sie wolle.
Selbst der Anblick der bunt gefärbten Blätter an den großen Ahornbäumen vor ihrem Haus, den sie ansonsten immer bewundert, entlockt ihr heute nicht einen Funken Aufmerksamkeit.
Aber auch das Fernsehprogramm, ihre zahlreichen Tiere oder ein gutes Buch bringen sie derzeit nicht aus ihrer düsteren Gedankenwelt heraus.
Stattdessen beobachtet sie durch das Wohnzimmerfenster, an dem der Regen in winzige Bäche herunterrennt, einen kleineren Schwarm hungriger Spatzen. Sie zanken sich lauthals auf dem Dorfplatz um ein Häuflein Getreidekörner, welches den Weg von der Ladefläche eines Traktorenanhängers auf die Straße gefunden hatte. Eigentlich kein Grund sich zu zanken, denn Futter fällt um diese Jahreszeit reichlich an. Herbstzeit ist bekanntlich Erntezeit.
Kurzzeitig wird das Gezanke der Spatzen von einer noch jungen schwarzen Katze unterbrochen, die sich sicherlich erhoffte, bei dem unachtsamen Federvolk ordentlich Beute zu machen. Aber ihr vorsichtiges Heranschleichen bleibt nicht unbemerkt und sie geht leer aus. Nachdem sie das Weite gesucht hat, machen sich die Spatzen in gewohnter Manier wieder über die reichlich vorhandenen Getreidekörner her.
Für einen Moment lang ersehnt Marina sich den Sommer herbei,

denn obwohl sie ihre Fußbodenheizung schon höher eingestellt hat, verspürt sie plötzlich so ein inneres Frieren. Dreißig Grad plus im Schatten, ihre neue blaue Sonnenliege und dazu einen Lesestoff - der sie zum Träumen einlädt, kämen ihr da gerade gelegen.
›Ganz bestimmt wird eine große Tasse heißer Tee dem Frösteln Abhilfe schaffen‹, denkt sie sich und so geht sie in die Küche hinüber. Mit einem elektrischen Wasserkocher ist heißes Wasser rasch zubereitet und ihr Lieblingstee, Orange mit Ingwer, alsbald aufgebrüht.
Der Tee ist noch nicht fertig durchgezogen, als es an ihrer Gartentür dreimal langanhaltend klingelt.
Verwundert geht sie an das Flurfenster, um nachschauen, denn die Postfrau ist schon vor einer halben Stunde hier gewesen, irgendeine Lieferung über einen Paketdienst erwartet sie auch nicht und Besucher haben sich für die nächsten Tage nicht angemeldet. Aber wer sollte dann so heftig und um diese Tageszeit an ihrer Tür klingeln? ›Vielleicht sind es wieder nur Nachbars Kinder, die sich in ihren Herbstferien einen Scherz erlauben wollen‹, mutmaßt sie vor sich hin.
Bis aufs tiefste Innere erschrocken fährt sie vom geöffneten Fenster zurück, denn niemand Anderes als zwei uniformierte Polizeibeamte stehen dort draußen und bitten um Einlass, da sie einige wichtige Fragen an sie hätten.
Ihr geistern sogleich zahlreiche Gedanken durch den Kopf wie: ›Hoffentlich ist meinem Mann auf seiner Arbeitsstelle nichts passiert oder hatte gar einen Unfall mit seinem Auto? Vielleicht ist ja meinen beiden Jungs etwas Furchtbares widerfahren, wenn sogar die Polizei bei mir klingelt?‹
Aufgeregt eilt sie aus dem Haus. Mit zittrigen Fingern öffnet sie die Gartentür.
Bevor sie mit ihren bangen Fragen herausplatzen kann, wird sie von den beiden Beamten höflich angehalten, die beiden Dienstausweise anzuschauen und zu prüfen. Es wäre in den vergangenen vier Wochen im Großraum von Magdeburg wiederholt zu

zahlreichen Straftaten mit gefälschten Ausweisen der Polizei gekommen.

So betrachtet sie prüfend die ihr dargereichten Ausweise näher, gerade so, als ob sie wirklich in der Lage wäre, sie von gefälschten unterscheiden zu können. Sie schaut dann den Beamten vergleichend in ihre Gesichter hinein, um anschließend ihr »Ja, ist in Ordnung« dafür abzugeben.

Endlich kommen sie zum eigentlichen Zweck ihres Besuches. Innerlich fällt ihr ein schwerer Stein vom Herzen, denn ihr Anliegen hat nichts mit ihrem Mann oder gar ihren beiden Kindern zu tun. Sie wird lediglich gefragt, ob sie durch Zufall einen gewissen Herrn Schleicher aus dem Nachbarort Kehnert gesehen habe oder ihm eventuell persönlich begegnet sei. Er wäre ein Bewohner des dortigen Seniorenwohnheims ›Geborgenheit‹ und wurde seit den Abendstunden des vergangenen Sonntages nicht mehr gesehen.

Sie geben ihr dann eine kurze Beschreibung des Mannes, damit sie ihn erkennen könne, falls Herr Schleicher ihren Weg durch Zufall kreuzen sollte. Seine Größe ist etwa ein Meter achtzig. Er ist leicht fettleibig und er hat tiefgraues Haar. Seine Bekleidung zu dem Zeitpunkt, als man ihn das letzte Mal sah, war eine etwas verwaschene Jeans, ein olivgrüner Pullover sowie ein Paar schwarze Lederhalbschuhe älteren Fabrikats. Außerdem trug er eine dunkelblaue Jacke bei sich. Er könnte auch einen hölzernen Geh- beziehungsweise Spazierstock mit einer Metallspitze am Fußende bei sich haben.

Leider kann sie den beiden Beamten nicht weiterhelfen, da sie weder den Namen je gehört oder einen Mann, auf den die Beschreibung passen würde, gesehen hat. Eine Bitte haben sie dann aber doch an Marina. Sollte sie etwas sehen oder hören über den Verbleib von Herrn Schleicher, möge sie die nächste Polizei-Dienststelle in Tangerhütte darüber informieren. Die Kollegen dort würden dann sofort ihre Informationen weiterleiten.

Diese Zusage gibt sie den beiden netten Polizeibeamten bereitwillig.

Dann überreichen sie ihr noch eine Visitenkarte mit der direkten Durchwahlnummer für den zuständigen Kollegen in Tangerhütte, um sich zugleich von ihr zu verabschieden.
Marina schaut ihnen nachdenklich hinterher, bis sie von ihrem Nachbarn, Herrn Grimmer, in dessen Haus gebeten werden.
›Gewiss werden alle Einwohner in Uetz gefragt, ob sie etwas über den Verbleib des Mannes wissen oder sagen können‹, überlegt sie sich und kehrt ins Haus zurück.
Unterdessen schaut endlich die Sonne hinter den dicken Regenwolken hervor. Die weißen Nebelschleier, die am frühen Vormittag schwer über dem Land hingen, verziehen sich immer mehr. Es klart zusehends auf.
Marina hält es jetzt nicht mehr in der Wohnung aus. Hatte sie doch schon seit mehreren Tagen auf diesen Augenblick gewartet, in dem sich endlich ein goldiger Herbst mit all seinen schönen Seiten sehen lässt. Ein bisschen zaghaft ist er noch. Aber es ist wie ein bisschen Atem geholt für die Natur, die nach Sonne zu lechzen scheint und für Marina, die ganz und gar ein Kind des Sommers und der Sonne ist. Sie will und muss jetzt einfach heraus aus ihrem Haus, sie braucht dringend frische Luft.
Von einer unerklärbaren Ruhelosigkeit angetrieben, trinkt sie so schnell wie möglich ihren nicht mehr ganz so heißen Tee aus. Sie zieht sich eine Regenjacke an, denn gänzlich traut sie den noch recht spärlich scheinenden Sonnenstrahlen nicht, sowie regenfestes Schuhwerk und dann geht es los.
Mit der Sonne kommt auch ein angenehmer Hauch von Wärme, die nicht nur ihr Gesicht, sondern auch ihre Seele sanft zu liebkosen scheint.
Marina will ihren kleinen Spaßziergang in die Natur nicht nur dazu nutzen, um an die frische Luft zu kommen. Pilzesuchen ist ihr Begehr, etwas für das leibliche Wohl der Familie tun. Sind doch die Wetterbedingungen in den letzten Tagen, wie reichlich Regen, dicker Bodennebel und jetzt strahlender Sonnenschein, ideal um Pilze aus ihren Verstecken zu locken und zahlreich aus dem Boden sprießen zu lassen. Sie kann es gar nicht mehr er-

warten, endlich den aromatischen Duft der Pilze und des Waldes in sich aufnehmen zu können.

Ihre trübselige Gemütsverfassung ist um einiges besser geworden, als sie es vor wenigen Stunden, eigentlich Minuten, noch gewesen war, wenn sie nicht sogar völlig verschwunden ist.

Gut gelaunt, zufrieden mit sich und der Welt, marschiert Marina den tief ausgefahrenen breiten Feldweg zwischen den noch nicht abgeernteten Maisfeldern entlang. Sie weicht ab und zu einer größeren Pfütze aus und treibt dabei mit kleinen Tritten einen bunten Kieselstein vor sich her.

›Sehen die goldgelben Maiskolben nicht aus wie lauter kleine helle Farbkleckse, die ein malender Künstler in die Natur hinein getüpfelt hat?‹, überlegt sie so bei sich. Dabei trällert sie kaum vernehmbar einen wohlbekannten Ohrwurm vor sich her: »Ich war noch niemals in New York, ich war noch niemals auf Hawaii ...«, und nähert sich beständig ihrem eigentlichen Zielort.

Es ist ein kleinerer Kiefernwald, von der hiesigen Bevölkerung auch als ›Russenwald‹ bezeichnet. Hier und da haben sich eine Birke sowie eine Linde hinein verirrt, in dessen Mitte eine uralte Eiche ihren Platz behauptet. Ihr Stammesumfang ist so gewaltig, dass mehrere Menschen nötig wären, sie umfassen zu können.

Fast liebevoll und zärtlich streichelt Marina die rissige grobe Rinde des Baumes, steht doch die Eiche mit ihrem dauerhaften Holz und ihrem langen Leben als Symbol für das ewige Leben. Und wer möchte dieses nicht? Ewiglich leben. Zumindest aber doch uralt werden.

Ein Blick auf ihre Armbanduhr lässt Marina erschrocken feststellen, dass sie für ihren Fußmarsch zum Wald doch länger gebraucht hat, als es von ihr eingeplant war. Nun wird es aber allerhöchste Zeit, dass sie aufhört zu trödeln und dass ein paar beziehungsweise mehrere Pilze ihren Weg in den von ihr mitgenommenen Spankorb finden.

Zuerst sammelt sie die Pilze unter der großen Eiche ein. Dort findet man sehr oft den flockenstieligen Hexenröhrling, auch Hexenpilz genannt. Wobei man aber beachten muss, dass dieser

Pilz roh, also ungekocht verzerrt, äußerst giftig ist und zum Tode führt. Zubereitet wie jeder andere Pilz auch, ist er aber eine wahre Delikatesse.
Da aber die wenigsten Pilzsucher darüber Bescheid wissen, wird diese Art von Pilzen fast immer von ihnen stehen gelassen und Marina kann sich alsbald über einen halbvollen Korb freuen.
Ringsum, in dem dort vorherrschenden Kiefernwald, findet sie dann auch noch einige Maronen, Braunkappen, Steinpilze und ein paar wenige Butterpilze.
Die friedliche Idylle wird nur durch den anhaltenden Lärm eines Hubschraubers gestört, der immer und immer wieder über das kleine Waldstück hinwegfliegt. Beinahe jede Baumreihe scheint er abfliegen zu wollen. Schon einen Tag zuvor war ihr der Hubschrauber aufgefallen. Da aber diese Hubschrauberflüge schon fast mit zum vertrauten Anblick und ebenso Alltag dieser Gegend gehören, führt doch hier unmittelbar eine Fluglinie der Flugrettung nach Stendal zum dortigen Johanniter-Krankenhaus entlang, zerbricht sich Marina darüber nicht weiter den Kopf.
Zufrieden mit ihrer Ausbeute, ihrem Pilzfund, macht sie sich auf den Heimweg. Sie nimmt den gleichen Weg, den sie vorhin schon gegangen ist. Sie wirft dann und wann einen suchenden Blick in den Wald hinein, um vielleicht doch noch den einen oder anderen Speisepilz zu erspähen und mitzunehmen.
Plötzlich erweckt ein langgezogener Gegenstand, etwas tiefer im Wald liegend, ihre ungeteilte Aufmerksamkeit und ruft eine Neugier in ihr wach, die es auf jeden Fall zu befriedigen gilt.
Müsste sie jetzt erklären, warum es ausgerechnet dieser Gegenstand ist, der sie neugierig werden lässt, hätte sie dafür keine Erklärung zur Hand. Aber so ein Bauchgefühl rät ihr, dass für sich zu ergründen.
Da es leider Gottes zu einer wirklichen Marotte geworden ist, dass sich einige Mitmenschen nicht nur ihren privaten Abfall im Wald vom Halse schaffen, rechnet Marina eher mit einem Fund in dieser Richtung. Hat sie doch schon des Öfteren nicht nur leere Farbeimer, Rasenmäherteile, Lumpen aller Art, den unter-

schiedlichsten Bauschutt, leere und auch volle Einweckgläser, selbst komplette Waschmaschinen und anderen Elektronikschrott im Wald entdeckt.

Jedoch, was sie dann vor sich liegen sieht, lässt nicht nur eine dicke Gänsehaut ihren ganzen Körper überziehen, auch ein unerklärbares Grauen bemächtigt sich ihrer Seele.

Es sind nämlich keine Abfälle, sondern zwei verhältnismäßig große Knochen, die durch ein Gelenk miteinander verbunden sind. Für sie sieht es aus wie der vollständige Arm eines Menschen, an dem nur die Hand fehlt. Der Größe nach, um den Arm eines erwachsenen Menschen.

Beinahe sehen sie für Marina gar nicht echt aus. Man könnte sie auch für Teile eines Skelettes aus dem Biologieunterricht halten, so wie es sie früher an den Schulen gab. Aber nachdem sie sich überwunden hat und die Knochen ein wenig näher betrachtet, kann sie doch einen erheblichen Unterschied zu den künstlichen Knochen erkennen. Die Oberfläche ist einfach nicht so glatt wie bei diesen und sie weisen mehrere tiefe Einkerbungen auf, wie von einer Säge.

Plötzlich kommt ihr der einst so wohlvertraute Wald mehr als unheimlich vor. Beinahe furchterregend, denn in ihm befinden sich noch immer zahlreiche Vertiefungen, wie zum Beispiel Panzerlöcher und auch sogenannte Ein-Mann-Stellungen. Sie würden viele Versteckmöglichkeiten, ohne Ende, bieten. Für wen oder was auch immer. Dieser Wald wird nicht grundlos Russenwald von den hier lebenden Menschen genannt, denn diese Löcher wurden von den bis 1994 in Mahlwinkel stationierten Truppen der sowjetischen Streitkräfte, ein 50.000 Mann starkes Kampfhubschrauberregiment, zu militärischen Übungszwecken angelegt.

Mit einem Mal nimmt sie absonderliche Geräusche wahr, die sie zuvor beim Pilzesuchen noch nicht gehört hat. Überall scheint es plötzlich laut zu knistern und verdächtig zu rascheln.

Ihr kommt es vor, als wenn dort jemand hastig durch das Gebüsch des Waldes eilen würde.

Natürlich ist sich Marina der Tatsache bewusst, dass ringsherum in den hiesigen Wäldern sehr viel Wild zu finden ist, zum Beispiel Wildschweine, Rehe, Füchse, Hasen und auch Raubvögel, und sie für die vielen merkwürdig klingenden Geräusche verantwortlich sein können. Aber ihre eigene Phantasie spielt ihr gerade einen handfesten Streich.
Marina nimmt buchstäblich Reißaus vor dem eben noch so idyllischen Wäldchen und sie macht, dass sie auf dem schnellsten Weg nach Hause kommt, ohne noch einen Blick für die herbstlich angehauchte Umgebung übrig zu haben.
Dort angelangt, schimpft sie sich selbst eine bodenlose Närrin. Eine Närrin, die zu viele Kriminalromane gelesen und Kriminalserien gesehen hat.
Da sie von ihrem strammen Fußmarsch doch ziemlich durchgeschwitzt ist, gönnt sie sich vor dem Pilzeputzen erst einmal ein längeres heißes Bad und wie immer hat sie Lesestoff in Buchform dabei.
Allmählich beruhigen sich ihre angespannten Nerven wieder und sie schiebt vorerst den erschreckenden Fund im Wald weit von sich weg.
Während sie in der Küche die zahlreichen Pilze säubert, läuft nebenbei wie immer der Fernseher. Sie will ja schließlich wissen, was sich in der großen weiten Welt im Laufe des Tages alles ereignet hat.
Soeben werden die 19 Uhr Nachrichten, MDR/Sachsen-Anhalt, ausgestrahlt. Es geht, wie so häufig, einmal mehr um die vielen Verkehrsunfälle auf der A14 und der A2 bei Magdeburg / Abfahrt Irxleben - dieser sogar mit Todesfolge, den gegenwärtigen politischen Geschehnissen des Landes Sachsen-Anhalt, dem Regionalsport und das regionale Wetter.
Doch heute gibt es eine kleine Ausnahme, denn ganz am Abschluss der Nachrichtensendung, als allerletzte eilige Mitteilung, wird eine Suchmeldung ausgestrahlt. Eine Suchmeldung nach dem Rentner Erwin Schleicher aus Kehnert, welcher unverzüglich gefunden werden muss, weil er dringend ärztliche Versor-

gung benötige. Er müsse umgehend seine Medizin erhalten, da er nicht nur herzkrank ist und Diabetiker wäre, sondern auch des Öfteren verwirrt und sich aus diesem Grund durchaus verlaufen haben könne. Die Suche mit einem Hubschrauber der Polizei, einen Tag zuvor und im Laufe des heutigen Nachmittages, hätte zu keinem Resultat geführt. Auch die intensive Fahndung durch die Einsatzkräfte der Polizei, nebst Leichenspürhund, ringsherum um Kehnert, sei am Nachmittag leider ergebnislos verlaufen. Die Suche wurde in Anbetracht der Verschlechterung der Wetterlage, einsetzender anhaltender Dauerregen und Warnung vor orkanartigen Böen, vorerst eingestellt.
Tatsächlich, ein Blick aus dem Küchenfenster zeigen Marina wieder nur dunkle fette Regenwolken, aus denen es wie aus Eimern soeben zu schütten beginnt. Auch der große eschenblättrige Ahornbaum vor ihrem Haus hat mit den aufkommenden Naturgewalten zu kämpfen, denn er neigt sich geradezu unter dem orkanartigen Sturm in alle vier Himmelsrichtungen. Es wirkt beinahe wie eine Machtprobe, zwischen dem Baum und dem wütend daherkommenden Wind, auf Marina. Sie mag gar nicht darüber nachdenken, was geschehen würde, wenn der Baum den Kampf verliert. ›Samt seinen Wurzeln, dem Erdreich entrissen und dann?‹, fragt sie sich.
Ein einzelner gleißender Blitzschlag, der die gesamte Gegend für einen kleinen Moment in taghelles Licht taucht und ein unmittelbar folgendes lautes Krachen, direkt über ihrem Haus, lässt sie heftig zusammenfahren. Als dann auch noch das Licht für wenige Sekunden ausgeht, möchte sie sich am liebsten in ihrem Bett verkriechen. Schon als Kind hat sie sich bei Gewitter zu Tode geängstigt.
Aber ein Gutes hat dieses Unwetter dann letzten Endes doch, denn es reißt sie aus ihre Gedanken, die sich um den Besuch der beiden Polizisten, ihrem merkwürdigen Fund im Wald und zu guter Letzt um die Nachrichtensendung des MDR drehen.
»Na, Marina! Dann wollen wir mal wieder«, sagt sie laut zu sich selbst und gibt sich damit einen inneren Ruck. Sie muss ja jetzt

nur noch die fertig gesäuberten, gewaschenen und eingetüteten Pilze in die Gefriertruhe befördern, die unten im Keller steht, und kann dann den Abend in Ruhe ausklingen lassen.

Seltsamerweise geht sie heute gar nicht gern dort hinunter. Erst nachdem sie im Kellergang und dem Vorratsraum für ausreichend Beleuchtung gesorgt hat, geht sie zur Truhe und verstaut ihre Pilze. Nach jedem Schritt schaut sie sich forschend um, bleibt eine Weile angestrengt lauschend stehen, hat sie doch das ungute Gefühl, dass sie nicht ganz allein hier unten ist. Sie fühlt sich beobachtet! Ständig glaubt sie ein schlurfendes Geräusch zu hören und es ist ihr, als ob ihr jemand in den Nacken pustet.

Mit heftig pochendem Herzen schleicht sie an der Kellerwand entlang. Sie wirft wiederholt einen kontrollierenden Blick zurück und hetzt anschließend die wenigen Treppenstufen hinauf.

Oben angekommen, lässt sie die Wohnungstür hinter sich zufallen. Den Schlüssel dreht sie vorsichtshalber gleich zweimal im Schloss um. An der Wand Halt suchend, wartet Marina darauf, dass sich ihr Herzschlag wieder beruhigt. So ein beklemmendes Gefühl und bedrohliche Angst hat sie schon lange nicht mehr verspürt. Deshalb werden von ihr alle Türen und die Fenster mit äußerster Sorgfalt in Augenschein genommen, ob sie denn auch wirklich fest verschlossen sind. Außerdem lässt sie noch die Rollläden sämtlicher Fenster komplett hinunter. Man weiß ja schließlich nie oder anders ausgedrückt, sicher ist sicher! Nun fühlt sie sich schon um vieles besser.

Ganz wohl hat sie sich im Grunde genommen noch nie gefühlt, wenn sie innerhalb der Woche allein zu Hause ist. Allein in dem großen neuen Haus, am Rande von Uetz, nahe beim Friedhof.

Um sich von ihren bohrenden Angstgefühlen abzulenken, widmet sie sich dem aktuellen Fernsehprogramm, eine sehr schöne Reportage über Sachsen-Anhalt ›Elbe von oben - Teil 1 - Quelle bis Schnackenburg‹.

Dazu genehmigt sich Marina eine Flasche Bier, obwohl sie für gewöhnlich alkoholfreie Getränke bevorzugt, denn irgendwie findet sie nicht die erwünschte Entspannung und auch Müdigkeit will sich bei ihr heute nicht einstellen.

Es dauert dann auch nicht allzu lange und die von ihr erhoffte Wirkung tritt ein. Sanft umfasst sie eine wohltuende bleierne Mattigkeit, die sie auf Händen hinüber ins Traumland tragen möchte. Aber bevor Marina dieser Müdigkeit vollends nachgibt, schaut sie noch geschwind bei ihren beiden goldigen Hamstern Rocky und Krümel sowie dem Zwerghamster Ricky vorbei.

Natürlich bekommt jeder von ihnen seine abendliche Streicheleinheit und sein Gute-Nacht-Küsschen.

Sie verbannt die denkwürdigen Ereignisse, auch die Bilder des heutigen Tages endgültig aus ihrem Kopf und geht zu Bett. Dieses Mal aber ohne irgendeinen Lesestoff mitzunehmen, denn sie weiß genau, dass sie dann keine Ruhe mehr für den Rest der Nacht finden würde.

Wie es dann bisweilen so geht, schläft Marina sofort tief und fest ein. Auch bleibt die Nacht ohne beängstigende Alpträume für sie.

KAPITEL 4

Das Fensterglas hinter ihm ist trübe vom anhaltenden Regen. Er steht davor, als geheimnisvolles Schattenbild seiner selbst. Der Ausdruck in seinem Gesicht lässt sich in dem dunklen Zimmer nicht erfassen.

In diesen Sekunden kümmert es ihn wenig, denn er ist mit seinen Gedanken in einem Zustand, der sich fern ab von der Wirklichkeit befindet. Er ist bei seiner blutigen Tat, dem Verbrechen an Erwin Schleicher und Gustav fragt sich, wie es so weit hatte kommen können. Die Ereignisse dieser Herbstnacht laufen wie ein Film in einer Endlosschleife immer wieder und wieder bei ihm ab. Hatte er es sich tatsächlich so vorgestellt? Die Abrechnung mit Erwin und dessen Bestrafung?

Ein deutliches ›NEIN‹ nistet sich in seinem Kopf ein und er ist fest entschlossen, sich der Polizei als Mörder zu erkennen zu geben.

Er holt tief Luft, als wenn ihm ein schwerer Betonklotz auf der Brust liegen würde, und geht dann mit Entschlossenheit zu dem alten Schreibschrank hinüber. Diesem entnimmt er das örtliche Telefonbuch. Dann schlurft er zum Fenster zurück, um im allerletzten Schimmer, Licht anmachen will er noch nicht, des sich schnell verdunkelnden Tages die Durchwahlnummer der Revierstation Tangerhütte herauszusuchen. Oder sollte er lieber gleich bei der Mordkommission anrufen? Zu sich selbst sagt er leise: »Was wäre denn jetzt richtiger, die in Stendal oder die in Magdeburg? Gibt es denn überhaupt eine Mordkommission in Stendal?«

Während er noch unschlüssig nach einer Nummer sucht, hört er plötzlich ihre Stimme. Zuerst kann er nicht recht verstehen, was seine Tochter ihm durch die verschlossene Zimmertür zuruft.

Doch dann macht ihn ihr Ton aufmerksam. Ihre Stimme hört sich ganz anders an als sonst und als er es gewohnt ist. Sie klingt nicht weichherzig, sacht, anpassungsfähig, sondern mühevoll abgeschwächt, als wenn jemand darum bemüht ist, seine Fassung zu wahren.
Er hat noch immer das Telefonbuch in der Hand, schaut davon hoch, aus dem Fenster hinaus und versteht endlich, was sie sagt: »... dass ich dein Ein und Alles bin, dass du mich immer lieben wirst, wie ein Vater seine Tochter eben liebt. Es stimmt, du hast mir nahezu jedes Anliegen, jede Bitte erfüllt. Du bist ...«, sie unterbricht sich. Ihre Stimme eilt dann ein wenig: »Du bist so großzügig gewesen, ich habe das nie von dir erwartet!« Sie fängt sich wieder: »Es kann da kommen, was will. Du musst mit mir reden! Ich spüre doch, dass dich etwas beschäftigt. Dass irgendetwas nicht in Ordnung ist.« Mehr sagt sie nicht. Stumm geht sie von der Tür weg und lässt ihn wieder allein.
In diesem Moment wird ihm klar, dass er sich noch nicht als Mörder erkennen geben kann. Das kann er seiner Tochter jetzt nicht antun. Sie braucht ihn noch, hat sie doch erst vor wenigen Wochen ihren Mann durch einen Autounfall verloren.
Gustav spürt plötzlich die Schwere des Telefonbuches in seiner Hand. Er lässt es aufgeschlagen und legt es in den Schreibschrank zurück. Wirft noch einen letzten kurzen Blick darauf, versucht sich die Nummer der Polizeistation Tangerhütte einzuprägen, die er soeben gefunden hat.
Dicke Regentropfen poltern gegen die Fensterscheiben. Unwillkürlich muss er daran denken, dass dieser Regen seine Spuren auf dem Schotter und dem Rasen, wenn da welche waren, sicher längst weggewaschen hat.
Behutsam öffnet Gustav Freitag die Wohnzimmertür. Er schaut sich in dem Flur um. Erkennt durch die nur leicht angelehnte Küchentür, dass dort das Licht eingeschaltet ist, erkennt den wandernden Schatten von seiner Tochter an der Wand und er erkennt auch, dass er jetzt nicht zu ihr gehen kann. Müsste er in dieser Minute mit ihr reden, würde alles aus ihm heraussprudeln.

Wie lauter kleine Seifenblasen, die aber mit bitterer Wahrheit gefüllt sind und die beim Platzen Wunden hinterlassen würden, tiefe schmerzende Wunden.

So schleicht sich Gustav Freitag wie ein Dieb durch das Haus seiner Tochter. In dem Gästezimmer angekommen, findet er aber nicht die ersehnte Ruhe und durchwandert das kleine Zimmer immer wieder. Von der Tür bis hin zum Fenster, vom Fenster zur Tür und wieder von vorn. Seine Gedanken drehen sich im Kreis, es ist ein fortwährendes Auf und Ab, es ist eine Achterbahn seine Gefühle.

Plötzlich erfasst ihn eine unbeschreibliche Müdigkeit, kraftlos sinkt er auf das Bett. Eine ganze Weile sitzt er in sich zusammengekauert auf der Bettkante. Er hält seine Hände vor das Gesicht gepresst und ein leises qualvolles Stöhnen entrinnt seiner Kehle. Fröstelnd zieht er sich die Bettdecke über die Schulter, streckt sich lang auf dem Bett aus und ist schon nach wenigen Minuten in einen tiefen Schlaf gefallen. Gustav Freitag träumt ...

Von schrecklichen Todesängsten gepeinigt, rennt er über vom Regen durchweichte Wiesen. Sein uralter, grauweiß gestreifter Schlafanzug, der an seinem rechten Knie einen großen roten Flicken hat, klebt wie Pech an seinem Körper. Das moderige Wasser, der über die Ufer getretenen Elbe, reicht ihm schon bis zu seinen Fußknöcheln herauf und es steigt immer weiter an.

Der Untergrund wird beständig zähflüssiger. Bei jedem weiteren Schritt versinkt er tiefer und tiefer im Morast, aus dem er sich nur noch schwer befreien kann. Milchiger Nebel breitet sich immer weiter aus. Er wird dichter, undurchdringbar für das menschliche Auge. Bald kann er nicht mehr sehen, wohin ihn seine kopflose Flucht führt.

Eine ihm wohlbekannte Stimme, die Stimme von Erwin Schleicher, tönt lautstark durch die Nacht und ruft ihn lockend: »Willst du nicht endlich mit mir gehen? Hier unten in der Hölle ist es ja so schön! Gebraten sollst du werden, so knusprig braun! Lieben werden sie dich, des Teufels Frauen!«

Da sieht Gustav auch schon das kreidebleiche Gesicht und die

nur schemenhafte Gestalt von Erwin unmittelbar vor sich auferstehen. Immer deutlicher hebt sich dessen Körper vor dem weißlichen Hintergrund ab. Blutgetränkte Geldscheine wogen wie ein zu lose gebundener Kranz um dessen Schädel herum. Sein Gewand ist auf dem Rücken durchtränkt vom rostigen Rot getrockneten Lebenssaftes.
Er kann buchstäblich fühlen wie die alten knochigen Hände nach seinem Hals, seiner Gurgel grapschen. Ihm mit aller Gewalt seinen Kehlkopf eindrücken und ihm der nötigen Atemluft immer mehr berauben.
Er röchelt leise vor sich hin und er hört noch einmal die beschwörende Stimme dröhnend locken: »Willst du nicht endlich mit mir gehen? Hier unten in der Hölle ist es so schön! Gebraten sollst du werden, so knusprig braun! Lieben werden sie dich, des Teufels Frauen!«
Unversehens hält Gustav ein scharfes Küchenmesser in seinen Händen. Ohne lange nachzudenken, sticht er wie rasend zu. Sticht zu, auf die geisterhafte Gestalt von Erwin Schleicher. Doch nichts geschieht, nur ein beständig anhaltendes und schauriges Lachen tönt durch die kalte Nacht, welches als ein mehrfaches Echo durch die dichter werdende Nebelwand zurückgeworfen wird.
Gustav versucht, dem Geist von Erwin zu entfliehen und rennt, rennt und rennt ...
Schweißgebadet richtet sich dieser im Bett auf. Sein Herz hämmert rasend schnell und schlägt schmerzhaft gegen seine Brust. Heftig nach Luft schnappend, entrinnt seiner Kehle ein bitteres, leises Krächzen. Langsam legt sich die Angst, die sich seiner bemächtigt hatte. Suchend schaut er sich im Zimmer um. Aber der Geist aus seinem Traum hat sich in Luft aufgelöst.
Doch die unwirkliche Illusion hat tiefe Spuren bei ihm hinterlassen. An weiterschlafen ist vorläufig nicht mehr zu denken. Außerdem ist er es nicht gewohnt, in einem solch bescheiden eingerichteten Gästezimmer, wie das seiner Tochter, übernachten zu müssen. Die Matratze des Bettes hat seine besten Jahre auch

schon lange hinter sich. Der Stoff ist mit den Jahren dünn geworden und so manch dauerhaft eingelegte Kuhle drückt beim Liegen und erst recht beim Schlafen.

Ein prüfender Blick aus dem Fenster verrät ihm, dass es aufgehört hat zu regnen. Die Enge des Zimmers scheint ihn erdrücken zu wollen. Die Wände rücken ihm buchstäblich auf seinen Pelz. Er beschließt, um wieder einen klaren und freien Kopf zu bekommen, einen kleinen Spaziergang durch das Dorf zu machen.

So schleicht er sich in seinen dicken Mantel gehüllt, seine Schirmmütze auf den Kopf, nicht nur aus dem Zimmer, sondern auch aus dem Haus seiner Tochter. Gerade so, als ob er von den sich wiederholenden Träumen davonlaufen könnte.

Dennoch, wie von einem alles beherrschenden inneren Zwang angetrieben, schlendert er zielstrebig die drei Kilometer nach Kehnert zu den Elbwiesen hinunter und zu der Stelle, an der er sich erst vor wenigen Tagen der sterblichen Überreste, sprich der Leiche, von Erwin Schleicher entledigt hatte.

Soweit Gustav in der aufkommenden Abenddämmerung sehen kann, tasten seine unruhig flackernden Augen die Wiesen ab. Auch das nahegelegene Ufer der alten Elbe wird einer genauen Prüfung unterzogen. Nichts entgeht ihm und befreit atmet er auf, als er keine verräterischen Spuren, keine Dinge entdecken kann, die man mit Erwin oder ihn in Verbindung bringen könnte.

So bleibt er noch ein ganzes Weilchen regungslos und tief in Gedanken versunken stehen. Bleibt stehen, ohne dass an jeden Abend wiederkehrende Schauspiel vor sich wahrzunehmen.

Denn, herbstliche Kühle streift die Elbniederung zwischen Bertingen und Kehnert, mit ihren zahlreichen Altarmen. Über deren weitläufigen Wiesen, den unzähligen Sträuchern und den niedrig gebliebenen Baumbestand sammeln sich zu vielen Tausenden die Stare. Riesigen schwirrenden Wolken gleich sausen sie umher, stürzen sich mit viel Lärm herab, streben in die Höhe, fallen wieder herab und schwingen erneut weit aus.

Das geht nun schon etwa dreißig Minuten so. Aber immer noch treffen zahlreiche Stare ein. Sie scheinen aus allen Himmelsrichtungen zusammenzukommen, um sich für ihren Weiterflug in ihr Winterquartier zu sammeln.

Unmerklich hat sich Irmgard Jungnickel neben ihren Vater gestellt. Sie hatte sehr wohl bemerkt, wie er ihr Haus still und leise verließ. Heimlich war sie ihm in einiger Entfernung gefolgt, um zu sehen, wohin ihn seine Wanderung führen wird. Erstaunt ist sie dann darüber, dass ihn sein Fußmarsch ausgerechnet an die Elbe führte, mochte er doch wegen seines starken Rheumas dieses feuchtkalte Klima der Niederungen ganz und gar nicht. Indessen hat sie seine kalte Hand in die Ihrige genommen und spricht kein einziges Wort.

Ganz und gar lässt sie das Schauspiel der Vögel auf sich wirken, so beeindruckt ist sie davon. Plötzlich fliegen alle Stare aufgeschreckt nach oben, um sogleich wieder steil herunter zu stürzen und lärmend ihren nächtlichen Schlafplatz aufzusuchen.

»In zwei Wochen sind sie bereits wieder fort. Der Herbst steht schon mit einem Bein in der Tür«, sagt Gustav Freitag unvermittelt und dreht sich langsam zu seiner Tochter um. »Lass uns wieder nach Hause gehen. Diese dichter werdenden Nebelschwaden legen sich mir langsam aber sicher aufs Gemüt und sie machen mich traurig, unendlich traurig. Außerdem könnte ich jetzt eine Tasse Tee mit Schuss, zum Aufwärmen, ganz gut vertragen.«

Irmgard hakt sich bei ihrem Vater unter. Langsam schlendern sie zum Dorf zurück.

»Weißt du, was ich sehr gerne einmal sehen würde, Paps?«, fragt Irmgard. »Das wäre, wenn nächtens all die vielen Stare gemeinschaftlich auffliegen! Das sehe doch bestimmt aus, wie ein wunderschöner Tanz oder, als wenn ein Stierkämpfer sein Tuch schwingen würde!«

»Wie denn, sehen? Sehen in dieser Dunkelheit? Es müsste ja schon Vollmond oder zumindest heller Mond sein. Außerdem müsste dann ja jemand oder etwas da sein, der in der Nacht zwischen den Schlafplätzen herumwandert! Doch sie bereiten ihr Nachtlager schon in voller Absicht im Schutz des dichten Schil-

fes über der Wasseroberfläche. Dort stört sie ja nicht einmal ein Fuchs oder eine Katze. Die Stare würden sie mit ihrem Krawall schon vertreiben. Auch Raubvögel hätten da keine reelle Chance. Die Schwärme ziehen sich dann wie einem Fischschwarm gleich ruckartig zu annähernder Kugelform zusammen, pulsieren oder bilden Wellen. Diese Manöver machen es dem angreifenden Greifvogel unmöglich sich einen einzelnen Star auszusuchen. Glaube mir!«, erwidert er.
Die belanglose Plauderei über die Stare hat Gustav von seinen peinigenden Gedanken erfolgreich abgelenkt. Fast hätte er sie für einen Augenblick, zumindest für eine kurze Weile, ganz vergessen können, wenn nicht diese, alles wieder aufreißende, belanglose Frage seiner Tochter Irmgard gekommen wäre: »Papa, hast du eigentlich schon etwas von den Gerüchten aus Kehnert gehört? Dein derzeitiger Mitbewohner aus dem Seniorenwohnheim, Erwin Schleicher heißt der doch oder? Der soll wohl seit dem letzten Wochenende vermisst werden. Wann hast du ihn eigentlich das letzte Mal gesehen?«
Verdattert und zugleich völlig überrascht von ihrer so nebensächlich dahin geworfenen Frage, antwortet er nur zögerlich: »Erwin gesehen? Lass mich einmal überlegen. Freitag früh, beim Dorfladen war es, glaube ich. Hat sich eine Packung Zigaretten und eine Buddel Klaren geholt. Warum fragst du?«
»Ach, nur so. Es wird so mancherlei gemunkelt, da soll irgendetwas nicht ganz koscher sein. Eine Köchin aus dem Wohnheim, ich traf sie gestern Nachmittag zufällig auf dem Friedhof, hat mir erzählt, dass die Polizei da ist und ermittelt. Außerdem hat man Blut in eurem Zimmer vorgefunden. Weißt du irgendetwas darüber?«
Als Gustav heftig verneinend den Kopf schüttelt, fährt sie fort: »Augen und Ohren müssen wir heutzutage ja immer offen halten, nicht wahr Papa! Es gibt so viel Böses auf dieser Welt. Man braucht sich doch bloß etwas umschauen. Wie hat Mama immer auf Schritt und Tritt scherzhaft gesagt? Holzauge sei wachsam!«
Irmgard Jungnickel betrachtet ihren Vater aufmerksam, ist ihr

doch bereits vor einigen Tagen eine befremdliche Veränderung in seinem Wesen aufgefallen. Ihr ist es auch nicht entgangen, dass er regelrecht zusammengezuckt ist, als sie ihn nach Erwin Schleicher fragte. Was hat das alles nur zu bedeuten?

Als Tochter und Vater auf der neugestalteten Dorfstraße von Bertingen anlangen, entzieht sich in der Kurve am Ortsausgang Richtung Uetz gerade ein Taxi ihren Blicken. Aber das ist es nicht, was sie aufmerksam werden lässt, sondern, dass vor dem Büro der Gemeinde mehrere Fahrzeuge der Polizei geparkt sind und dort auch ein Polizist mit einem Schäferhund wartet.

Verwundert und gleichermaßen erschrocken wendet sich Irmgard an ihren Vater: »Was ist denn hier los?«

Dieser zuckt nur hilflos mit seinen Schultern. Aschgraue Blässe überzieht mit einem Mal sein Gesicht. Mit einem beinahe böse klingenden Grollen in seiner Stimme fährt er seine Tochter an: »Was weiß denn ich, bin ich Doktor Allwissend oder was? Was geht es mich an!«

Diese dreht sich, erschrocken über den derben Tonfall ihres Vaters, zu ihm um, wobei ihr heiße Tränen in die Augen schießen. Ehe sie aber etwas erwidern kann, lenkt Gustav Freitag schon ein: »Mir ist wirklich nicht gut. Ich habe wohl zu wenig geschlafen in letzter Zeit. Mein Rheuma setzt mir auch wieder heftig zu. Du könntest dir ruhig mal ein vernünftiges Bett für deine Gäste zulegen. Das olle Ding hat längst ausgedient.«

Gustav Freitag würdigt dem ganzen Aufgebot vor dem Gemeindebüro keinen einzigen Blick mehr. Er lässt seine Tochter Irmgard einfach stehen und hastet eiligen Schrittes, seine Schirmmütze tief in das Gesicht hinuntergezogen, den Mantelkragen hochgeschlagen, die Schmerzen in seinen Gelenken missachtend zu deren Haus zurück.

Dort angekommen, entledigt er sich schnell seiner Schuhe, der Mütze und dem Mantel. Er geht in die Küche, entnimmt dem Kühlschrank eine nur noch halbvolle Flasche Weinbrand und er begibt sich, ohne Halt zu machen, sofort in das Gästezimmer hinauf.

Sorgfältig verschließt er die Tür hinter sich. Er verkeilt noch einen hochlehnigen Stuhl unter die Türklinke. Bevor er sich ins Bett legt, zieht er noch die schweren Vorhänge des Fensters zu. Dann trinkt er in einem Zug den restlichen Inhalt der Flasche, wie ein vor dem Verdursten Stehender, bis zur Neige aus. Er spürt noch, wie sich eine angenehme Wärme in seinem ganzen Körper ausbreitet, sich ein besänftigender Schleier sich aus seine aufgewühlte Seele legt und ist eingeschlafen.

KAPITEL 5

Das letzte Licht des Tages entschwindet mit großen Schritten hinter den geduckt wirkenden Häusern. Die untergehende Sonne, die ein letztes Mal an diesem Tag einen Weg durch die Wolken findet, lässt das kleine Dorf Bertingen wie einen Schattenriss erscheinen.

›Beinahe idyllisch‹, sinniert Kriminalkommissar Schön, als sie in das Dorf einfahren und vor dem Gemeindebüro anhalten, ›wenn da jetzt nicht dieser Vermisstenfall beziehungsweise Mordfall Erwin Schleicher wäre und der uns nun schon seit mehreren Tagen in Atem hält.‹

Er, sein Assistent Jörg Paulich und die Polizisten der Suchmannschaft gehen inzwischen nicht mehr von einem Vermisstenfall aus, sondern von einem Mordfall. Denn, alle vor Ort gesammelten Proben sowie gesicherten Spuren und deren Auswertungen durch die Fachkräfte der Spurensicherung, der kriminaltechnischen Untersuchung - KTU, haben ergeben, dass hier ein Tötungsverbrechen, mehr noch, ein Gewaltverbrechen vorliegen muss.

Heinz Schön, der inzwischen eine für ihn bequeme Stellung an der Beifahrerseite des VW-Transporters der Spurensicherung eingenommen, sich eine dicke Zigarre zwischen die Zähne geklemmt und diese angezündet hat, lässt die zurückliegenden Ereignisse Revue passieren.

... Nachdem der Polizeihubschrauber zu seinem ersten Rundflug über Kehnert und den angrenzenden Wäldern gestartet ist, um mit der Wärmebildkamera nach Erwin Schleicher zu suchen, begeben sich der Hundeführer Bernd Töpfer und sein Leichensuchhund in dessen Zimmer. Dort lässt man die Schäferhündin, die auf den schönen Namen ›Alexa vom Tangerwall‹ hört, anhand des Bettzeuges von Erwin die Witterung aufnehmen. Konzentriert schnüffelt Alexa daran. Sie nimmt dessen Geruch tief in sich auf und sucht anschließend systematisch den Raum ab. Keine Ecke lässt sie dabei aus. Doch schließlich wendet sie sich zielbewusst dem Fenster zu. Ohne lange zu zögern, springt sie auf die Sitzfläche des Stuhls, welcher wieder neben dem Schrank steht. Von dort geht es weiter mit einem ausladenden Satz auf das Fensterbrett und mit einem weiten Sprung auf den Rasen hinunter.

Bernd Töpfer weiß, dass die Hündin bei der Aufnahme der Witterung sehr schnell sein kann. Aber heute hat sie sich absolut selbst übertroffen. Ihn unbeabsichtigt, mit ihrem schnellen und kraftvollen Sprung aus dem Fenster, zu Fall gebracht, weil er die Hundeleine noch fest in seinen Händen hält.

Obwohl die gegenwärtige Situation wirklich nicht zum Scherzen ist, können sich die Spezialisten der Spurensicherung, die an der Zimmertür auf ihren Einsatz warten, ein Lächeln nicht ganz verkneifen. Zu komisch schauen die Gesichtszüge von ihrem Kollegen Bernd aus, die gleichermaßen Verwunderung, Überraschung, aber auch starken Schmerz zum Ausdruck bringen. Verwunderung darüber, sich so plötzlich auf dem Boden des Zimmers wiederzufinden. Überraschung, weil Alexa sich diesmal bei der Aufnahme der Witterung selbst übertroffen hat. Schmerz deshalb, weil er sich beim Fallen das rechte Schienbein heftig an der Sitzfläche des Stuhls geprellt hat. Welches er sich sogleich mit einer verärgerten Miene und laut fluchend massiert: »Immer ich! Wieso passieren nur immer mir solcherlei Geschichten?«

Lange kann er sich aber nicht seinem Schmerz hingeben, denn vor dem Fenster lauert schwanzwedelnd Hündin Alexa. Immer wieder zieht sie kräftig an der Leine. Schnüffelt aufgeregt in Zickzackkurven am Boden entlang, um die Spur nicht zu verlieren. Gibt dann und wann ein aufgeregtes Bellen von sich und wartet darauf, dass sie der Witterung endlich folgen darf.

Schließlich steht ihr Herrchen, der Hundeführer, neben ihr und

zusammen folgen sie der nur noch schwachen Spur. Begleitet werden sie von Jörg Paulich sowie den beiden Polizisten von der Revierstation aus Tangerhütte, die sich in dieser Gegend bestens auskennen.
Parallel dazu hat die mühevolle Arbeit der Spezialisten der Spurensicherung, gehüllt in weiße Einweg-Hygieneanzüge, Mundschutz und Einweghandschuh, begonnen. Sie untersuchen den vermeintlichen Tatort nach Fingerabdrücken, nach Blut- und Speichelresten, nach Hautschuppen, nach Haaren und Faserspuren von Kleidungsstücken, sowohl im Zimmer als auch vor dem Fenster. Außerdem nehmen sie Bilder von dem Zimmer sowie der Rasenfläche beziehungsweise den Reifenspuren auf.
Kriminalkommissar Schön fasziniert es immer wieder, mit welcher Sorgfalt und Gründlichkeit die Kollegen dabei vorgehen. Aber er fragt sich augenblicklich, ob nach so vielen Stunden, die Erwin Schleicher nicht mehr gesehen wurde, noch verwertbare Spuren zu finden sind. Dass sie verwertbare Spuren im Zimmer sichern können, daran zweifelt er nicht. Ihm scheint aber die Suche außerhalb des Zimmers, betreffs Rasen und Umgebung, recht aussichtslos zu sein. Bei dem vielen Regen in den zurückliegenden Stunden.
Dieweil Heinz Schön hier nicht wirklich gebraucht und seine längere Anwesenheit unnötig ist, begibt er sich in das Büro der Heimleiterin. Da die zwei Züge der Hundertschaft noch immer das anhand einer Karte festgelegte Suchgebiet rund um Kehnert absuchen, ein weiterer Zug die Bevölkerung des Ortes und der umliegenden Gemeinden befragt, möchte er die Zeit nicht unnütz verstreichen lassen. Er möchte endlich mit der Befragung der Heimbewohner beginnen. Sie sind ja schließlich die Personen, die im direkten sozialen Umfeld von Erwin Schleicher wohnen und nur sie können Auskünfte geben über seinen Bekanntenkreis, seine Orte - wo er am häufigsten anzutreffen ist, seine Hobbys, eventuell auch etwas über seine Familienangehörige sagen ...
Heinz Schön wird durch ein sehr laut vernehmbares Rauschen,

welches sich beinahe wie das Schlagen von Windmühlenflügeln anhört, aus seinen tiefen Gedanken gerissen. Prüfend schaut er sich um, denn dort, wo er steht, ist alles ruhig. Dann kann er am Ortseingang von Bertingen mehrere Lichter wahrnehmen, die sich, einem UFO gleich, langsam der Erde nähern. Ein letztes heftiges Schlagen der Rotorblätter eines Hubschraubers, dann kehrt wieder Ruhe ein.

In der Zwischenzeit ist Günter Fricke, der Ortsbürgermeister von Bertingen vor seinem Büro eingetroffen. Er steht auf der obersten Stufe der steinernen Treppe, die zu dem Büro der Gemeinde führt, die von den vielen Benutzern der Selbigen im Laufe der Jahrzehnte ausgetreten wurde, und betrachtet, nach außen hin gibt er sich äußerst gelangweilt, was sich derzeit vor seinen Augen abspielt. Niemand kann seine vor Spannung im Nacken aufrecht stehenden Härchen sehen, denn Günther Fricke ist von Natur aus sehr wissbegierig. Er vermag seine bohrende Neugier kaum noch im Zaum halten. Zu gerne würde er jetzt wissen, was der ganze Aufmarsch zu bedeuten hat.

Natürlich weiß er oder mutmaßt es zumindest, warum die Polizei so zahlreich hier in seinem Ort vorstellig wird, funktioniert in diesem Ort doch der wohlbekannte Buschfunk zuverlässig. Ein gewisser Erwin Schleicher, wohnhaft im Kehnerter Seniorenheim ›Geborgenheit‹, keine zwei Kilometer von hier entfernt, wird seit dem zurückliegenden Wochenende vermisst.

Aber, was er nicht weiß und nicht versteht, warum hat die Polizei sozusagen ihre Zelte in Bertingen aufgeschlagen? ›Wäre da nicht die Ortschaft Kehnert sowie das dortige Gemeindebüro, die richtige und bessere Anlaufadresse, um sich ›häuslich‹ niederzulassen? Schließlich wird der Schleicher ja dort vermisst und nicht hier‹, grübelt er vor sich hin.

Also bittet Günter Fricke, ganz und gar um ernsthafte Freundlichkeit bemüht, Kriminalkommissar Schön und seinen jungen Assistenten Paulich erst einmal näher zu treten und im Raum für Besucher Platz zu nehmen. Dort wäre der einzige Raum, in dem genügend Stühle vorhanden sind und wenn nötig, auch Tische.

Kriminalkommissar Schön dankt für die Einladung, zieht sich noch vor Betreten des Gebäudes den Indiana-Jones-Hut von seinem Kopf, klopft die Feuchtigkeit sorgfältig aus der Hutkrempe und tritt ein.

An der Garderobe bemerkt Heinz Schön einen feuchten Trenchcoat, als er seinen Mantel aufhängen will. Dezent mustert er die Frau, die stumm auf dem Stuhl sitzend wartet. Er wird wohl den Bürgermeister fragen müssen, wer diese Frau ist, denn obwohl sie blass und verweint aussieht, hat sie eine starke anziehende Wirkung auf ihn, die er sich nicht erklären kann. Aber das wird noch ein Weilchen warten müssen. Er will und muss sich jetzt um Wichtigeres kümmern.

Kriminalkommissar Schön bleibt erst einmal an der Tür stehen und betrachtet diese recht ausgiebig, hat er doch hier eine antiquarische Tischlerarbeit vor sich. Als Hobbytischler erkennt er eine mit der Hand geschnitzte Tür sofort. Anerkennend fährt er mit der Hand über das gediegene Holz, welches zu seinem Schutz nur einen Ölanstrich erhalten hat.

Ohne den Raum betreten zu haben, schaut er sich interessiert im Zimmer des Bürgermeisters um, welches nur mit dem Allernotwendigsten eingerichtet ist.

Ein Schreibtisch, ein alter Schrank - der vor vielen Jahren in einem Wohnzimmer als Teil einer Schrankwand gestanden haben mochte, vier Stühle, zwei stark beanspruchte Ledersessel, und ein runder Tisch.

Sein Blick bleibt am Wappen des Ortes, welches an der Wand, hinter dem robust aussehenden Schreibtisch, seinen Platz gefunden hat, hängen.

»In Silber gehalten, auf einem entwurzelten grünen Stubben mit einer goldenen Oberfläche, ein auf den Hinterbeinen sitzendes rotes Eichhörnchen, es hält eine goldene Eichel mit grüner Kapsel in den Vorderpfoten und nagt daran. Das Wappen wurde erst am 30. April 1997 durch das Regierungspräsidium Magdeburg genehmigt«, gibt unaufgefordert Günter Fricke nähere Auskunft.

»Das Eichhörnchen ist im Übrigen das Maskottchen für die Ge-

meinde Bertingen bei dem alljährlich stattfindenden Dorffest.«
Blanker Stolz schwingt in seiner Stimme mit und schon plaudert er aufgedreht weiter: »Jedes Jahr findet in Bertingen das sogenannte RUDE statt. Rock unter den Eichen ist ein in ganz Deutschland beliebtes Heavy Metal Open Air. Die Bertinger, die Kehnerter und die Uetzer haben an den zwei Tagen freien Eintritt. Dann gibt es noch das Feriendorf Bertingen, namens La Porte, ein Hotel und Restaurant am Elberadweg. Das war früher einmal, also noch zu DDR-Zeiten, ein beliebtes Pionierferienlager. Lange lag es in einem Dornröschenschlaf. Zu guter Schluss, um es nicht zu vergessen, das Indianer Tipi-Dorf, der Campingplatz Bertingens. Das konnte man übrigens schon mehrmals im Fernsehen bewundern.«
Erwartungsvoll und Anerkennung heischend schaut der Bürgermeister seinem Besucher in das Gesicht.
Als er auf seine ausführlichen Erläuterungen aber keinerlei Antwort erhält, kann er seine Wissbegierde nicht mehr länger unterdrücken: »Herr Kommissar, wie kann ich, wie kann Bertingen Ihnen behilflich sein? Und was hat der große Aufmarsch da draußen zu bedeuten?«
Kriminalkommissar Heinz Schön will sich nun unter keinen Umständen länger von seiner Arbeit abhalten lassen und brummt ungehalten, wie es eben manchmal so seine Art ist, zurück: »Ersten heißt es nicht Kommissar, sondern Kriminalkommissar. Sie scheinen wohl wirklich nicht zu wissen, wen Sie gerade vor sich haben oder? Nur zu ihrer Information, Rechenschaft muss ich Ihnen, sehr geehrter Herr Bürgermeister Fricke, nicht geben. Hier handelt es sich um eine polizeiliche Aktion und hierbei haben Zivilisten nichts zu suchen!«
Heinz Schön dreht sich suchend im Raum um: »Haben Sie so etwas wie eine Landkarte der Gegend hier? Wenn ja, dann brauche ich die jetzt. Am besten noch gestern! Mit anderen Worten, SOFORT!«
Günter Fricke entgeht nicht der unwillige Ausdruck in den Augen, mit dem ihn der Kriminalkommissar jetzt entgegensieht. Es

macht ihm auf lange Sicht klar, dass er es hier mit einer Person zu tun hat, die es gewohnt ist Befehle zu geben und auch durchzusetzen. Darum entscheidet er sich, ihn als eine höherstehende Persönlichkeit anzuerkennen, so schwer wie es ihm im Moment auch fallen mag, um sich weiteren und überflüssigen Ärger zu ersparen. Sei es nun sein Büro oder eben nicht.
Eifrig und nahezu widerstandslos entnimmt er einem Aktenschrank die gewünschte Landkarte, die vom wenigen Gebrauch völlig mit Staub bedeckt ist. Er geht in das Sitzungszimmer der Gemeinde hinüber. Dort reinigt er die Karte notdürftig mit einem Handfeger und hängt sie dann an einem großen Wandhaken auf, der einst sicherlich für diesen Zweck dort angebracht wurde. Dann harrt er der Dinge, die da jetzt kommen werden.
Heinz Schön war ihm schweigend gefolgt. Intensiv betrachtet er längere Zeit die Landkarte und prägt sich all die Besonderheiten der Gegend ein.
Ohne sich nach Günter Fricke umzudrehen, fragt Schön den Bürgermeister: »Die Karte. Brauchen Sie die noch?« Er wartet aber dessen Antwort gar nicht erst ab, sondern entnimmt seiner Aktentasche ein paar Stifte aus einer abgewetzten Federtasche. Dann ruft er seinen Assistenten zu sich. Mit Hilfe der Daten von Paulichs Laptop wird nun eine gröbere Skizze erstellt, von dem zeitlichen Ablauf des bisherigen Geschehens und von den Maßnahmen, die bis jetzt bei der Suche nach Erwin Schleicher ausgeführt wurden und noch ausgeführt werden müssen.
Da der Bürgermeister, von einem durchdringenden Interesse geplagt, noch immer im Türrahmen des Sitzungszimmers lehnt, nimmt er jede Anmerkung die auf der Karte notiert wird mit wachsamen Augen tief in sich auf. Erschrocken fährt er zusammen, als ihn stehenden Fußes die nächste Maßregelung von Schön erreicht: »Hatte ich mich nicht deutlich genug ausgedrückt? Das ist nicht für die Augen und Ohren von Zivilpersonen bestimmt! Raus hier, aber sofort! Und bevor Sie verschwinden, machen Sie gefälligst die Tür hinter sich zu!«
Während Kriminalkommissar Schön seinen Assistenten Jörg

Paulich den Auftrag erteilt, die jeweils leitenden Personen der draußen wartenden Mannschaften hereinzubitten, beobachtet er aus den Augenwinkeln heraus, ob Bürgermeister Günter Fricke nun endlich aus dem Zimmer verschwunden ist. Als er ein laut vernehmbares Klappen hinter seinem Rücken hören kann, atmet er befreiend auf. Gegen eine gesunde Neugier hat er ja nichts einzuwenden, aber die von Fricke ging ihm eben echt auf den Nerv. Unbewußt und verneinenden schüttelt er seinen Kopf.
Indessen haben alle Herbeigerufenen im Sitzungsraum ihren Platz eingenommen. Heinz Schön schaut dann noch in höchsteigener Person im Flur der Gemeinde nach, ob sich dort kein ungeladener Zuhörer aufhält. Nur in seinem Hinterkopf registriert er, dass auch die Frau nicht mehr da ist, die dort blass und weinend auf dem Stuhl gesessen hatte.
Mit Unterstützung der bemalten Landkarte erfolgt nun, für alle Versammelten, eine ausführliche Zusammenfassung und weiterführende Lagebesprechung.
Dass diese aber doch vom Bürgermeister klammheimlich und sehr aufmerksam verfolgt wird, entgeht nicht nur dem Kriminalkommissar, sondern auch dem Rest der hier Anwesenden. Sie wissen nämlich nicht, dass die Tür des Sitzungsraumes sich nicht wirklich schließen lässt. Sie hat die merkwürdige Eigenschaft nach einer Weile, wie von Geisterhand gesteuert, für einen zehn Zentimeter breiten Spalt, wieder aufzugehen. Da sie auch gut in ihren Scharnieren geölt ist, geschieht dies, ohne einen hörbaren Ton.
Nachdem alle im Sitzungssaal verschwunden sind, schleicht sich Günter Fricke zurück zur nun offenstehenden Tür. Von dort lauscht er aufmerksam den bis ins Einzelne gehenden Ausführungen des Kriminalkommissars. Während er entspannt am Türrahmen lümmelt, entgeht ihm buchstäblich kein einziges Wort.
Obwohl er kein fachliches Wissen besitzt, was die kriminalistische Tätigkeit der Polizei anbelangt, kann er sich recht bald von den bisherigen Entwicklungen ein klares Bild machen. Die Informationen, die er durch seinen kleinen ›Lauschangriff‹ erhält,

ergeben für ihn eine genaue Darstellung der früheren Ereignisse. Für ihn stellt es sich dann so dar.

... Erwin Schleicher wurde am Sonntag beim gemeinschaftlichen Abendbrot zum allerletzten Mal gesehen. Er ist dann aber am Montagmorgen am Frühstückstisch nicht erschienen. Darauf schaute man in seinem Zimmer nach, ob mit ihm alles in Ordnung ist und er sich vielleicht noch dort aufhält. Dabei konnte man feststellen, dass nicht nur Erwin Schleicher, sondern auch einige persönliche Sachen von ihm verschwunden sind und dass sein Bett von ihm in der Nacht nicht benutzt worden war. Einer von zwei beigefarbenen Bettvorlegern des Zimmers verschwunden ist. Und das verschiedenartige Blutspuren im Raum vorhanden sind. Aus diesem Grunde wurde der Heimleiterin Hannelore Golzow umgehend Bescheid gegeben.

Nach ihrem Eintreffen wurden von ihr einige Leute des diensthabenden Personals, der Gärtner und ein paar rüstige männliche Heimbewohner losgeschickt, Erwin Schleicher im Wohnheim und auf dem Gelände des Selbigen zu suchen, da es nicht das erste Mal war, dass Erwin verschwand. Aber nicht einer von der an der Suche beteiligten Personen konnte Erwin Schleicher ausfindig machen, nicht im Heim und auch nicht auf den Außenanlagen des Objektes. Daraufhin alarmierte die Heimleiterin des Seniorenwohnheims, Hannelore Golzow, ohne noch länger auf eine Wiederkehr des Rentners zu warten, die Polizei in Tangerhütte.

Zwei Polizisten der Revierstation trafen gegen elf Uhr in Kehnert ein. Sie ließen sich den Sachverhalt von Frau Golzow erklären. Danach schauten sie sich das Zimmer sorgfältig an, welches Erwin Schleicher bewohnt, immer darauf bedacht nichts anzufassen. Auf Grund der vorhandenen Blutspuren und den ins Auge stechenden Autospuren vor dem Fenster sperrte man nicht nur den Gang komplett ab, sondern auch weiträumig die Rasenfläche vor dem Gebäude.

Zirka gegen zwölf Uhr wurde dann das Polizeirevier in Stendal informiert. Der Anruf wurde von der Zentrale sogleich zum Büro des Kriminalkommissars Schön geleitet. Den Anruf nahm sein Assistent Jörg Paulich entgegen. Eine halbe Stunde später befanden sie sich auf dem Weg nach Kehnert. In Kehnert selbst trafen Schön und Paulich gegen dreizehn Uhr und zwanzig Minuten ein.

Man führte zuerst ein ausführliches Gespräch mit den beiden Polizeibeamten aus Tangerhütte. Danach ließ man sich von ihnen die getroffenen Vorkehrungen zeigen, die verhindern sollten, dass kein Unbefugter im Zimmer von Schleicher und auf dem Rasen mit den verdächtigen Spuren herumlaufen kann.

Nachdem man sich eingehend mit der Heimleiterin Frau Golzow unterhalten, alle Erkenntnisse vor sich liegen hatte, sah man im polizeilichen Sinne die objektiven Tatbestände einer Hilflosigkeit und alle Voraussetzungen für einen Vermisstenfall als gegeben an. Erstens, Erwin Schleicher hatte seine ihm gewohnte Umgebung, seinen Lebenskreis verlassen. Zweitens, sein gegenwärtiger Aufenthaltsort ist nicht bekannt. Drittens, es kann eine Gefahr für Leib oder Leben angenommen werden.

Unverzüglich wurde eine Vermisstenanzeige nach Erwin Schleicher aufgegeben und die Leitzentrale informiert. Das war gegen vierzehn Uhr.

Schon wenige Minuten später waren eine Hundertschaft der Bereitschaftspolizei, ein Hundeführer mit einem Leichensuchhund, ein Polizeihubschrauber ausgestattet mit einer Wärmebildkamera sowie die Spurensicherung auf dem direkten Weg nach Kehnert unterwegs. Gegen fünfzehn Uhr und dreißig Minuten sind dann alle vor Ort vollzählig versammelt. Jeder bekommt seine Aufgaben zugeteilt und die Suche beginnt.

Der Polizeihubschrauber überflog daraufhin im Umkreis von drei Kilometern die Waldgebiete bei Kehnert.

Zwei Züge der Hundertschaft durchkämmten zeitgleich zu Fuß die nähere Umgebung des Ortes Kehnert, wie die angrenzenden Waldgebiete, Wiesen und auch die Felder.

Ein weiterer Zug Polizisten befragte die Bewohner Kehnerts und die der umliegenden Gemeinden, ob sie Erwin Schleicher gese-

hen haben oder etwas über seinen Aufenthaltsort zu sagen wüssten.
Der Hundeführer Bernd Töpfer und seine Schäferhündin Alexa konnten erfolgreich die Spur von Erwin Schleicher aufnehmen und folgen ...
Unterdessen lehnt Bürgermeister Günter Fricke, mit entspannt übereinander gekreuzten Beinen, seine beiden Arme in den Seiten abgestützt, noch immer am Türrahmen und lauscht. Seinen Blick hat er starr auf einen schäbigen Fleck auf dem Fußboden vor sich gerichtet.
So entgeht ihm, dass Bernd Töpfer mit seiner Hündin eilig den Sitzungssaal der Gemeinde verlässt. Hunde sind nun mal keine Menschen, die sich auf Stunden ein Bedürfnis verkneifen können, selbst dann nicht, wenn sie stubenrein sind. Mit anderen Worten, Gassi gehen ist dringend angesagt. Doch irgendein merkwürdiger Geruch an der linken Hand von Günter Fricke animiert Schäferhündin Alexa dazu, ohne lange zu zögern, die selbige gründlich abzuschlecken.
Erschrocken fährt Fricke in sich zusammen, um sich sogleich angewidert seine feuchte Hand an der Hose abzuwischen. Er ist kein Freund von Hunden, seit er als fünfjähriges Kind von dem Mischlingshund seiner Tante gebissen wurde. Tessa, eine Mischung aus Schäferhund und Collie, war damals noch sehr jung und verspielt, wusste es noch nicht besser. Aber seine Abneigung gegen Hunde sitzt seit dem tief in ihm.
Eigentlich müsste er sich jetzt waschen gehen, weil ihm der Schleim der Hundezunge auf der Hand und auf der Haut zu brennen scheint, aber seine Neugier ist wieder einmal größer, als der Drang sich säubern zu müssen. Er vergewissert sich nur, ob der Hundeführer wirklich das Gebäude verlassen hat, nimmt dann seine aufgegebene Haltung wieder ein und lauscht ...
Auf Grund der massiven Verschlechterung der vorherrschenden Wetterlage musste die Suche mit dem Hubschrauber einstweilen eingestellt werden. Die drei Züge der Hundertschaft kamen ebenfalls ohne Ergebnisse zurück. Der Einzige, der mit einem

vielversprechenden Resultat zurückkam, war der Hundeführer Bernd Töpfer. Er beziehungsweise Hündin Alexa konnte erfolgreich die Witterung aufnehmen. Sie führte die Kollegen die K1471 entlang, bis zu der Ortschaft Sandfurth. Dort verlor sie die Spur für einen kurzen Augenblick, um dann zurück nach Kehnert zu laufen. Dort führte die Hündin die Beamten die Hauptstraße von Kehnert entlang, bis hin zu einer abbiegenden großen Kurve in der Nähe des Kehnerter Schlosses. Genau dort, an dieser Kurve, folgte Alexa einem ausgefahrenen Feldweg, der direkt zur Elbe führt. An einer von Anglern genutzten Stelle verlor sie leider die Spur. Sie konnte auch nach längerem Suchen nicht wieder von ihr aufgenommen werden.
Zwischenzeitlich wurden auch die Presse, der Funk und das Fernsehen über den Vermisstenfall informiert, damit dort eine Suchmeldung herausgegeben wird. Von dieser Seite stehen Resultate leider noch aus, was sich hoffentlich in den nächsten Stunden ändern wird.
»Voreilige Schlüsse möchte ich nicht ziehen«, wendet sich Kriminalkommissar Schön an die im Gemeinderaum versammelten Polizisten. »Da möchte ich noch die Auswertung der von der Spurensicherung gesammelten Proben und den Bildern sowie die eingehenden Informationen durch die Bevölkerung abwarten. Ich möchte Sie nun bitten, ihre zugewiesenen Quartiere aufzusuchen. Morgen wird ein langer und sicherlich harter Tag, denn wir werden unsere Suche entlang der Elbe ausweiten müssen, da der Hund die Spur bis dorthin verfolgen konnte. Bei Anbruch des Tages erwarte ich Sie wieder hier vor dem Gemeindebüro! Damit sind Sie für heute entlassen.«
Emsiges Stühle scharren lässt nun auch Bürgermeister Fricke eiligst von seinem Platz und aus dem Gemeindebüro verschwinden. Er hat für heute genug gehört und glaubt grundlegend Bescheid zu wissen. Seiner ständigen Neugier wurde vorerst voll und ganz Genüge getan.
Kriminalkommissar Heinz Schön ist am Ende seiner Kräfte angelangt. Er hat das unschöne Gefühl jeden Moment buchstäblich

aus den Latschen zu kippen. Ein Blick auf seine Taschenuhr verrät ihm, dass sich die Fahrt nach Hause nicht mehr lohnt. Es wäre vergeudete Zeit, die er dann doch lieber hier, an Ort und Stelle, für ein paar wenige Stunden Schlaf nutzen möchte.

Eigentlich würde er jetzt auch gerne noch einen Happen essen, aber da er hier nichts Essbares vorfindet, muss ihm ein Schluck kaltes Wasser aus der Leitung für diese Nacht reichen. Dann ist er glücklich, endlich die für ihn im Büro des Bürgermeisters aufgestellte Liege, die sich in einer Abstellkammer fand, aufsuchen zu können. Dass sich auch noch eine alte graue Armeedecke aus DDR-Zeiten anfindet, womit er sich notdürftig zudecken kann, tröstet ihn sehr. Heinz Schön macht es sich so gut wie möglich auf der Liege bequem. Er rollt noch seinen Mantel als Kopfkissenersatz zurecht, schiebt diesen unter sein müdes Haupt, brummt kaum vernehmbar noch ein »Gute Nacht, Jörg. Bis morgen!« und ist auch schon eingeschlafen.

Dass sein Assistent Jörg Paulich einen Schlafplatz findet, der sich nicht wirklich als behaglich erweist und sich aus nur zwei zusammengeschobenen alten Sesseln ergibt, wo dieser nicht mal seine langen Beine ausstrecken kann, interessiert ihn herzlich wenig.

Während der Kommissar ins Reich der Träume abdriftet, findet Jörg noch nicht die innere Ruhe, um sogleich einschlafen zu können. Ihm geistern die Ereignisse der vergangenen Nacht und des Tages noch eine ganze Weile im Kopf umher. Erst eine ganze Stunde später übermannt ihn dann doch die Müdigkeit.

KAPITEL 6

Der Oktobertag kündigt sich mit einem lauten Prasseln gegen die bis auf einen kleinen Spalt heruntergelassenen Rollläden des Schlafzimmerfensters an.
Marina, die nach einer ziemlich schlaflosen und mit wirren Alpträumen durchzogenen Nacht keinen rechten Trieb verspürt, diesem Geräusch auf den Grund zu gehen und ihr warmes Bett zu verlassen, erhebt sich nur widerwillig. Während sie sich ihre dickgefütterten Pantoffeln überstreift, durchzieht sie ein leichtes Frösteln und lässt sie die Arme schützend vor ihrer Brust verschränken.
Da es draußen nicht mehr völlig dunkel ist, zieht sie die Rollläden hoch und staunt nicht schlecht, denn außen auf den Fensterbrettern liegt eine zwei Zentimeter dicke Schicht Hagelkörner in der beachtlichen Größe von circa ein bis zwei Zentimeter.
›Der Tag kann ja wieder einmal heiter werden. Erst schläft man schlecht, weil man ein Haufen ungereimtes Zeugs träumt. Dann friert man auch noch völlig grundlos. Der Wetterbericht hält auch nicht das, was er gestern in den Abendnachrichten noch versprach. Nämlich durchweg Sonnenschein und Temperaturen um die fünfzehn Grad plus‹, grübelt sie. Ihr Stimmungsbarometer droht wieder einmal in den Minusbereich abzusinken.
Aber Marina ist nicht wirklich der Typ Mensch, der sich von solch ungünstigem Zusammentreffen von Umständen den ganzen weiteren Tag vermiesen lässt.
Wie an jedem Tag, wird als Erstes die Kaffeemaschine in Gang gesetzt, denn ohne einen anständigen Kaffee geht bei ihr gar nichts. Die morgendliche Körperpflege wird eher oberflächig betrieben, denn das Wasser aus der Leitung bleibt heute kalt. Wer weiß, was dort wieder los ist. Da muss ihr Mann Lukas am

Wochenende nach dem Rechten sehen, wenn er aus Bremen wieder heran ist.

Nun noch schnell den Personalcomputer hochfahren. Marina geistert nämlich seit der vergangenen Nacht ein Gedicht im Kopf umher, welches sie unbedingt zu Papier bringen beziehungsweise am Computer eintippen will, bevor es sich durch die Turbulenzen des Tages wieder in einem Nichts verliert.

Ein ganz normaler Herbsttag

Ein schöner Morgen, leise ein neuer Tag erwacht,
die Sonne goldgelb vom Himmel lacht.
Die Bäume und Sträucher leicht von dieser Farbe angehaucht,
auch der taunasse Rasen von jenem Licht gänzlich eingetaucht.
Wohl nicht schöner kann ein Herbsttag beginnen.
Was wird er mir heute an Überraschungen bringen?
Als Erstes sehe ich drei Elstern auf dem Dorfplatz zu,
sie finden bei ihrer Balgerei überhaupt keine Ruh.
Jagen sich ständig hin und her, kreuz und quer.
Plötzlich verschwinden sie. Ach, da kommt nur wer.
Nun lassen sich ein paar Krähen auf dem Rasen nieder,
sie kommen regelmäßig jeden Morgen wieder.
Aber sie werden wie üblich nicht lange bleiben,
lassen sich bald von ihrem Hunger weitertreiben.
Was ist das plötzlich für ein Spektakel über dem Haus?
Ich lauf schnell zum Fenster und schaue hinaus.
Auch unser Hund kann sich den Blick zum Himmel nicht verkneifen,
so überrascht ist er von diesem lauten Keifen.
Es ziehen wieder Kraniche und Gänse vorbei,
sie veranstalten immer dieses laute Geschrei.
Nun sind sie nicht mehr zu sehen, es kehrt Ruhe ein.
Ich betrachte die herbstliche Natur und finde sie echt fein.
Die Blätter der Bäume und Sträucher sind bunt angemalt,
die Sonne noch immer vom Himmel strahlt.
Auch der Igel freut sich über das bunte Blätterdach,

er hat sich für den Winter ein Quartier draus gemacht.
Jetzt sind auch die Spatzen aus ihrem Schlaf erwacht,
ein jeder im Sand erst einmal sein Morgenbad macht.
Es ist wirklich jedes Mal putzig anzusehen,
alle anderen Spatzen bleiben neugierig stehen.
Doch plötzlich wird der herbstliche Frieden gestört,
von einem Tiefflieger, der hier einfach nicht hingehört.
Ein jedes Tier in seinem Versteck ängstlich lauert,
zum Glück hat der Spuk nur Sekunden gedauert.
Man könnte noch viele solche Beobachtungen beschreiben.
Ich möchte aber bei diesen wenigen Zeilen bleiben.
Gehe noch für ein Weilchen in unseren Garten hinaus.
Wer weiß, vielleicht sieht die Welt morgen nicht mehr so friedlich aus!

Mehrere Male liest sich Marina das Gedicht durch. Schließlich ist sie zufrieden mit dem Ergebnis und sie fährt ihren Personalcomputer wieder herunter.

Da der Tag nun schon ein wenig vorangeschritten und auch der Kaffee alle ist, die Herbstsonne sich hinter der dicken grauen Wolkendecke vorgetraut und den morgendlichen Hagelschauer aufgeleckt hat, beschließt Marina spontan einen kleinen Ausflug mit dem Fahrrad zu unternehmen. Obwohl die Temperaturen trotz Sonnenschein noch recht frisch sind, zieht es sie wieder einmal hinaus.

Warm eingemummt begibt sie sich nach draußen und versorgt dort zuerst ihren Hund Laika, dann die vier Frettchen Sunny, Jerry, Tom sowie Louis und zu guter Letzt die beiden Zwergkaninchen Big Food und Max, die heute keinerlei Lust haben, sich blicken zu lassen. Sie verstecken sich immer tief in ihrer Einstreu, wenn der Wind aus dem Osten kommt, denn dann ist er immer besonders frisch bis eisig.

Nachdem alles versorgt ist, holt sie ihr neues Elektrofahrrad aus der Garage. Prüft, ob genug Luft auf den beiden Reifen und auch der Akku voll ist. Dann startet sie zu ihrer etwa anderthalb Stunden dauernden Fahrradtour durch die fast unberührte Natur.

Marina genießt es immer wieder, diese neu zu entdecken. Schon am Ortsausgang von Uetz, auf einem kleineren Feld nahe am Sportplatz, wartet ihre erste tierische Begegnung des Tages. Dort äsen sieben Rehe in aller Ruhe in der morgendlichen Sonne. Sie sind vorüberfahrende Fahrradfahrer, Autos und landwirtschaftliche Fahrzeuge sowie Wanderer längst gewöhnt und rühren sich nicht von der Stelle. Nur einen sehr wachsamen Blick werfen sie herüber. Dann fahren sie mit dem fort, womit sie eben noch beschäftigt waren, mit dem Abzupfen der letzten grünen Halme auf diesem Feld.
In unmittelbarer Höhe des Tippidorfes, bei Bertingen, stehen auf einer Koppel, die sich direkt am Radweg befindet, gelangweilt zwei Pferde. Der weiße Schimmel lässt sich in seiner auf Marina andächtig wirkenden Art nicht stören. Er steht, wie eine in Marmor gehauene Statue, unbeweglich auf seinem Platz. Nur eine kaum wahrnehmbare Kaubewegung in seinem Kiefer lässt überhaupt Leben in dem Hengst erahnen.
Doch auf den kleinen Welsh-Pony-Hengst muss sie irgendetwas an sich haben, was eine sehr anziehende Wirkung auf ihn ausübt. Er hebt zuerst seinen Kopf hoch nach oben. Man sieht regelrecht wie er durch die Nüstern prüfend die Luft einzieht. Seinen Schweif stolz erhoben, vor Anspannung scheint er zu zittern, rennt er plötzlich mit lautem Wiehern auf Marina zu.
Dass ihr durch das wildgewordene Hengstpony nichts passieren kann weiß sie, ist doch die gesamte Koppel mit einem hohen Elektrozaun umgeben, der sicherlich auch in Betrieb ist. Trotzdem nimmt sie ein wenig Abstand von diesem. Gespannt beobachtet sie nun das Pony, welches in einem steilen Galopp über die Koppel direkt auf sie zu gerannt kommt.
Er scheint den Elektrozaun aber nicht als wirkliches Hindernis zu betrachten und stürmt geradewegs darauf zu, ohne nach links oder rechts zu schauen.
Dann passiert genau das, was unweigerlich kommen muss. Plötzlich und unerwartet wird der Kleine durch einen Stromschlag an seinen Nüstern am Weiterrennen gebremst. Überrascht

schaut er sich um, ohne wirklich begreifen zu können, was ihm soeben widerfahren ist.

Am liebsten würde Marina jetzt dem Pony beruhigend über dessen Schädel streicheln und ihm gut zureden wollen. Aber der kleine Hengst schüttelt gerade unwillig seinen Kopf, wirft ihr noch einen bitterbösen Blick zu, für Marina sieht es jedenfalls stark danach aus, trottet sich dann aber langsam davon, um in sicherer Entfernung mit dem rechten Huf beständig im Boden zu scharren. Seinen Kopf hält er nun tief gesenkt und er tut gerade so, als ob ihm dies alles buchstäblich an seinem Ponyhintern vorbeigehen würde.

›Was mag da nur in diesem kleinen Kerl vor sich gegangen sein‹, überlegt Marina bei sich und ihr gleitet unbewusst ein sanftmütiges Lächeln über das Gesicht.

Sie schwingt sich auf ihr Fahrrad, dreht sich aber noch einmal nach den beiden Pferden um, und nachdem sie sich vergewissert hat, dass alles in bester Ordnung ist, fährt sie weiter.

Die Tour führt Marina nun nach Bertingen hinein beziehungsweise bis fast an das Ende des Ortes. Dort beginnt an einer großen uralten Eiche der Elberadweg. Der in Sachsen-Anhalt befindliche Abschnitt bietet auch den ungeübten Radfahrern die Möglichkeit, durch das flache Gelände, größere Streckenabschnitte an einem Tag durch die einzigartige und unberührte Natur zurückzulegen. Die weitläufigen Elbwiesen laden Marina sehr oft zum längeren Verweilen und vor allen Dingen auch zum Fotografieren ein.

Normalerweise fährt sie um diesen Baum eine kleine Ehrenrunde, weil sie die Eiche als Baum verehrt. Heute aber kann sie schon von Weitem sehen, dass ein Eichhörnchen an dem Baum schier waghalsig herumturnt und vor lauter Lebensmut nur so überquillt. Da es noch nicht völlig ausgewachsen aussieht, kann es sich ja hier eigentlich nur um Nachwuchs von diesem Jahr handeln. Vorsichtig, jede hastige Bewegung vermeidend, steigt Marina von ihrem Fahrrad. Ganz still bleibt sie stehen und beobachtet fasziniert das muntere Treiben dieses kleinen Wesens.

Sie bedauert es sehr, ausgerechnet heute ihre Kamera nicht dabei zu haben. Es ist einfach zu drollig anzuschauen und es entzückt ihr Herz zutiefst.
Erst als sich ein Fußgänger mit seinem freilaufenden Hund, eine Mischung aus Terrier und Jack Russel, nähert, verschwindet es weit oben in der Baumkrone und ward nicht mehr gesehen.
›Schade. Vielleicht kann ich es auf meinem Rückweg noch einmal beobachten‹, ist eine nur kurze Überlegung von Marina und schon geht es weiter mit dem Fahrrad.
Sie kommt als Nächstes an dem Feriendorf ›La Porte‹ vorbei, ein touristischer Anziehungspunkt der Region, welches wegen seiner Waldlage und der absoluten Ruhe sehr beliebt ist, vor allen von den Städtern aus nah und fern. Es kann schon vorkommen, dass man hier beim Wandern, beim Joggen oder eben beim Radfahren absolut keiner Menschenseele begegnet. Natur pur, für den der sie wirklich sucht.
Marina ärgert aber eines dann doch immer wieder. Das ist, dass einige Menschen diese Schönheit um sich herum nicht wirklich zu schätzen wissen, denn sonst würden sie nicht ihren Müll in den an den Radweg angrenzenden Wald werfen. Ob sich das nun um Kaffeebecher aus Pappe, benutzte Taschentücher oder eben anderweitigen Abfall handelt. Schließlich wollen ja auch noch andere Menschen etwas von der Natur haben. Selbst dann, als man an bestimmten Punkten des Radweges Eimer für die Entsorgung des Kleinmülls aufhing, wurde und wird dieser Abfall immer noch im angrenzenden Wald entsorgt.
Weiter geht es vom Feriendorf, entlang an der alten Elbe - auf die man vom Radweg aus fast uneingeschränkt Sicht hat, bis hin zum ehemaligen Gasthaus und Hotel ›Sandkrug‹ bei Zielitz. Mit seinen beiden Campingplätzen und ehemaligen Baggerlöchern, namens ›Nord- und Südsee‹, die in der warmen Jahreszeit zum Baden einladen, sind sie ein sehr begehrtes Ausflugsziel.
Nach einer verhältnismäßig kurzen Rast, während der Marina das Treiben der zahlreich vertretenen Enten, Schwäne, Gänse und Kraniche, auf der alten Elbe beobachtet, fährt sie weiter bis

nach Rogätz. Dort folgt sie der Straße, die hier an dem Radweg angrenzt, ein ganzes Stück in den Ort hinein.

An einem von ihr festgelegten Wendepunkt, am Ende der Steinortstraße, kehrt sie um.

Wie gewohnt unterbricht sie, etwa nach zwei Kilometern hinter Rogätz, an einem überdachten Rastplatz, ihre Tour. Hier bietet eine kleine Finnhütte mit einem Tisch, an dessen Seiten je eine Sitzbank steht, Radfahrern und Wanderern einen sicheren Unterschlupf bei Sonne, Wind und Regen.

Von dort hat Marina einen freien Blick auf die an den Elberadweg angrenzenden Wiesen, den momentan brachliegenden Feldern und etwas weiter weg, kann sie die Elbe sehen. Die Sicht, die sie von ihrem jetzigen Standpunkt aus hat, beeindruckt Marina immer wieder aufs Neue. Kilometerweit kann sie bei diesem sonnigen kühlen Oktoberwetter in das Land hineinschauen.

Niemand würde ahnen, dass hier vor wenigen Monaten noch alles unter Wasser gestanden hat, bei dem schlimmsten Hochwasser aller Zeiten. Dass die Straßen sowie der Radweg für jeglichen Verkehr komplett abgesperrt werden, kommt an dieser Stelle immer wieder einmal vor.

Ein bisschen Fernweh überkommt Marina immer, wenn sie an diesem Rastplatz Halt macht. Es sind nicht nur diese Weiten, sondern auch der rege Flugbetrieb der am Himmel viele sich kreuzende Kondensstreifen hinterlässt, die wie wahllos hingeworfene Pinselstriche aussehen und einen von fernen Reisen träumen lässt.

Bei ihrem umherschweifenden Blick entdeckt Marina eine kleinere Rinderherde von circa zwanzig Charolais-Rindern. Diese einfarbig weißen bis cremefarbenen Rinder sind hier noch nicht so oft anzutreffen. Auffällig an ihnen ist, dass sie keinerlei Pigmentflecken haben. Auch das sogenannte Flotzmaul, das Horn und die Klauen sind hell.

Diese kleine Herde gibt es schon längere Zeit auf dieser Viehkoppel. Aber jetzt sind unter ihnen auch ein paar ältere Kälber, die sich spielerisch, mit etwas tollpatschig aussehenden Bocksprüngen über die Weide jagen. Sie fühlen sich vollkommen sicher und frei.

Nicht weit davon entfernt, zirka fünfhundert Meter weiter, kann sie von ihrem Aussehen her zwei Kaltblüter ausmachen.

Selbst Marina, die bisher noch keine echte Beziehung zu Pferden aufbauen konnte, wird von der Natürlichkeit und der Imposanz, die diese schweren Kaltblüter ausstrahlen, beeindruckt. Früher waren diese schweren Pferde in der Regel Arbeitstiere, heutzutage sieht man sie eher selten noch so eingesetzt, die herablassend auch als Ackergäule bezeichnet wurden.

Wenn sie es von ihrem Standpunkt aus richtig wahrnehmen kann, haben diese Pferde nicht wirklich etwas von ihrem Aufenthalt auf dieser Koppel. Sie wurden am Boden mit Hilfe einer Schlaghülse, an der sich ein angeschweißter Ring und eine Gliederkette befindet, angekettet und haben nur einen kleinen Bewegungsfreiraum von ungefähr drei Metern. Viel zu wenig für solche schönen und stattlichen Tiere. Sie scheinen es aber schon lange gewohnt zu sein, denn keines der beiden Pferde versucht sich aus dieser Lage zu befreien.

Die Enten und Gänse, die um diese Jahreszeit immer sehr zahlreich auch auf den Elbwiesen anzutreffen sind, sind Marina ein vertrauter Anblick. Denn ebenso auf den Wiesen ringsherum um Uetz und den anderen Orten rasten die Vögel vor ihrem großen Flug nach Norden.

Aus weiterer Ferne blendet Marina ein glänzendes Licht bei ihren Beobachtungen. Es ist die Sonne, die sich in der Elbe widerspiegelt und deren Wasser aussehen lässt wie flüssiges Silber, welches auf Wellen sanft hin und her gewogen wird.

Würde es jetzt nicht so eine blendende Wirkung haben, könnte sich Marina in diesem Anblick regelrecht verlieren, denn er hat etwas Magisches, etwas Anziehendes an sich.

Natürlich hat sie auch die laut tschilpenden Spatzen, ringsherum in den Hecken des kleinen Rastplatzes, wahrgenommen. Aber das ist wirklich nichts Besonderes für sie, denn das hat sie jeden Tag direkt vor ihrer Haustür beziehungsweise in den Obst- und

Laubbäumen und der Hainbuchenhecke ihres Gartens. Manchmal auch als nicht gern gesehene Diebe zwischen ihren Erdbeerpflanzen und dem frisch aufgegangenen Salat.

Eine fast unmerkliche Bewegung in ihrem rechten Augenwinkel lässt Marina langsam den Kopf drehen. Was sie dann auf den Radweg sitzen sehen kann, ist ihr durch Bilder und Beschreibungen zwar bestens vertraut, aber sie hat noch nie ein solches Tier in freier Natur und so nah vor sich gesehen. Auf dem von der Sonne angewärmten Asphalt sitzt ein Mauswiesel und es putzt sich intensiv sein feucht aussehendes Fell. Es tut gerade so, als ob ihm die gesamte Welt gehören würde und es zeigt keinerlei Scheu vor ihr. Erst als der Wind ein kleines getrocknetes Blatt direkt in seine Richtung trudeln lässt, verschwindet das Mauswiesel blitzschnell, flink wie ein Wiesel eben, in den unergründlichen Tiefen der dichten wildgewachsenen Schneebeerenhecke.

Auch der ältere Mann, der sich auf einem kleinen Feld gleich neben dem Radweg zu schaffen macht, entgeht Marinas aufmerksamen Blicken nicht. Er läuft an dem Feldrand suchend hin und her. Schlägt mit einem Hammer kleine grüne Stäbe in den Boden ein und hält ein sehr langes, gelbes und im Wind flatterndes Band in seiner Hand.

Da dieser sich aber immer wieder umschaut, als ob er einer unrechten Handlung nachgehen würde, ist das Interesse von Marina natürlich geweckt. Sie braucht jetzt nur noch einen einleuchtenden Anlass, einen triftigen Grund, um den Herrn ›Sowieso‹ anzusprechen.

Ungewollt kommt Marina das Wetter zu Hilfe, denn eine kurze mächtige Windböe entreißt dem Mann plötzlich sein Flatterband und weht es direkt in die Richtung, wo Marina mit ihrem Fahrrad zur Weiterfahrt bereitsteht.

Geschwind greift sie nach dem Band, bevor der Wind weiter sein ausgelassenes Spielchen damit treiben kann und es unwiderruflich davon schweben lässt. Nun hat sie einen hinreichenden Grund, um mit dem Mann ins Gespräch zu kommen.

Lächelnd geht sie ihm entgegen. Freundlich sagt sie dann: »Na, junger Mann? Ich glaube, Sie haben da etwas verloren?«
Dem Gesicht des Mannes sieht man regelrecht an, dass er schon eine wohl eher unfreundliche Bemerkung auf der Zunge zu liegen hat. Er mustert Marina sehr kritisch von der Seite, mit herunterhängenden Mundwinkeln und einen Blick in seinen dunkel umränderten, beinahe wasserblauen Augen, der eigentlich nichts Gutes verheißt. Doch auf einmal geht ein liebenswürdiges Schmunzeln über das mit unzähligen Falten durchzogene Gesicht des Mannes.
Währenddessen hält Marina ihm immer noch das gelbe Absperrband entgegen und fragt, so unverfänglich wie möglich: »Ich will ja wirklich nicht neugierig sein, aber ist denn etwa für die nächste Zeit wieder Hochwasser angesagt worden? Sperren Sie gar den Radweg ab? Oder ist gegenwärtig nur eine verdeckte Polizeiaktion in Gang? Wegen des Flatterbandes, meine ich.«
Ein leicht verblüfft aussehender Blick trifft Marina, der aber sogleich zu einem ›Aha, ich verstehe!‹ Ausdruck wechselt. Bereitwillig gibt der ältere Herr jetzt Auskunft, wobei ihm nun eher so ein lausbubenhaftes Etwas ins Gesicht geschrieben steht.
Verlegen fährt er sich mit der linken Hand über die weißen kurz geschnittenen Haare, die wie eine Bürste aufrecht stehen, und setzt zu einer Erklärung an: »Ne, ne, Fräulein. Ich stecke hier nur meinen Acker ab. Ich will den abstoßen, ähm verkaufen. Meine vor kurzem verstorbene Schwiegermutter hat mir das Prachtstück aufgehalst. Aber ich bin ja nicht mehr der Allerjüngste, wie man unschwer sehen kann und ich schaffe das nicht mehr, mit dem bewirtschaften und so. Verstehen Sie? Das Flatterband brauche ich doch nur zum Maßnehmen. Wie kommen Sie denn eigentlich auf eine Polizeiaktion? Hier war in der letzten Zeit wirklich nichts Erwähnenswertes beziehungsweise Aufregendes los.« Verwundert betrachtet er die ihm gegenüberstehende Person.
Marina, die sich nun schon seit mehreren Tagen mit ihrem etwas gruseligen Geheimnis, den vielleicht nur völlig aus der Luft ge-

griffenen Verdacht umherschleppt, muss den inneren Druck einfach mal loswerden. So berichtet sie dem ihr völlig unbekannten Manne, von ihrem verdächtig auf sie wirkenden Fund im Wald. Während sie ausführlich die Vorkommnisse schildert, mustert sie ihr Gegenüber und versucht anhand der Mimik des Mannes herauszufinden, was er davon halten mag. Schenkt er ihr Glauben? Tut er es einfach nur ab, als pure Spinnerei? Was wird er wohl erwidern? Fragen über Fragen, und vielleicht nur die eine Antwort.

Einen Augenblick lang herrscht betretenes Schweigen zwischen Marina und dem ihr Unbekannten. Doch dann sagt er zu ihr: »Es wäre durchaus möglich, dass sie da auf menschliche Knochen gestoßen sind!«

Mit dieser Information hätte sie nun wahrlich nicht gerechnet. Für einen kurzen Moment stockt ihr nicht nur der Atem, sondern es versetzt sie nun prompt wieder in Angst und Schrecken, vielleicht doch auf menschliche Überreste gestoßen zu sein. Dann bekommt sie eine Geschichte, im Grunde genommen sind es mehrere, zu hören, die ihr ein unangenehmes nervöses Kribbeln im ganzen Körper angedeihen lässt. Gebannt lauscht sie aber trotzdem seinen Worten.

»Um Ihnen genau verständlich zu machen, warum das eventuell tatsächlich dies ist, wofür Sie ihre Entdeckung in diesem Waldstück halten, muss ich ein bisschen weiter ausholen. Sozusagen die Zusammenhänge etwas näher erklären.

Wie Sie ja vielleicht aus der Zeitung oder dem Fernsehen noch wissen werden, waren in der ehemaligen DDR schätzungsweise zwischen 350.000 und 500.000 sowjetische Soldaten stationiert. So viele wie an keinem Ort sonst des ehemaligen Ostblocks, ich meine außerhalb der Grenzen der einstigen UdSSR. Allein nach Mahlwinkel wurden über 50.000 Mann abkommandiert. Ihr Wehrdienst dauerte anfangs drei Jahre, er wurde dann aber später auf zwei Jahre gekürzt. Während dieser Zeit kamen die einfachen Soldaten fast nie aus ihren Kasernen heraus. Militärischer Drill und auch Gewalt prägten ihr Alltagsleben.

Die Rekruten, die in der DDR ihren Militärdienst zu leisten hatten, kamen zum größten Teil aus den nichteuropäischen Republiken der Sowjetunion, zum Beispiel dem asiatischen Teil. Sie sollten sich in den Ortschaften, wo sie stationiert waren, gänzlich fremd fühlen. Die Reise von ihren einstigen Wohnorten dauerte oftmals wochenlang und nicht selten wurden sie eng aneinander gepfercht in Viehwaggons in die DDR gebracht. Erst hier erfuhren sie, in welcher Stadt sie ihre Zeit abdienen mussten. Doch der Soldatenalltag war ohnehin überall derselbe.

Es gab einen gewissenhaft durchorganisierten Tagesablauf und ein generelles Kontaktverbot nach außen, zu uns den Einheimischen. Außerdem waren für die Soldaten Urlaub und Ausgang eher eine Seltenheit.

In einem Interview, welches ich irgendwo einmal gelesen habe, mit dem Geschichtswissenschaftler Andreas Guthsmann, erzählt Anfang der 1990er-Jahre ein ehemaliger Offizier: ›Offiziell hängt in jeder Einheit ein Dienstplan aus, der aber in Wirklichkeit nur auf dem Papier besteht. Insbesondere gibt es keinen festgelegten Dienstschluss, ebenso wenig ein gesichertes freies Wochenende. Freizeit - das bedeutet in der Wirklichkeit oft die Teilnahme an bestimmten Diensten in der Einheit. Das heißt, man muss in der Einheit verfügbar sein. Ein Begriff wie der eines freien Tages galt geradezu als unanständig.‹

Ein einfacher Soldat bekam im Durchschnitt einen monatlichen Soldatenlohn von rund einem Rubel pro Tag, das waren etwa drei DDR-Mark. Außerdem gab es bis zu fünfundzwanzig DDR-Mark extra. Von den rund einhundert DDR-Mark mussten die Soldaten aber nicht nur Dinge wie Zigaretten und Schokolade bezahlen, sondern auch ganz wichtige Artikel wie Lebensmittel und Waschutensilien, denn die Versorgung in den Kasernen war sehr spärlich.

Nach ihrer geglückten Flucht aus der DDR, Anfang 1987, berichteten zwei desertierte russische Soldaten damals im westdeutschen Fernsehen: »Das Essen der einfachen Soldaten ist in jeder Hinsicht erbärmlich. Ich würde so etwas nicht einmal meinen Hunden geben, geschweige denn zumuten. Immer nur Brei, morgens, mittags, abends.«

Auch um die gesundheitliche Betreuung der Soldaten war es sehr schlecht bestellt. Ein anderer Fahnenflüchtiger berichtete seinerzeit, in den Armeekrankenhäusern werde man nicht geheilt, sondern man werde nur am Sterben gehindert. Er wurde beispielsweise im Sommer des Jahres 1986 am Blinddarm operiert und dies ohne eine Betäubung.‹

Aber die schlechte Versorgung war nur eine der Lasten, die die Soldaten zu tragen hatten. Hauptsächlich unter den zahlreichen Schikanen der höheren Ränge litten viele junge Männer zusehends. Nicht wenige zerbrachen daran, nahmen sich das Leben oder wagten gefahrvolle Fluchtversuche. Die ›Dedowschtschina‹, die ›Herrschaft der Großväter‹, stand für eine planmäßig durchdachte Unterdrückung der Soldaten durch die Dienstälteren und die Ranghöheren. Sie war geprägt von Brutalität und Nötigung bis hin zu Vergewaltigung und Mord. Nach Schätzungen durch die Fraktion Die Grünen/Alternative Liste von 1990 waren in der DDR jährlich bis zu zirka 4.000 Sowjetsoldaten ums Leben gekommen - durch Unfälle, Gewaltexzesse und Selbsttötungen.

Doch auch kriminelle Übergriffe von Soldaten der Sowjetarmee außerhalb der Kasernen gehörten zur Tagesordnung. Aus Stasi-Akten gehen allein für die Jahre 1976 bis 1989 etwa 27.500 Delikte sowjetischer Militärangehöriger auf dem DDR-Gebiet hervor, darunter viele Verkehrsdelikte und Diebstähle, aber auch Mord, Körperverletzung, Raub und Vergewaltigung.

Ein straffällig gewordener Sowjetsoldat konnte von der DDR-Justiz jedoch nicht belangt werden. Ein Thüringer Kriminalpolizist bestätigt: »Unsere Ermittlungen hörten am Tor der Kaserne auf.« Stattdessen wurden von den eigenen Männern begangene Übertretungen durch die Oberbefehlshaber oftmals mit drakonischen Maßnahmen geahndet - bis hin zur Todesstrafe.

Gerüchten zufolge wurden getötete Soldaten, deren brutale Misshandlungen zu offensichtlich für ihre Angehörige oder die

standrechtlich erschossen worden waren, auch schon mal in den Wäldern verscharrt. In den Wäldern, die von den Truppen der russischen Streitkräfte genutzt wurden.
Und nach ihren Schilderungen haben Sie genau in solch einem Wald die Knochen gefunden. Da besteht durchaus die große Möglichkeit, dass Sie dort auf von Wildschweinen ausgegrabene, menschliche Überreste gestoßen sind.«
Gebannt, ihre Augen klebten förmlich an den Lippen des Mannes, hatte Marina dessen erschöpfende Aufführungen gelauscht. Natürlich war ihr früher dieses und jenes zu Ohren gekommen. Aber so richtigen Kontakt, zu den Soldaten aus der nur acht Kilometern entfernten Kaserne, in Mahlwinkel hatten sie nie. Es war ja auch von der Obrigkeit nicht gewünscht. Das einzige Mal, wo man unmittelbar etwas mit einer Straftat eines russischen Soldaten zu tun hatte, war, als man versuchte, den auf ihrem Hof abgestellten Moskwitsch ihres Mannes zu stehlen.
Aber auch das war dann die Angelegenheit des damaligen Abschnittsbevollmächtigten - ABV war in der DDR ein Polizist der Volkspolizei (VP).
So richtig hat Marina all die neuen, teilweise tragischen Informationen noch nicht verarbeitet. Diese müssen sich wohl erst noch ein bisschen setzen. Eine Frage drängelt sich dann aber doch in den Vordergrund. Sie brennt ihr regelrecht auf der Zunge: »Woher, wenn ich fragen darf, wissen Sie das alles nur so ausführlich? Sie sind ja ein wahrhaft wandelndes Lexikon, was dieses Thema betrifft.«
Der gerade noch so mitteilsame Mann wird nun doch tatsächlich verlegen wie ein Schuljunge und er läuft bis unter die Haarspitzen rot an. Aber er begründet Marina sein Wissen damit, dass er sich in seiner Freizeit mit diesem Thema ausführlich beschäftigt hat. Außerdem wurde in Rogätz auch ein russischer Fahnenflüchtiger versteckt und auf vielen heimlichen Wegen außer Landes in den Westen gebracht. Daher rührt auch sein Interesse.
Marina möchte sich jetzt gern von dem Unbekannten verabschieden, weil ihr unangenehme Kälte so langsam aber sicher

von den Füßen über die Beine nach oben krabbelt und sie zu frieren anfängt. Aber sie möchte auch nicht unhöflich erscheinen und weiß jetzt nicht wirklich, wie sie das Gespräch beenden kann.

Doch auch ihr Gegenüber scheint nach den richtigen Worten zu suchen, was wieder einmal ein Blick in sein Gesicht deutlich verrät.

Beiden läuft nun ein verstehendes Schmunzeln über das Gesicht. Man gibt sich zum Abschied die Hand, wünscht sich einen schönen Nachmittag und dann trennen sich ihre Wege.

Während Marina nun Richtung Uetz davon radelt, achtet sie diesmal kaum auf die ihr umgebene Natur, denn ihre Gedanken weilen noch immer bei dem alten Mann und dessen Erzählung. Und sie fragt sich, ob es denn wirklich möglich wäre, dass ausgerechnet sie auf solch einen schrecklichen Fund gestoßen ist. Und wenn sich das mit einem ›Ja‹ beantworten ließe, sollte man es dann einer Behörde melden? Aber wer käme da in Frage?

Zuhause angekommen bringt sie das Fahrrad wieder in die Garage. Sie schaut noch einmal nach dem Rechten bei ihren Tieren und sie verschließt nach dem Betreten des Hauses wieder einmal alles sehr sorgfältig.

Um auf andere Gedanken zu kommen, nimmt sie sich ihr kürzlich erworbenes Buch ›Karussell des Lebens‹ von Rosamunde Pilcher vor. Es dauert gar nicht lange, dann hat Marina alles um sich herum vergessen.

KAPITEL 7

Gustav Freitag erwacht sehr frühzeitig an diesem Morgen. Ein kurzer Blick auf seine Armbanduhr zeigt ihm, dass es gerade erst fünf Uhr vorbei ist. Er hebt seinen Kopf nur ein wenig an und schaut zum Fenster hinüber. ›Die Scheiben sehen aus wie tote Kuhaugen‹, denkt er missmutig, ›milchig und grau.‹
Schwerfällig erhebt er sich aus dem Bett, um zum Fenster zu gehen. Er wischt ein kleines Fleckchen mit dem Handrücken frei, aber der Blick nach draußen bleibt ihm verwehrt, denn dicker Nebel wabbelt draußen umher. Selbst im Zimmer scheinen Nebelschwaden zu schwanken, so eisig kalt und feucht ist es hier drinnen.
Gustav lauscht zum angrenzenden Zimmer hinüber. Er vermeint die regelmäßigen Atemzüge seiner Tochter Irmgard deutlich hören zu können und überlegt: ›Soll sie ruhig noch ein wenig schlafen, sie hat es sich verdient nach der ganzen Aufregung gestern. Ich hätte nicht so grob zu ihr sein dürfen.‹
So leise wie möglich huscht er in das Gästebad hinüber. Er schaut in den Spiegel, betrachtet lange sein alt gewordenes Gesicht, und denkt: ›Na Gustav, du hast auch schon mal besser ausgesehen!‹ Dann schüttet er sich, um sich halbwegs munter zu bekommen, mehrere Hände voll kaltes Wasser in sein verschlafenes Gesicht.
Gustav schleicht auf leisen Sohlen zurück in sein Zimmer.
Der flauschige Teppich unter seinen Füßen bereitet ihm Wohlbehagen. Er fühlt sich plötzlich frisch und voll Unternehmungsdrang. Schnell kleidet er sich an, denn die fehlende Wärme im Raum lädt nicht gerade zum längeren Verweilen ein.
Außerdem verspürt Gustav seit vielen Tagen endlich wieder einmal ordentlichen Kohldampf. Ihm wird erst jetzt richtig be-

wusst, wie ausgehungert er im Grunde genommen ist. ›In der Küche wird sich sicherlich etwas Essbares finden lassen‹, überlegt er. Er verlässt sein Zimmer und zieht behutsam die Tür hinter sich zu. An der Schlafzimmertür seiner Tochter bleibt er noch einen kleinen Augenblick lauschend stehen, aber alles bleibt ruhig. Bedächtig schleicht er die Treppe hinunter und geht in die Küche.

Aber ein Blick in den Kühlschrank und in den hölzernen Brotkasten verrät ihm, dass nicht wirklich etwas von dem vorhanden ist, wonach ihm gerade der Sinn stehen würde.

Die Milch ist so gut wie alle. Nur ein kleiner Schluck befindet sich noch im Karton. Aber dieser riecht schon mehr als säuerlich, irgendwie muffig, wie nach alten Klamotten. Im Kühlschrank liegt noch etwas Wurst auf einem Teller. Aber die eine dünne Scheibe Jagdwurst ist an den Rändern schon deutlich angetrocknet und sie wölbt sich schon. Auf den harten Kanten Brot kann er auch ganz gut verzichten. Es sei denn, er lege es auf ein neues Gebiss an. Selbst der kleine Rest des gemahlenen Kaffees würde nicht ausreichen, um daraus wenigsten eine volle Tasse dieses göttlichen Getränks für ihn zu zaubern. ›Na gut‹, denkt er sich, ›für einen Blümchenkaffee würde es sicherlich noch reichen.‹ Aber er ist mehr für einen Kaffee, wo der Löffel drinnen stehen bleibt.

Misslaunig schaut er sich um und weiß im Augenblick nicht so recht etwas mit sich anzufangen. Er fühlt sich mit einem Mal wie bestellt und nicht abgeholt.

Auf dem Küchentisch entdeckt er eine ältere Rätselzeitung. Aber in ihr noch etwas zum Rätseln zu finden, ist aussichtslos, das weiß er genau. Hatte er doch schon vor Tagen alles darin restlos gelöst.

Gustav Freitag kratzt sich nachdenklich an seinem Schädel.

Aus dem Augenblick heraus beschließt er mit dem Auto nach Tangerhütte hinüber zu fahren, um dort die fehlenden Lebensmittel, eventuell auch ein neues Rätselheft für sich, einzukaufen.

›Meine Irmgard wird sich ganz bestimmt über einen reichlich

gedeckten Frühstückstisch freuen‹, sind seine Überlegungen.
Rasch zieht er sich die Schuhe an. Streift sich dann den Wintermantel über. Setzt auch die Schirmmütze auf und nachdem er die Autoschlüssel in die Manteltasche gesteckt hat, verlässt er das Haus.
Erst, als Gustav vor die Haustür tritt, wird ihm bewusst, dass er sein Ford immer noch am Friedhof von Bertingen zu stehen hat. Aber zum Glück sind es ja nur wenige hundert Meter bis dorthin. Mit hochgeklappten Mantelkragen, die Hände tief in den Taschen vergraben, macht er sich auf den Weg.
Der Ford macht im Nebel einen recht traurigen Eindruck. Der Wagen ist von der nächtlichen Fahrt an die Elbe noch stark mit Schmutz behaftet, obwohl es in den vergangenen Tagen des Öfteren geregnet hatte. Die Scheiben sind innen von Feuchtigkeit beschlagen. Alles fasst sich irgendwie klamm an.
Gustav versucht verzweifelt, mit einigen Papiertaschentüchern, notdürftig diese Nässe von den Scheiben und dem Fahrersitz abzuwischen. Aber wegen der hohen Luftfeuchtigkeit im Auto beschlägt gleich alles wieder.
Er schiebt sich schwerfällig auf den Fahrersitz, denn dieses feuchte Klima lässt seine vom Rheuma gepeinigten Knochen wieder recht heftig schmerzen.
Völlig in Gedanken versunken, sein Blick scheint ins Leere gerichtet zu sein, startet Gustav Freitag den Ford. Er lässt den Motor so lange im Stand laufen, bis sich angenehme Wärme im Fahrzeug ausbreitet und wenigstens die Scheiben nicht mehr beschlagen. Erst dann fährt er los.
Die Nebelschwaden sind inzwischen noch viel dichter geworden. Sie scheinen regelrecht am Fahrzeug zu hängen, als er die Landstraße, die von Bertingen nach Tangerhütte führt, entlangfährt.
Die großen Bäume werden zu trostlosen Silhouetten, die Beängstigendes an sich haben. Sehen doch manche Äste der Bäume aus, als würden sie nach allem und jedem greifen wollen, der um diese frühe Morgenstunde unterwegs ist.

Nur einzelne Fahrzeuge kommen Gustav an diesem trübseligen Morgen entgegen. Was ihm aber mehr als recht ist, denn die lebensfrohe Stimmung, die ihn noch vor kurzer Zeit beherrscht hatte, ist wie von Geisterhand verflogen, hat sich in Nichts aufgelöst. Stattdessen macht sich ein Gefühl der Leere in ihm breit.
In Tangerhütte angekommen, fährt er auf den noch vollkommen leeren Parkplatz des Supermarktes ›Norma‹, um dort sein Auto zu parken. Den Motor lässt er aber noch etwas im Stand laufen, weil ihm unvermittelt fröstelt und er überlegt sich, wie er die Zeit ›totschlagen‹ könnte, bis die erste Backstube ihre Pforten für die Kundschaft öffnen würde.
Gustav Freitag ist nicht wirklich gut in solchen Sachen wie Geduld aufbringen müssen. Ihm fällt es schon von Kindesbeinen an sehr schwer, freie Zeit mit nichts tun zu vergeuden. Er ist auch nicht der Mann, der ins Kino gehen würde, nur um ein paar Stunden um die Ecke zu bringen. Ihm fehlt einfach die Begabung durch die Straßen einer Stadt zu spazieren, vor wirklich jedem einzelnen Geschäft stehen zu bleiben, die herausgeputzten Vitrinen und deren Auslagen in den Schaufenstern zu bewundern oder sich daran zu erfreuen.
An diesem Tag bereut er, dass ihm diese Fähigkeit nicht mit in die Wiege gelegt wurde, zum allerersten Mal. Er schlendert ohne ein bestimmtes Ziel durch die noch schlafende Kleinstadt Tangerhütte. Aber binnen Kurzem findet er sich, zu seiner Bestürzung, wieder an der gleichen Stelle ein, an der er zuvor aufgebrochen war, am Supermarkt Norma und dessen Parkplatz.
Doch immer noch muss er eine Stunde irgendwie hinter sich bringen, verrät ihm ein erneuter kurzer Blick auf seine Armbanduhr, ehe er hier irgendwelche Einkäufe tätigen kann. So marschiert Gustav also noch einmal los, denn im Auto die verbleibende Zeit abzusitzen, dazu verspürt er keinerlei Lust.
Er ist dem Wetter überaus dankbar, dass sich zumindest der Nebel allmählich verzieht und das es auch nicht, wie an all den anderen Tagen zuvor, wie aus Eimern schüttet. Nur die allmorgendliche Oktoberkühle macht ihm und seine Knochen noch im-

mer zu schaffen. Es fällt ihm heute sehr schwer, seine akuten Schmerzen auszublenden. Gemächlichen Schrittes marschiert er aber noch einmal los.

Das viele Laufen strengt ihn mit der Zeit doch etwas an und in seiner Hüfte setzen wieder verstärkt Schmerzen ein. Da er aber aus Erfahrung weiß, dass eine kurze Ruhepause Abhilfe schaffen wird, bleibt Gustav an dem großen Fenster der Physiotherapie von Frank Bähr in der Bismarckstraße stehen und schaut eher unbewusst dort hinein. Er betrachtet gelangweilt die aushängende Werbung für die Physiotherapie, ohne sie wirklich wahrzunehmen. Und er begutachtet im Fenster sein eigenes Spiegelbild so, als ob dort jemand völlig Fremdes zu sehen wäre. Erst als neben ihm ein zweites Gesicht leicht verschwommen auf der Scheibe auftaucht, schaut er etwas genauer hin.

Es dauert schon eine verhältnismäßig lange Zeit, ehe Gustav Freitag überhaupt bewusstwird, wessen Antlitz ihm da auf der Fensterscheibe mit einem frechen Grinsen entgegensieht.

Alles macht sich schlagartig in ihm steif. Ihm läuft es in Wellen eiskalt den Rücken hinunter. Er verspürt nicht nur eine wahnsinnige Todesangst. Nein, es ist auch ein Gefühl schmerzvollen Unbehagens, welches ihn überfällt. Die Pupillen weiten sich. Sein Herz scheint ihm aus dem Hals springen zu wollen, so heftig schlägt es gegen die Brust. Der Puls rast und ihm stehen plötzlich viele kleine Schweißperlen auf der Stirn. Da er vor lauter Furcht beinahe vergisst Luft zu holen, wird ihm nun auch noch schwarz vor den Augen.

Aber irgendwo tief in seinem Innern meldete sich erbitterter Widerstand gegen den vermeintlich aufgetauchten Erwin Schleicher, der doch längst mit der Strömung der Elbe sonst wo gelandet sein müsste. Der im wahrsten Sinne des Wortes nie wieder an der Oberfläche auftauchen sollte.

Gustav nimmt all seinen Mut zusammen. Oder ist es doch eher bodenlose Wut gepaart mit abgrundtiefem Hass auf diese Person? Er presst seine beiden Fäuste fest zusammen, um auf seinen ehemaligen Kumpel sowie Mitbewohner Erwin loszugehen.

Er dreht sich wie in Zeitlupe um hundertachtzig Grad herum, dabei schon weit zum Schlag ausholend und verliert beinahe sein Gleichgewicht, weil sich vor ihm lediglich eine gähnende Leere auftut.

Fassungslos, heftig nach Luft ringend, seine Beine fühlen sich mit einem Mal an wie Wackelpudding, lehnt er Halt suchend an der Hauswand. So bleibt er eine ganze Weile wie angewurzelt stehen, bis die eisige Kälte des feuchten Mauerwerks unangenehm durch seine Kleidung zu dringen beginnt. Erst dann tastet Gustav Freitag mit seinen Augen die nähere Umgebung ab. Aber die Person, die er nun versucht ausfindig zu machen, hat sich vollständig in Luft aufgelöst, als wenn sie nie da gewesen wäre. Nirgendwo ist eine Menschenseele zu sehen, er ist noch immer allein in Tangerhütte unterwegs. Wie von einer schweren Last befreit, atmet er auf und setzt, noch etwas unsicher und zitterig auf seinen Beinen, seine planlose Wanderschaft durch das Städtchen fort.

Verstohlen wirft er in jedes Schaufenster, an dem er nun vorüberkommt, einen prüfenden Blick hinein und ist jedes Mal aufs Neue erleichtert, dass ihm nicht wieder das wie ein Geist wirkende Gesicht von Erwin Schleicher begegnet. So langsam aber sicher ist er der festen Meinung, dass er nur einem Hirngespinst unterlag. Ausgelöst von den Alpträumen, die ihm nächtens nicht schlafen lassen und das vorherrschende Wetter an diesem Tag wird wohl seinen erheblichen Teil dazu beitragen.

Unbemerkt ist Gustav Freitag inzwischen bei dem Edeka-Markt am Rande von Tangerhütte angelangt. Obwohl in dem Markt schon mehrere Leute herumlaufen, es nur wenige Minuten nach acht Uhr ist, bleibt die große Eingangstür für ihn verschlossen. Unwillig rüttelt er an ihr herum, aber nichts passiert. Äußerst erbost darüber, wie ungerecht man ausgerechnet mit ihm umgeht, will er sich schon mit heftigen Faustschlägen an die Tür bemerkbar machen, als er den schätzungsweise Din A5 großen Zettel ›Die Filiale bleibt wegen Inventur und Umbaumaßnahmen vorübergehend geschlossen‹ entdeckt.

So schnell, wie seine Wut aufgeflammt ist, so schnell fällt sie auch wieder von ihm herab. Zurück bleibt ein Gefühl von Verlorenheit.

Seine Hände tief in die Manteltaschen vergraben, den Kopf gesenkt, macht er sich auf den Weg zurück zu seinem Auto. Er denkt dabei über sich selbst nach, über sein Leben und er findet, dass es grau und trübe aussieht. Grau und trübe wie dieser Herbsttag. Aufgehellt wurden sie nur durch die seltenen Besuche einer Freundin, die er noch aus der Schulzeit kannte und die sich wie bunte Fäden durch sein Leben zogen. Näher kam er ihr erst dadurch, als er in das Seniorenheim nach Kehnert zog. Wo er ihr jeden Tag buchstäblich über den Weg lief und sich ihre losen Bande fester knüpfen ließen.

Bis Erwin Schleicher mit seinem unwiderstehlichen Charme, den er auf jede Frau auszuüben pflegte, sie ihm einfach wegnahm.

Irgendetwas war damals in ihm zerbrochen. Gustav kann es zwar nicht in Worte fassen. Aber sein Herz, seine Gefühle, wurden zutiefst verletzt und er veränderte sich für seine Umgebung zusehends. Aus dem einst liebenswürdigen Mann wurde ein schnell Aufbrausender und ein Einzelgänger.

Er wird erst von seinen trüben Gedanken abgelenkt, als ihm der liebliche Duft von frischgebackenen Brötchen und Kuchen sowie köstlichen Kaffees in die Nase fährt, der nur aus der Bäckerei & Backshop Müller kommen kann, an der er gerade vorbeiwandert.

Schlagartig wird Gustav Freitag bewusst, wie leer doch sein Magen ist. In Freude auf einen kräftigen Kaffee und auf ein noch warmes Stückchen Pflaumenkuchen betritt er umgehend die Bäckerei.

Dort schaut er sich etwas genauer um, weil sich die Bedienung momentan nicht hinter der Theke aufhält. Wahrscheinlich rechnet sie um diese frühe Morgenstunde noch nicht wirklich mit eventueller Kundschaft.

Er betrachtet, wie schon so oft, die wunderschöne Decke der Bäckerei auf der ein großes Gemälde zu sehen ist, welches das mittelalterliche Bäckerhandwerk in all seinen Facetten zeigt.
›Sicherlich ist sie nur in den hinteren Räumen, um frisches Backwerk nach vorn in das Geschäft zu holen‹, sinniert er soeben, als sein betrachtender Blick magisch von einer Person angezogen wird, die draußen vor der Bäckerei stehen geblieben ist. Diese scheint ihn eindringlich durch das große Fenster zu beobachten. Gustav meint darin Erwin Schleicher wiederzuerkennen, welcher soeben seinen rechten Arm hoch über seinen Kopf hebt, und über dessen Gesicht ein auf Gustav völlig verzerrt wirkendes Lächeln geht, um ihm dann scheinbar freudig zu zu winken.
In diesem Augenblick taucht die Bedienung wieder an der Theke auf. Nachdem sie ihr schweres Kuchenblech abgestellt hat, fragt sie Gustav nach seinen Wünschen.
»Eh, ja«, stammelt dieser verwirrt, sich ihr zuwendend: »Einen großen Kaffee und ein Stückchen Kuchen, bitte. Pflaumenkuchen, wenn Sie den haben?«
Während für ihn alles angerichtet wird, geht Gustavs Blick verstohlen zum Fenster hinüber und wieder einmal ist niemand mehr zu sehen. Jedenfalls niemand, den er kennen würde, denn mittlerweile erwacht die Stadt zum Leben und die ersten Bewohner von Tangerhütte sind auf den Straßen unterwegs.
Die Bedienung an der Theke mustert inzwischen Gustav argwöhnisch, weil dieser immer noch wie versteinert an der Theke herumsteht, unentwegt aus dem Fenster hinausstarrt und keinerlei Anstalten macht, seine Bestellung entgegenzunehmen.
Ihr etwas ungeduldig Hervorgebrachtes: »Was denn nun, nehmen Sie endlich ihre Bestellung oder worauf warten sie noch? Ich habe noch mehr zu tun!«, bringt Gustav in die Wirklichkeit zurück. Ohne ein Wort der Erwiderung bezahlt er seine Rechnung, nimmt sich seinen Kaffee und den Kuchen, und sucht sich einen Sitzplatz, der von der Straße aus nicht gleich einsehbar ist. Wenn er jetzt ehrlich zu sich selbst wäre, müsste er denn Ku-

chen und auch den Kaffee stehen lassen, denn dieses erneute und unverhoffte Auftauchen eines sicher Totgeglaubten, hat ihm gehörig den Heißhunger auf beides verschlagen. Da aber seine Altersrente nur knapp bemessen ist, ist es ihm schon fast in Fleisch und Blut übergegangen, dass er nichts wegwerfen kann. Schon gar nicht, wenn es sich dabei um Lebensmittel handelt.
Der Pflaumenkuchen ist längst aufgegessen. Der Kaffee ausgetrunken. Aber wie unter Zwang bleibt Gustav Freitag weiterhin auf seinem Platz sitzen. Doch es ist nicht die angenehme Wärme und die appetitlichen Gerüche der Bäckerei, die ihn noch ausharren lässt, sondern eigentlich ist es die Angst davor, dass ihm auf der Straße plötzlich ein gewisser Erwin gegenüberstehen könnte. So bleibt Gustav wie angegossen auf seinem Stuhl sitzen und er greift sich die heimische Zeitung - die Volksstimme - die jemand auf dem Nebentisch hat liegen lassen.
Die großen politischen Ereignisse des Landes, auf der ersten Seite, interessieren ihn nicht wirklich, da er alle Politiker sowieso für große Heuchler und Lügner hält. Seit dem Zusammenfall der DDR hat er sich geschworen für nichts und niemanden mehr Partei zu ergreifen. Er hat es eher auf den Sportteil abgesehen, denn Fußball ist neben Kreuzworträtsel lösen seine zweite große Leidenschaft. Aber da die wichtigen Spiele erst am Wochenende stattfinden werden, findet Gustav nicht viel, was sich zu lesen lohnt.
Er faltet die Zeitung nicht gerade ordentlich zusammen. Dann wirft er sie achtlos auf den Nachbartisch zurück, und schickt sich an, die Bäckerei verlassen zu wollen. Aber die Zeitung landet nicht wie von ihm vorgesehen komplett auf dem Tisch, sondern rutscht auf dem Fußboden hinunter. Dort bleibt sie mit der letzten Seite nach oben liegen.
Gustav, der sich unwillig nach der Zeitung bückt, um sie aufzuheben, durchfährt es siedend heiß. Von einem großen Schwarz-Weiß-Foto schaut ihn Erwin Schleicher unmittelbar in die Augen. Ein heftiges Zittern unterdrückend, hebt er schließlich die Zeitung auf, und liest sich den dazu zugehörenden Text durch.

... Seit den frühen Abendstunden des 26.10. wird ein siebzig Jahre alter Mann aus dem Seniorenwohnheim ›Geborgenheit‹ aus Kehnert vermisst.
Die ersten Ermittlungen der Kriminalpolizei ergaben, dass dem Verschwinden eine Straftat zu Grunde liegen muss.
Durch die am darauffolgenden Montag eingerichtete Sonderkommission ›SOKO Schleicher‹, unter der Leitung von Kriminalkommissar Heinz Schön, wurde eine umfangreiche Fahndung nach dem Vermissten ›Erwin Schleicher‹ in die Wege geleitet.
In diesem Zusammenhang wird auch nach dessen persönlichen Sachen gesucht, die mit ihm aus dem Zimmer des Seniorenwohnheimes verschwunden sind.
Erwin Schleicher wird wie folgt beschrieben. Seine Größe etwa ein Meter achtzig. Er ist leicht fettleibig und hat tiefgraues Haar. Seine Bekleidung zum Zeitpunkt, als man ihn das letzte Mal sah, war eine verwaschene Jeans, ein olivgrüner Pullover sowie ein Paar schwarze Lederschuhe älteren Fabrikats. Außerdem trug er eine dunkelblaue Jacke bei sich. Er könnte auch ein Gehstock bei sich haben.
Die Bevölkerung wird gebeten, sachdienliche Hinweise der nächstliegenden Polizeidienststelle zu melden.
Heinz Schön, Kriminalkommissar ...

Wie gefesselt betrachtet Gustav immer wieder die Fotografie von Erwin. Nur schleppend verarbeitet sein überreizter Verstand das soeben Gelesene. Es lässt ihn begreifen, dass die ›Sichtungen‹ von seinem ehemaligen Freund und Mitbewohner vor dem Fenster der Physiotherapie und auch vor dem der Bäckerei alles nur Bilder seiner Fantasie waren.
Befreit darüber, dass er sein Opfer nicht wirklich hat sehen können, weil ja laut Zeitung nach Erwin gefahndet wird und er somit nicht mehr unter den Lebenden weilen kann, will er nun umgehend die Bäckerei & Backshop Müller verlassen.
Er hat die Klinke der Bäckereitür schon in der Hand, als er ziemlich feindselig von der Frau an der Theke angeraunzt wird.

»Räumen Sie ihr Geschirr gefälligst alleine weg. Wozu steht denn wohl der Tisch mit den Tabletts dafür bereit? Ich bin doch nicht jedermanns Dienstmädchen!«

Gustav dreht sich langsam zu ihr um, schaut der Bedienung direkt in ihr Gesicht und antwortet mit tiefer grollender Stimme: »Sie können mich mal! Wenn sie ihre Tage haben, sollten Sie zuhause bleiben und nicht ihre Kundschaft anmachen!«

Er knüllt dann die Zeitung zusammen, die er vergaß auf den Tisch zurückzulegen, und wirft diese, über die Ladentheke hinweg, der verblüfften Frau an die Brust. Ohne ihre Reaktion abzuwarten, verlässt er, die Tür heftig hinter sich zuwerfend, die Bäckerei. Dass er damit einen unvergesslichen Eindruck hinterlassen hat, woran sich die Frau bald wieder erinnert, wird ihm nicht einmal bewusst.

Gustav Freitag hastet auf direktem Wege zu seinem Auto zurück. Vergessen sind all die Besorgungen, die er eigentlich hatte tätigen wollen, und auch seine heftigen Schmerzen schiebt er weit von sich. Er steigt ein, bekommt das Auto aber nur unter Mühen zu starten, weil ihm vor nervlicher Anspannung noch immer die Hände zittern. Er fährt so rasch, wie es die schadhafte Landstraße hergibt, nach Bertingen zurück.

Als er jedoch den Ford direkt vor dem Haus seiner Tochter abstellen möchte, steht da schon ein Wagen.

Wenig begeistert darüber, will er soeben auf die Hupe drücken, als er seine Tochter Irmgard mit einem ihm fremden Mann aus der Tür treten sieht.

Instinktiv spürt Gustav, dass es für ihn besser ist, vorbeizufahren und sich einen anderen Platz zu suchen, wo er den Ford parken kann. Er wählt dafür wieder den Weg neben dem Friedhof von Bertingen aus, wo ja sein Auto schon all die Tage zuvor abgestellt war. Dann läuft er zu dem Haus seiner Tochter zurück, bleibt im Schatten einer großen Eiche stehen und beobachtet von weitem das Geschehen.

Erst als der Unbekannte sich von seiner Tochter mit einem herzlichen Händedruck verabschiedet hat, in sein Auto steigt und da-

vonfährt, geht er langsam zum Haus hinüber. Mit einem Ton in seiner Stimme, die auf Irmgard Jungnickel schon beinahe bedrohlich wirkt, fragt er sie: »Wer war das? Was wollte dieser feine Pinkel von dir? Nun rede schon oder muss ich dir erst Beine machen?«
Lauernd steht er vor ihr.
Seine Tochter entsetzt, über die Art und Weise, wie ihr sonst doch so friedfertiger Vater mit ihr spricht, kann die Tränen nicht länger zurückhalten. Zu oft ist sie in den vergangenen Tagen von ihm ohne Grund und mit einem grimmigen Unterton in seiner Stimme, von ihm zurechtgewiesen worden.
Mit zittriger Stimme klärt sie ihn aber über den Besucher auf. »Das war doch nur der Vorwerkvertreter, der Herr Schulz. Der kommt doch jedes Jahr zweimal hier vorbei, Vater. Das musst du noch wissen. Schließlich hast du ihn vor drei Jahren das erste Mal hierher bestellt. Du hattest mir bei Vorwerk einen neuen Staubsauger bestellt, nachdem der Vertreter dir die Funktionsweise gezeigt hatte und du so begeistert warst. Weißt du das denn nicht mehr?«
Mit schon etwas festerer Stimme fragt sie dann aber schon: »Was soll der ganze Aufstand eigentlich, Papa? Was ist hier, was ist mit dir, in letzter Zeit nur los? Kannst du mir das bitte mal erklären!«
Sie wird aber nur mit einem kurzen »Nichts! Absolut nichts!« abgespeist, ehe Gustav Freitag sie buchstäblich stehen lässt und im Haus verschwindet.
Irmgard hat das Gefühl, als ob ihr jemand den Boden unter den Füßen wegzieht. ›Wenn ich nicht bald mit jemand über meinen Vater und sein befremdliches Verhalten reden kann, gehe ich noch kaputt. Das kann so nicht weiter gehen‹, sind ihre Überlegungen. Sie beschließt, bei ihrem ehemaligen Schulkameraden und amtierenden Bürgermeister von Bertingen, einmal ganz privat vorzusprechen und über alles zu quatschen. So wie früher, als sie noch Kinder waren und sich alles erzählen konnten. Aber erst, wenn sie ihren Hauskram erledigt hat.

KAPITEL 8

Die umliegenden Wiesen erstrahlen in einem satten tiefen Grün. Sie glänzen im morgendlichen Tau, wie mit lauter klitzekleinen Diamanten bestreut.
Unzählige Wildblumen, die in prachtvoller Blüte stehen, sieht man als kunterbunte Farbtupfer wahllos verteilt, soweit das Auge reicht.
Heinz Schön, heute nur mit einer kurzen khakifarbenen Sommerhose und einem aufdringlich bunten Hawaiihemd bekleidet, wandert gemächlich einen kleinen Trampelpfad zwischen den Wildblumen entlang.
Als er an einem sacht plätschernden Bach angelangt ist, breitet er mit äußerster Sorgfalt seine mitgebrachte Picknickdecke auf einer Wiese aus. Sie wird an der einer Seite von mehreren alten Kastanien begrenzt, die ausreichend für Schatten sorgen. Vom Bach her, wird angenehme kühle Luft herübergeweht.
Mit dem erwartungsvollen Vorgeschmack auf ein wohlschmeckendes Frühstück, an frischer Luft, breitet er auf der Decke alles für ein reichhaltiges Mahl aus. Schließlich hat er ja nicht umsonst einen prall gefüllten Picknickkorb für dieses Unterfangen gepackt und auf seine kleine Wanderschaft in den traumhaft schönen Morgen mitgenommen.
Er stellt einen Teller zurecht, auf die er zwei beim Bäcker gekaufte Brötchen legt. Daneben platziert er eine kleine Butterdose und ein eher klitzekleines Gläschen mit selbstgemachter Johannisbeerkonfitüre. Auch die kleine Blechbüchse, in der sich ein Rest eines Schweinebratens vom Vortag befindet, stellt er dazu. Natürlich hat er auch ein Messer dabei und wenn es nur ein kleines Klappmesser ist. Aus der Thermoskanne gießt er sich eine winzige Menge Kaffee in einen Blechbecher ein. Vorsichtig

nimmt er einen kritischen Schluck und ist mit dem starken Gebräu, welches er sich in der heimischen Küche gebraut hat, voll auf zufrieden.
Aber ehe er sich in aller Ruhe über das Frühstück hermachen kann, muss er erst einmal dringend hinter einem der nahegelegenen Büsche verschwinden und sich erleichtern. Dies duldet keinerlei Aufschub mehr, soll es nicht buchstäblich in die Hose gehen, denn der Blasendruck ist einfach nicht mehr auszuhalten.
›Na ja‹, denkt er sich: ›Ich bin ja auch nicht mehr der Jüngste, da soll es ja so langsam anfangen, das leidliche Problem mit der Blasenschwäche.‹
Während er seinem Drang freien Lauf und die Gedanken schweifen lässt, fallen ihm ein paar besonders schöne Blümchen auf. Er beschließt, sie sogleich zu pflücken und seiner von ihm heimlich Angebeteten mitzunehmen, in der absurden Hoffnung, damit bei ihr einen Schritt weiter zu kommen. Irgendwie geht ihm seit Tagen dieses Frauengesicht aus dem Gemeindehaus von Bertingen, dem er noch keinen Namen zuordnen kann, nicht mehr aus dem Sinn.
Nachdem er sich die Hände im Bach gewaschen und sie grob an seiner Hose trocken gerieben hat, weil er wieder nicht daran dachte, ein kleines Handtuch einzustecken, pflückt er einige besonders hübsche Wildblumen ab. Er rupft noch einen längeren Grashalm ab, um die vielen Blumen zu einem schönen Strauß zusammenzubinden.
Mit einem intensiven Atemzug an dem Sträußchen Blumen möchte er ihren betörenden Duft tief in sich aufnehmen. Aber, wie es dann manchmal so geht, hat er für einen kleinen Moment völlig außer Acht gelassen, dass er eine ausgeprägte Pollenallergie gegenüber Wildblumen hat. Prompt wird er von einer heftigen Niesattacke gequält. Und er muss niesen, und niesen, und niesen. Er kann gar nicht wieder aufhören.
Plötzlich rumpelt es laut vernehmbar unter ihm. Heinz hat das ungute Gefühl in ein abgrundtiefes Loch zu fallen. Erst als ein rasender Schmerz, wie nach einem heftigen Aufprall, unmittel-

bar auf seiner rechten Körperhälfte einsetzt, kommt er zu sich und blickt sich verwundert um.

Das Allererste, was er nach dem Aufschlagen seiner Augen zu sehen bekommt, ist ein Paar schmutzige Halbschuhe. Heinz Schön sein verunsicherter Blick gleitet von diesen Schuhen weiter nach oben. Er folgt den Hosenbeinen. Bleibt dann an einer ihm doch sehr vertraut vorkommenden Gürtelschnalle hängen, auf der ein Adlerkopf zu sehen ist. Wandert anschließend über einen weit offen stehenden braunen Wildledermantel, um letztendlich in das besorgt aussehende Gesicht seines Assistenten, von Jörg Paulich, zu schauen.

Dessen beinahe im Flüsterton vorgebrachten Worte: »Morgen Chef. Halbwegs gut geschlafen?«, und ein wenig später, mit einem verschmitzten Lächeln in seinen Mundwinkeln, welches er sich trotz aller Willensanstrengung nicht ganz verkneifen kann: »Wie war denn die Landung so?«, lässt Heinz Schön erkennen, dass er sich ›Leider Gottes‹ nicht auf einer schönen duftenden Wiese und bei einem ordentlichen Frühstück befindet, sondern auf dem staubigen Fußboden des Gemeindebüros von Bertingen. Neben sich die zusammengebrochene Liege, auf der er genächtigt hatte.

Dass ihm diese Situation mehr als unangenehm ist, wissen nur diejenigen einzuschätzen, die Heinz Schön wirklich genau kennen, denn dieser fängt dann immer umgehend an, sehr stark zu schwitzen. Schon bilden sich die ersten dicken Schweißperlen auf seiner Stirn und suchen sich in kleinen Rinnsalen beharrlich einen Weg über das völlig erschöpft wirkende Gesicht des Kriminalkommissars. Ergebnislos bemüht sich Heinz Schön diesem lästigen Rinnsal, mit dem bloßen Handrücken, Einhalt zu gebieten und aus seinem Antlitz verschwinden zu lassen.

Stillschweigend überreicht Jörg Paulich seinem Chef ein angebrochenes Päckchen Papiertaschentücher. Aber anstelle ein höfliches »Danke schön« zu erhalten, wird er ungehalten von ihm angebrummt: »Können sie einem alternden Mann nicht mal auf die Beine helfen? Muss ich ihnen denn erst eine SMS schicken, eine E-Mail schreiben, etwas twittern oder gar bei Facebook posten, dass ich ihre Hilfe benötige? Als wenn es nicht schon schlimm genug für mich wäre, dass sie mich hier so erleben dürfen.«

Während Heinz Schön sich besorgt umsieht, ob vielleicht noch andere Personen seinen kleinen, aber ungewollten Absturz mitbekommen haben, wird er von Jörg an den Händen emporgezogen. Doch bevor er richtig festen Halt auf seinen Beinen finden kann, wird er unvermutet von einem Schäferhund ›attackiert‹ und beinahe wieder zu Fall gebracht. Erschrocken fährt er zusammen, rudert hilflos mit den Armen in der Luft, um sein Gleichgewicht nicht zu verlieren, und versucht sich gegen den unverhofften ›Angriff‹ zu wehren. Aber die Hündin Alexa hat nur eines in ihrem Hundeschädel. Sie will auf jeden Fall das Papiertaschentuch erhaschen, welches Heinz Schön zusammengeknüllt in seiner linken Hand hält.

Was der Kriminalkommissar nicht weiß beziehungsweise gar nicht wissen kann ist, dass dieser Hund ausnahmslos alles, was schon vom Weiten nur wie ein Papiertaschentuch ausschaut, zum Fressen gerne hat und dass ihr Herrchen, Bernd Töpfer, ihr diese unliebsame Marotte einfach nicht abgewöhnen kann. Er war deswegen auch schon beim Tierarzt, weil das Fressen von Papier auf eine Mangelernährung oder Probleme mit dem Verdauungstrakt hinweist. Aber die Befunde waren alle negativ. Seine Hündin ist kerngesund, behaftet mit einem kleinen Hang nach Papier.

Es dauert auch gar nicht mehr lange, dass der Hundeführer auf der Bildfläche erscheint. Noch nach Luft ringend, ruft er mit einem energischen Ton seinen Hund zu sich. »Bei Fuß, Alexa! Sofort!«

Mit angelegten Ohren sitzt diese vor ihrem Herrchen, ihre Augen haben den unschuldigsten Hundeblick der Welt angenommen, als er ihr eine liebevolle aber doch anständige Standpauke hält: »Wie oft muss ich es dir noch sagen, dass du nicht einfach von einem Einsatzort abhauen darfst, auch wenn wir nichts mehr

zu tun haben! Wenn ich sage Sitz oder Bleib, dann meine ich es auch so. Je älter du wirst, um so unfolgsamer wirst du. Wenn du so weitermachst, wirst du noch den Dienst quittieren müssen. Willst du das wirklich, du Dummerchen?«
Liebevoll streicht er dabei mit seinen Händen über den Schädel des Tieres. Alexa schaut ihn mit einer solchen Ergebenheit an, dass er ihr beim besten Willen nicht länger böse sein kann.
Unterdessen klopft sich Heinz Schön den Staub von seiner Kleidung, brummelt für seinen Assistenten kaum vernehmbar: »Das nenne ich nun wirklich mal auf den Hund gekommen. Wenn der Tag schon solchen Anfang macht. Wie wird er dann wohl erst enden?«
Laut und ungeduldig fragt der Kriminalkommissar dann aber: »Wie spät ist es denn eigentlich schon? Wo bleiben die Kollegen, die sich am heutigen Sucheinsatz beteiligen sollten? Wenn sich meine innere Uhr nicht völlig täuschen sollte, dürfte es doch wenigstens schon um die acht Uhr herum sein oder? Also, wie stehen die Dinge, Herr Paulich? Nun lassen sie sich doch nicht buchstäblich jedes Wort aus der Nase ziehen! Kommen sie doch endlich einmal aus dem Knick, junger Mann!«
Jörg Paulich, der noch mit enormer Müdigkeit zu kämpfen hat, weil er eine verhältnismäßig schlaflose Nacht auf den beiden zusammengeschobenen Sesseln verbracht hatte, lässt sich trotzdem nicht aus der Reserve locken. Er kennt ja diese Eigenarten seines Chefs inzwischen recht gut und reagiert nicht mehr gar so empfindlich darauf, wie er es noch vor wenigen Wochen jedes Mal tat. Ruhig und dienstbereit gibt er die gewünschte Auskunft, nachdem er zuvor einen kurzen Blick auf seine Armbanduhr geworfen hat, um sich der genauen Zeit zu vergewissern.
»Nun, was die Zeit betrifft, so ist es soeben neun Uhr und zehn Minuten geworden. Auf die Sekunde genau, Herr Kriminalkommissar. Was aber im Augenblick die Suchmannschaft anbelangt, so ist diese schon seit annähernd sechs Uhr und dreißig Minuten im vollen Einsatz.
Der Kollege Keppler ist mit seinen Truppenteilen, ähm ..., seiner

Hundertschaft, an beiden Ufern der Elbe unterwegs, um dort nach dem vermissten Erwin Schleicher zu suchen, da ja der Hund dort die Spur verloren hatte. Sie hatten nun stark gehofft und angenommen, dass Alexa sie wiederfinden und sie uns zu dem Vermissten führen wird. Aber leider blieb die Spur endgültig kalt. Deshalb sind der Hund und sein Herrchen auch schon wieder zurück, wie ihnen ja aufgefallen sein dürfte. Aber inzwischen ist der Hubschrauber wieder in der Luft und beteiligt sich an der heutigen Suche.
Etwas können sie natürlich auch noch nicht wissen, Herr Kriminalkommissar, weil sie da sozusagen noch im unendlichen Reich der Träume weilten, ist Folgendes.
In den frühen Morgenstunden fand nämlich ein aufmerksamer Mitbürger aus Kehnert, mit seinem Hund Bruno, übrigens ein wunderschöner Weimaraner, beim Gassi gehen entlang der Elbe, einen alten Bettvorleger.
Bruno, der laut seinem Besitzer einen ausgeprägten Jagdtrieb besitzen soll, tollte wohl wie üblich auf den Elbwiesen umher. Er blieb dann aufgeregt bellend an einer sehr kleinen Landzunge stehen, die sich durch die Strömung der Elbe zwischen den dortigen Buhnen gebildet hatte. Ehe er es unterbinden konnte, balancierte sein Hund auf den Buhnen beziehungsweise dieser Landzunge entlang und zog dort den besagten Bettvorleger an Land, welchen er voller Stolz zu seinem Herrchen herübertrug.
Es ist an und für sich ja noch nichts Aufsehenerregendes, dass sich ein freilaufender Hund etwas zum Spielen sucht. Aber der Vorleger, den er seinem Herrchen brachte, ist unter den abhandengekommenen Gegenständen aus dem Seniorenwohnheim ›Geborgenheit‹ aufgelistet. Was ja in einer Pressemitteilung zu lesen war. Da der Vorleger mit den Initialen des Seniorenwohnheimes gekennzeichnet wurde, erkannte der Bürger ihn als Eigentum des selbigen. Daraufhin wendete er sich an uns. Wohl wissend uns hier anzutreffen und er übergab uns vor zirka zwei Stunden seinen Fund.
Keine Sorge, Herr Kriminalkommissar, der Läufer wurde von

seinem Finder in einen neuen blauen Abfallsack verstaut und dann erst bei uns abgegeben. Bevor Sie fragen, wo der Mann den Abfallsack so schnell herhatte, so ist das schnell erklärt. Diesen trug er bei sich, um Grünzeug für seine Hauskaninchen auf der Elbwiese zu sammeln.
Unseren Kollegen der Spurensicherung haben wir natürlich das Beweisstück für eine kriminaltechnische Untersuchung schon zukommen lassen.
Wir haben aber den Bürger noch darüber belehrt, dass es besser gewesen wäre, uns zu dem Fundort zu führen, um den fotografischen Nachweis erbringen zu können, wo man den Läufer auffand, als ihn gleich hierher zu bringen.«
Heinz Schön lässt die Informationen von Jörg Paulich über sich ergehen, wie einen plötzlich auftretenden Regenguss, in den man unfreiwillig geraten ist. Sie prallen an ihm ab, wie winzige Wasserperlen, die sodann irgendwo im Sand versickern und ihre kurzfristige Lebensreise für immer aushauchen. Nur ganz weit hinten, im sogenannten Hinterstübchen, legt er die neuen Hinweise und Anhaltspunkte für ihren Fall ab.
Ihn beschäftigt gegenwärtig etwas ganz anderes. Er hat wahnsinnigen Hunger, er fühlt sich vollkommen leer und kraftlos. Seine letzte Mahlzeit hatte er zu sich genommen, als sie beide, er und Jörg, in der neuen Raiffeisen-Tankstelle von Lüderitz einen Imbiss einnahmen. Das alleine ist gefühlsmäßig schon verdammt lange her, zu lange her für sein eigenes Empfinden. Der Schluck Wasser am späten gestrigen Abend konnte zwar den Magen bis zum Einschlafen austricksen, aber jetzt überkommt ihn ein echt flaues Gefühl.
Unruhig rutscht Heinz Schön auf dem Stuhl, auf dem er inzwischen Platz genommen hat, hin und her, als es plötzlich an der Tür zu dem Büro des Ortsbürgermeisters wiederholt und sehr laut klopft.
Morgenmuffelig, wie der Kriminalkommissar im Moment aufgelegt ist, kommt nur ein brummiges und kein liebenswürdiges: »Herein! Was gibt es denn?«, aus seinem Mund heraus.

Beflissentlich eilt Jörg Paulich sogleich zur Tür, um diese zu öffnen.
Dort steht, über sein ganzes Gesicht strahlend wie ein Honigkuchenpferd, niemand anderes als Günter Fricke, der Ortbürgermeister von Bertingen und bittet auffällig höflich, beinahe schon dienerisch, eintreten zu dürfen.
Heinz Schön hat schon einen gepfefferten Fluch auf seinen Lippen, beherrscht sich aber im letzten Moment, als ihm ein vertrauter und lieblicher Geruch, nämlich der Geruch nach seinem Lieblingsgebräu namens Kaffee, in die Nase fährt.
Er will soeben seine Annahme und Frage dazu an den Mann bringen, als ihm Günter Fricke zuvorkommt.
»Ich habe im Sitzungssaal der Gemeinde ein reichhaltiges Frühstück für die Herren Kriminalbeamten bereitgestellt. Neben Brötchen, Butter, etwas Wurstaufschnitt und einigen Stückchen Pflaumenkuchen, von meiner Frau gestern am Abend frisch gebacken, werden Sie selbstverständlich auch eine große Kanne Kaffee vorfinden. Ich wünsche Ihnen einen gesegneten und vor allen Dingen guten Appetit.«
Die Gelegenheit der Stunde ausnutzen wollend, lässt er sogleich seine Frage, die ihm wahrscheinlich schon lange auf der Zunge zu brennen scheint, in den Raum fallen. In der stillen Hoffnung, dass er dieses Mal eine ausführliche Antwort erhält und nicht wieder vor die Türe geschickt wird: »Wie ist denn eigentlich ihr derzeitiger Stand bei den Ermittlungen in der Sache Schleicher? Haben sie schon etwas herausfinden können? Haben sie schon einen Verdacht, wer der Täter ist?« Gespannt schaut er zu Heinz Schön, dann zu Jörg Paulich sowie Bernd Töpfer hinüber. Die Gier hier etwas aus erster Hand zu erfahren, lässt ihn innerlich erzittern.
Unverhofft wird er aber von Seiten Jörg Paulichs heftig angeblafft: »Wenn ich mich recht entsinne, sehr geehrter Herr Bürgermeister, wurde ihnen doch schon gestern sehr deutlich mitgeteilt, dass sie die polizeilichen Ermittlungen nichts, aber auch rein gar nichts, angehen. Sagte nicht Kriminalkommissar Schön

wortwörtlich zu Ihnen: »Nur zu ihrer Information, Rechenschaft muss ich Ihnen, Herr Bürgermeister Fricke, nicht geben. Hier handelt es sich um eine polizeiliche Aktion und hierbei haben Zivilisten nichts zu suchen!« Daran hat sich meines Erachtens nach nichts geändert. Mit anderen Worten ausgedrückt. Besten Dank für das bereitgestellte Frühstück und Danke, dass sie jetzt die Tür von außen hinter sich schließen! Ich betone es noch einmal, die Tür von draußen zu machen! Bitte!«
Verblüfft, mit leicht offen stehendem Mund, steht der so Angesprochene da. Er wirkt buchstäblich auf die anderen Anwesenden, wie ein frisch begossener Pudel.
Nach einem leisen, aber durchaus verärgert klingendem: »Dann eben nicht!«, geht der Bürgermeister zur Tür. Er wirft von dort noch einen kurzen beleidigten Blick in die versammelte Runde zurück, um dann sehr heftig die Tür hinter sich ins Schloss fallen zu lassen. So heftig, das aus dem Türrahmen kleine Teile Putz herausfallen.
›Puh, das wäre schon einmal erledigt‹, freut sich Jörg über seine eigene Courage.
Heinz Schön hat sich unterdessen von seinem Stuhl erhoben. Er geht langsam zu seinem Assistenten hinüber, fasst diesen von hinten kameradschaftlich an beiden Schultern: »Haste gut gemacht ›Bengel‹. Ich bin richtig stolz auf dich. Dieser Typ geht mir echt auf den Senkel. Ich kann nicht mal sagen, woran das liegt. Es ist einfach so. Nun lass uns aber endlich etwas futtern gehen. Ich falle schon um vor Hunger. Ihr doch auch oder etwa nicht? Außerdem, der Kaffee riecht vorzüglich. Wir wollen doch nicht, dass er kalt wird. Stimmt's oder habe ich recht?«
Während nun alle an dem reichlich gedeckten Tisch Platz nehmen, jeder mit seinen Brötchen und seinem Kaffee beschäftigt ist, richtet sich des Kriminalkommissars Blick eher zufällig auf die Dorfstraße hinaus. Dort unterhalten sich momentan und sehr aufgeregt die Frau, welche tags zuvor im Gemeindebüro stumm auf dem Stuhl sitzend gewartet hatte, die blass und verweint aussah, sowie Günter Fricke. Auch heute übt sie diese anziehen-

de Wirkung auf ihn aus, die er sich einfach nicht erklären kann. Liegt es vielleicht daran, dass sie seiner verstorbenen Frau so sehr ähnlich sieht?

»Kennt jemand vielleicht diese Frau dort draußen, mit der der Herr Bürgermeister gerade Konversation betreibt?«, fragt Heinz Schön mit vollem kauenden Mund seine Kollegen. Aber außer: »Nein Chef, kennen wir nicht. Saß aber gestern Abend schon mal hier im Gemeindebüro herum. Wollte zu dem Fricke. Warum? Liegt was an?« erhält er nicht die erwartete Auskunft. Deshalb beschließt er, vor die Tür zu gehen und der Frau zu folgen. Er möchte ihr, ohne Beiseins des Bürgermeisters, einige Fragen stellen. Ein Bauchgefühl sagt ihm, dass es wichtig sein könnte. Es muss ja einen Grund geben, warum die Frau gleich zwei Tage hintereinander im Gemeindebüro vorstellig wurde. Gestern war sie hier in einem aufgelösten und verweinten Zustand zugegen, heute wirkt sie völlig aufgedreht.

Bevor er sich aber von seinem Stuhl erhebt, greift er sich die Wurstscheibe, die vor ihm auf dem Teller liegt, und hält sie der Schäferhündin Alexa zum Fressen hin.

»Ich mag dieses künstliche Zeugs eh nicht, ist doch alles keine richtige Wurst mehr heutzutage. Habe letztens erst einen interessanten Artikel des Dresdner Professor für Lebensmittelhygiene, Lutz Wildenau, gelesen. In dem stand geschrieben, dass kleben, mischen, pressen, sowie füllen bei der Fleischverarbeitung an der Tagesordnung steht. Nicht nur die Kunstfleischhersteller setzen ihre Schnitzel aus kleinen Teilen zusammen - dieses Verfahren ist längst ein wesentlicher Bestandteil der Fleischproduktion. Hat schon einer von euch gewusst, dass selbst bekannte angebliche Rohschinken, Nussschinken oder Lachsschinken aus deutschen Supermärkten in Wirklichkeit nur Formfleischprodukte sind. Da vergeht einem doch glatt der Appetit.«

Na ja, außer unserem Leichensuchhund, wie man sieht.« Liebevoll tätschelt Jörg dabei der Hündin den Kopf, die sich mit ihrem ganzen Körper richtig schwer an sein Bein geschmiegt hat. Sehnsuchtsvoll schauen ihn die Hundeaugen an und scheinen

darauf zu warten, dass es noch mehr von den Tellern zu erhaschen gibt.
Als unverhofft das Telefon im Büro des Bürgermeisters zu klingeln beginnt, wird Heinz Schön von seinem Vorhaben, mit der ihm noch unbekannten Frau sprechen zu wollen, erst einmal abgelenkt. Ahnend, dass es etwas mit ihrem Fall zu tun haben könnte, geht er eilig in das Büro hinüber und hebt den Hörer ab: »Hier spricht Kriminalkommissar Schön. Was kann ich für Sie tun?«
Bernd Töpfer und Jörg Paulich sind ihm gefolgt. Abwartend stehen sie im Raum und harren der Dinge, die da jetzt auf sie zukommen werden. Gebannt folgen sie dem eher knappgehaltenen Gespräch, können sich aber aus den wenigen Fetzen nicht wirklich zusammenreimen, um was es dabei geht.
Während Heinz Schön sich mit besorgniserregender Mine anhört, was ihm sein Gesprächspartner mitzuteilen hat, gibt er dem Hundeführer mit leisen Worten zu verstehen: »Macht euch dann mal fertig, Bernd. Euer Einsatz ist gefragt. Wir beide, Jörg und ich, kommen gleich nach beziehungsweise unser nächster Weg führt uns wieder einmal ins Altersheim.« Dann beendet er das Gespräch mit: »Man sieht sich«, und legt auf.
Heinz Schön, jetzt wieder ganz der Kriminalkommissar, informiert seine beiden Kollegen über den neuesten Stand in Sachen Erwin Schleicher. »Das war soeben der Kollege Keppler. Nachdem man beide Uferseiten der Elbe, stromauf und stromabwärts, sowie die angrenzenden Wiesen und Äcker gründlich abgesucht hat, wurde ein abgetrennter Fuß in der Höhe der Griebener Fähre beziehungsweise deren Anlegestelle gefunden. Er hatte sich in einer von Anglern ausgeworfenen Fischreuse verfangen. Auf der Innenseite des Fußes, am Knöchel, konnte man eine Tätowierung in Form einer Rose sowie die Initialen HG, erkennen. Den Fuß hat man bereits zu unserer guten Freundin und Gerichtsmedizinerin Maria Weigelt in das Universitätsklinikum Magdeburg Institut für Rechtsmedizin gebracht, zwecks eingehender Untersuchung.

Kollege Töpfer, sie werden mit ihrem Hund gegenwärtig an der Anlegestelle der Fähre bei Ferchland von den zuständigen Kollegen der Wasserschutzpolizei erwartet. Das ist die gegenüberliegende Anlegestelle der Griebener Fähre. Dort soll Alexa dann versuchen Witterung aufzunehmen, um eventuell auch noch den Rest der dazugehörenden Leiche aufzuspüren. Wo ein Fuß aufgetaucht ist, kann auch noch mehr zu finden sein.«
In dem Augenblick fährt laut hupend ein Polizeiauto vor.
»Ihr Fahrzeug ist da, Herr Töpfer. Viel Erfolg bei der Suche! Sollte sich etwas ergeben, meine Nummer haben Sie ja!«
Mit einem: »Wir hören voneinander«, verabschieden sich die drei Männer.
Während der Hundeführer mit seinem Hund eilig das Büro verlässt, dann in das wartende Fahrzeug steigt und davonfährt, dreht sich der Kriminalkommissar zu Jörg Paulich um.
»Wir beide fahren jetzt nach Kehnert hinüber, um dort mit der unterbrochenen Befragung der Heimbewohner fortzufahren. Vor allen Dingen interessiert mich aber eine Sache vorrangig. Vor all dem anderen, was es noch gewissenhafter zu hinterfragen gilt. Nämlich ...« Ehe er jetzt weiterspricht, gräbt er aus den unergründlichen Tiefen seines Mantels ein Handy hervor.
Es wirkt ein wenig hilflos auf Jörg Paulich, wie sein Vorgesetzter versucht, das Mobiltelefon zu starten. Am liebsten würde er ihm zur Hand gehen und zeigen, wie man es anschaltet. Doch er weiß, dass es Heinz Schön niemals zugeben würde, damit nicht klarzukommen. Deshalb wartet er geduldig ab.
Beinahe unverständlich für Jörg murmelt dieser leise vor sich hin: »Verdammt noch mal! Wie funktioniert dieses blöde Ding bloß? Ich hasse diese neumodischen Dinger!« Aber, nachdem er alle Knöpfchen gedrückt hat, die man bei einem Handy eben drücken kann, tut das Ding endlich seinen Dienst.
Es dauert dann zwar noch einen weiteren langen Augenblick, ehe Heinz Schön seinem Assistenten jenes zeigen kann, was er wohl schon die ganze Zeit vorhatte. Nämlich zwei Bilder, worauf einmal der abgetrennte Fuß und einmal die Tätowierung da-

rauf deutlich zu sehen sind. Ein bisschen Stolz spiegelt sich in seinem Antlitz wieder, als er endlich die Aufnahmen Jörg buchstäblich vor dessen Nase halten kann. »Dann wollen wir doch mal sehen, ob in unserem Seniorenwohnheim ›Geborgenheit‹ jemand diese spezielle Tätowierung wiedererkennt. Vielleicht haben wir ja unseren Vermissten schon gefunden. Na ja, einen Teil zumindest.«

Jörg Paulich, der noch nicht lange Zeit Assistent bei Kriminalkommissar Heinz Schön ist, hat zwar schon von Leichen und abgetrennten Körperteilen gehört sowie gelesen. Aber auf Bildern gesehen hat er noch nie welche. Irgendwie konnte er sich immer davor erfolgreich drücken. So ist es wenig verwunderlich, dass es ihm jetzt buchstäblich den Magen umdreht.

Mit fest zusammengepressten Lippen murmelt er nur ein: »Tschuldigung, Chef.« Dann rennt er, so schnell ihn seine Füße tragen, zu dem Besucherklo des Gemeindebüros hinüber, wobei er mit seiner rechten Schulter am Türrahmen aneckt. Aber das scheint er nicht einmal bewusst wahrgenommen zu haben. Unter heftigen anhaltenden Magenschmerzen und krampfartigem Würgen müssen, verabschiedet er sich vollständig von seinem Frühstück. Wenig später schaut ihm im Spiegel ein kreidebleicher junger Mann, mit rotumränderten Augen entgegen. Plötzlich überfällt ihn eine abgrundtiefe Scham über seine gezeigte Schwäche. Schnell wäscht er sich mit kaltem Wasser sein käsiges Gesicht. Er rubbelt sich mit dem vorhandenen Handtuch ein bisschen Farbe in sein Gesicht, um dann zu seinem Chef zurückzukehren.

Dass Heinz Schön nicht weiter auf den kleinen Zwischenfall eingeht, rechnet Jörg ihm sehr hoch an. Dieser hat in der Zwischenzeit ihre spärlichen Habseligkeiten zusammengesucht und eingepackt. »Na Bengel, dann lass uns starten und schauen, was der Tag uns noch so für Überraschungen bringt.«

Mit dem, wie einen bunten Papagei angemalten, kleinen Wagen von Jörg Paulich fahren die beiden Kriminalisten zu ihrer geplanten Befragung nach Kehnert hinüber.

Auf den Weg dorthin treffen sie so manch kritische, besorgniserregende, distanzierte sowie auch neugierige Blicke der hier wohnenden Menschen. Hat es sich doch schon herumgesprochen, was es mit dem bunten Fahrzeug und dessen zwei Insassen auf sich hat. Dass die beiden zur Mordkommission gehören und vielleicht einem Verbrechen und einem Mörder auf der Spur sind.

Am Aussichtspunkt Kehnert, in der August-Bebel-Straße, legen sie einen kurzen Zwischenstopp ein. Aber nicht nur, um von dort ein Blick auf die umliegenden Wiesen, die Alte Elbe und das geschäftige Treiben der noch immer emsig Suchenden zu werfen. Heinz Schön hält es ohne einen Zug aus seiner Zigarre einfach nicht mehr aus. Er lechzt buchstäblich nach einer Dosis Nikotin. Viel zu lange frönt er schon dieser Leidenschaft, um sie jetzt noch aufgeben zu wollen. Obwohl ihm sein Arzt sehr ans Herz gelegt hatte, endlich mit dem Rauchen aufzuhören. Aber der Kriminalkommissar hat jetzt keine Zeit sich Gedanken darüber zu machen, was die bei einer Kontrolluntersuchung gefundenen kleinen Flecken auf/in seiner Lunge zu bedeuten haben. Er schiebt die lästigen Gedanken weit von sich. Er nimmt noch ein paar kräftige Züge aus der Zigarre, streift die Glut der Kuppe an einem großen Stein ab, und verstaut den Rest wieder in der kleinen Blechdose, aus der er sie entnommen hatte.

Da die Sonne inzwischen die restlichen dunkelgrauen Wolken des Vormittages endgültig beiseitegeschoben hat, beschließen Heinz Schön und Jörg Paulich die wenigen hundert Meter zum Seniorenheim ›Geborgenheit‹ zu Fuß zurückzulegen.

Auf den ersten Blick wirkt das Gelände völlig verlassen auf sie, denn nirgendwo ist eine Menschenseele zu sehen. Erst nach genauerem Hinhören vernehmen die Beiden kaum vernehmliche Stimmen, gefolgt von einer wehmutsvoll klingenden Musik.

Um die Richtung nicht zu verlieren, aus dem die Stimmen zu hören sind und die Musik kommt, wechseln sie beide von dem geschotterten Hauptweg der Anlage auf die Rasenfläche hinüber. Dann folgen sie im wahrsten Sinne des Wortes ihren Ohren, bis sie an das weit offen stehende Fenster des Gemeinschaftsraumes gelangen.

Da die Neuankömmlinge von den hier versammelten Heimbewohnern noch nicht bemerkt wurden, begnügen sie sich fürs Erste mit der Rolle der heimlichen Beobachter. Manchmal erfährt man Dinge, Geschehnisse eher so, als durch lange Gespräche in einer direkten Befragung.

Soeben ergreift die Heimleiterin Hannelore Golzow das Wort.

»Mit dieser kleinen Trauerfeier wollen wir heute Abschied von Erwin Schleicher nehmen, der so brutal aus unserer Mitte gerissen wurde. Wie ich unlängst aus sicheren Kreisen erfuhr, erlag unser Erwin einem Gewaltverbrechen. Er ist nicht freiwillig aus dem Leben geschieden. Hoffen wir, dass der Täter bald seiner Straftat überführt werden kann. Aber heute möchten wir uns an glückliche Stunden mit ihm in unserer Mitte, an spaßige Erlebnisse, an Feste und Feierlichkeiten mit ihm, an Freude und Ausgelassenheit erinnern. Doch da sind auch Erinnerungen an Krankheit, an traurige Erlebnisse und schwere Stunden. Ich möchte nun alle bitten, für eine Minute, schweigend unserem Freund zu gedenken. In der Stille kann sich nun jeder einen Augenblick lang selbst erinnern an die Schritte und Wege mit ihm, die man besonders in Erinnerung behalten möchte.«

Für eine Minute herrscht nun tatsächlich völliges Schweigen. Manche Gesichter sind von Trauer gezeichnet, manche drücken Gleichgültigkeit aus und eines sieht man sein Unbehagen an, hier anwesend sein zu müssen.

Der Kriminalkommissar stupst seinen Assistenten behutsam an der Schulter an, macht eine vorsichtige Handbewegung zu dieser Person hin, und flüstert dann leise: »Mit dem sollten wir reden.«

Frau Golzow hat sich nun wieder vor die Senioren gestellt und sie fährt, mit einem leichten Vibrieren in ihrer Stimme, in ihrer kleinen Ansprache fort: »Da ist ein Land der Lebenden, und da ist ein Land der Toten, sagt der Dichter. Über das Land der Lebenden, gemeinsam mit ihm, haben wir viele Erinnerungen und könnten noch viel mehr erzählen, mehr noch, als die Zeit hier

und heute reicht. Über das Land der Toten können wir nichts sagen. Dahin ist er nun unterwegs. Wir wissen nicht, wie es dort sein wird und was ihn dort erwartet. Wir können ihm nur hilflos nachblicken. Wir geben ihm aber unsere guten Wünsche mit für die Wege, die er nun gehen muss, für das Land, welches ihn erwartet.
Lieber Erwin, wir sagen nun tschüss, adieu, bis dann, bis irgendwann, bis auch wir über diese Brücke gehen werden.«
Verstohlen greift Hannelore Golzow nach einem Taschentuch, weil sie wieder einmal ihre Tränen nicht im Zaum halten kann. Nach einem kräftigen Schnäuzer und einen tiefen Seufzer hat sie sich aber wieder fest im Griff. Die Trauerfeier erklärt sie für beendet.
Ein emsiges Stühlerücken, ein hastiges davon Schlurfen alter Füße, dann ist der Raum fast leer. Nur ein Mann sitzt noch wie versteinert auf seinem Stuhl. Es ist der gleiche Mann, der auf Heinz Schön gewirkt hatte, als wenn die Situation ihn mehr als Unbehagen bereiten würde.
Der Kriminalkommissar flüstert seinem Assistenten zu: »Gehen sie doch schon einmal zum Haupteingang hinüber. Machen sie sich dort bitte laut bemerkbar. Wollen wir doch einmal sehen, wie dieser Bursche hier reagiert, wenn er hört, dass die Polizei wieder einmal vor Ort ist und die Heimbewohner ein weiteres Mal befragen möchte.«
Während Jörg Paulich, mit weit ausholenden Schritten, um die Ecke des Gebäudes verschwindet, behält Heinz Schön seinen ›Verdächtigen‹ im Auge. Da kann er auch schon die Türklingel läuten hören, die Jörg mit wahrlicher Ausdauer betätigt.
Der Türgong, der kurz darauf ertönt, zeigt ihm an, dass man seinen Assistenten hineingebeten hat. Warum aber unvermittelt ein unüberhörbares Stimmengewirr einsetzt, welches jählings durch ein sehr Respekt einflößendes »Ruhe jetzt, meine Herrschaften! Sofort!« unterbrochen wird, vermag er von seinem Standpunkt aus nicht zu sagen. Eines ist ihm aber anhand der Stimme klar, Hannelore Golzow hat ihre ›Mannschaft‹ lautstark

zur Ordnung gerufen. Soeben fragt sie Jörg Paulich gereizt: »Was führt sie denn schon wieder her? Haben sie Neuigkeiten für mich, ähm, für uns? Wo ist eigentlich ihr Vorgesetzter, der Kriminalkommissar. Wie hieß er doch gleich? Ach ja, Schick oder Schön oder so?« Lauernd schaut die Heimleiterin den jungen Mann in die Augen, wobei sie nervös mit ihrer Brille herumspielt.
Jörg lässt sich aber nicht aus der Ruhe bringen und erwidert darum höflich: »Der Kriminalkommissar holt nur etwas aus unserem Auto, einen Drogenschnelltest auf Speichelbasis.«
Das stimmt zwar nicht, das fiel ihm gerade spontan ein. Es hat aber schon immer interessante Reaktionen bei den Leuten ausgelöst, wenn sie damit unmittelbar konfrontiert wurden.
»Ach ja, er heißt übrigens Schön, Heinz Schön. Aber zurück zu unserem Anliegen, wir müssen ihnen noch einige wichtige Fragen stellen. Ich darf doch schon einmal hereinkommen?«
Nur ungern lässt die Heimleiterin Jörg Paulich eintreten. Abwartend bleibt sie aber an der Tür stehen. Worauf sie jetzt wartet, darauf würde sie bei einer Frage diesbezüglich nicht einmal eine Antwort geben können. Irgendwie wirkt sie verloren auf den Kriminalassistenten.
Jörg, der sich in den Räumlichkeiten des Seniorenheimes sehr gut auskennt, braucht ihre Begleitung nicht. Zielstrebig geht er auf den Gemeinschaftsraum zu.
Schon von weitem hört er, wie Möbelstücke umfallen, gefolgt von einem heftigen Gerangel sowie von einem lauten Fluchen.
»Hab ich dich! Du entkommst mir nicht.«
Verwundert eilt Jörg weiter. Das Bild, welches er dann vorfindet, versetzt ihn dann doch sehr in Erstaunen. Im Gemeinschaftsraum steht Heinz Schön und er hält jenen Mann fest umklammert, welcher der Trauerfeier mit solchem Unbehagen gefolgt war.
Bevor er nachfragen kann, berichtet ihm sein Chef aber schon von den weiteren Entwicklungen, bei denen er nicht zugegen war. »Er wollte durch das Fenster türmen, als sie den Drogentest

erwähnt haben! Hätte echt nicht gedacht, wie wendig und schnell solch ein alter Mann noch sein kann. Haste was, kannste was, saß er schon auf dem Fensterbrett und setzte zum Sprung an. Da hatte er aber nicht mit mir gerechnet. Ich konnte ihn gerade noch so am Kragen erwischen. Na ja, unsere Bruchlandung haben Sie ja wohl noch gehört.«

Während Heinz Schön einen ihm nahestehenden Stuhl zu sich heranzieht, wendet er sich an Jörg: »Würden Sie bitte das Fenster verschließen und auch die Tür. Dann möchte ich Sie bitten, dass Sie der Heimleiterin Bescheid geben. Auch darüber, dass wir in den nächsten Minuten unter keinen Umständen gestört werden wollen. Danke. Ach ja, wäre sehr schön Herr Paulich, wenn Sie uns einen Kaffee besorgen könnten. Danach zeigen Sie bitte den Heimbewohnern sowie dem Personal das Bild der Tätowierung. Sie wissen schon, welches ich meine. Fragen Sie, ob jemand diese schon einmal gesehen hat und wenn ja, wem man sie zuordnen könnte.«

Jörg Paulich bemüht, es seinem Chef recht zu machen, verschließt wie gewünscht das Fenster. Eilig verlässt er den Raum, zieht hinter sich die Tür zu, um das ihm Aufgetragene zu erledigen.

Seinen ›Gefangenen‹ drückt Heinz Schön nun ziemlich unsanft auf den Stuhl herunter, den er zu sich herangezogen hatte. Dann holt er aus der Innentasche seines Mantels einen kleinen Notizblock und einen Stift hervor. Legt beides vor sich auf den Tisch und beginnt mit seiner Befragung.

»Und nun zu uns. Bevor ich ein Gespräch anfange, möchte ich gerne wissen, mit wem ich es zu tun habe. Wie ich heiße, wissen Sie ja sicherlich schon aus der Presse? Gesetzt den Fall, dass nicht, dann möchte ich mich Ihnen kurz vorstellen. Mein Name ist Kriminalkommissar Heinz Schön. Ich bin mit der Untersuchung des Mordfalles Erwin Schleicher betraut worden. Nun nennen Sie mir bitte Ihren vollen Namen!«

Sein Gegenüber scheint aber nicht antworten zu wollen, denn ihm schlägt eisiges Schweigen entgegen. Stattdessen dreht er

Heinz Schön langsam seinen Rücken zu und starrt hartnäckig aus dem Fenster hinaus, als wenn es da draußen irgendetwas Interessantes zu sehen gäbe. Schnelle Auf- und Abbewegungen des Adamapfels des Mannes lassen dessen innere Anspannung erahnen. Nervös knüllt er sein Taschentuch, welches er soeben aus seiner Hosentasche gezogen hat. Dass dabei eine kleine Kunststofftüte mit weißlichem Inhalt auf den Boden fällt, bleibt von ihm unbemerkt.
»Es wäre wirklich vorteilhaft für Sie, wenn Sie ein wenig mitmachen würden«, spricht Heinz Schön ihn ein weiteres Mal an. Er bückt sich unauffällig nach der heruntergefallenen Tüte. Schlagartig wird ihm klar, warum der Mann das Weite suchen wollte. Bleibt nun noch zu klären, ob es da einen Zusammenhang gibt. Einen Zusammenhang mit dem hier offensichtlichen Drogenbesitz und dem Verschwinden des Erwin Schleicher.
Ehe er aber seine Frage an den noch immer schweigenden Mann bringen kann, erscheint Jörg Paulich, mit einem Tablett in der Hand, wieder auf der Bildfläche.
»Der Kaffee, wie von Ihnen gewünscht. Die Befragung der Heimbewohner betreffs der Fotografie erledige ich sofort. Soll ich in der Zwischenzeit noch etwas anderes für Sie erledigen, Herr Kriminalkommissar?«, fragt er, während er die Tasse und das Kaffeekännchen auf dem Tisch abstellt. Dann bleibt er abwartend an der Tür stehen. So, wie er seinen Chef mittlerweile kennt, hat er sicherlich wieder etwas, was es zu erledigen gilt.
»Sie können tatsächlich etwas für mich in die Tat umsetzen«, wendet sich Heinz Schön an Jörg. »Dieser Mann hier, möchte mir seinen Namen nicht verraten. Aber so komme ich nicht weiter. Holen Sie doch bitte die Frau Golzow zu diesem Gespräch hinzu. Sie wird uns sicherlich sagen können, mit wem wir es hier zu tun haben. Danach können Sie noch folgendes für mich erledigen.«
Der Kriminalkommissar geht nun zu Jörg Paulich hinüber. Leise, damit er von seinem hartnäckig schweigenden Unbekannten nicht gehört wird, gibt er ihm die Anweisung: »Sie lassen sich

vorher noch von der Heimleiterin die Genehmigung geben, das Zimmer von diesem Herrn hier durchsuchen zu dürfen. Wenn sie ihre Zustimmung gibt, brauchen wir uns keinen Durchsuchungsbefehl holen. Schauen Sie nach, ob Sie dort noch mehr solcher Päckchen finden.« Dann drückt er Jörg die kleine Tüte mit dem weißlichen Inhalt in die Hand.
Mit einer drehenden Handbewegung gibt der Kriminalkommissar Jörg Paulich zu verstehen, dass er den Raum verlassen und seinen Forderungen nachkommen soll.
Während Jörg diensteifrig los eilt, um die ihm erteilten Aufgaben zu erledigen, scheint der Unbekannte seine Sprache wiedergefunden zu haben: »Ich heiße Rene Hellwich«, kommt es unvermittelt ganz leise vom Stuhl herüber.
›Na sieh mal einer an‹, denkt sich Heinz Schön. ›Geht doch. Warum nicht gleich so? Da will ich doch gleich mal einhaken.‹
»Sehr schön. Da ich nun ja endlich weiß, mit wem ich es hier zu tun habe, möchte ich Ihnen ein paar Fragen stellen. Ich hoffe sehr, in Ihrem eigenen Sinne, dass Sie mir wahrheitsgemäß Auskunft geben werden. Zuerst möchte ich von Ihnen wissen, was vorhin diese Hals über Kopf Flucht zu bedeuten hatte!«, beginnt der Kriminalkommissar seine Befragung.
Rene Hellwich, der noch immer sein Taschentuch in den Händen knüllt, wendet sich mit kreidebleichem Gesicht zu dem Kriminalkommissar um. »Na ja, Herr Kommissar. Ich hatte gehört, dass sie zu ihrem Auto gehen würden, um dort einen Drogenschnelltest zu holen. Da geriet ich einfach nur in Panik. Ich hatte nämlich kurz vor dieser Trauerfeier etwas eingenommen, weil ich wieder unter starken Schmerzen litt. Ohne das Zeugs würde ich nicht mehr existieren können. Das ist auch schon alles. Das schwöre ich bei meinem Leben.« Befreiend atmet er auf, gerade so, als wenn ihm eine große Last von den Schultern genommen wurde.
Ein wenig enttäuscht, über die Beichte seines ›Tatverdächtigen‹, dass die ganze Aufregung nur zustande kam, wegen eines Drogenkonsums, fragt Heinz Schön ihn: »In welchem Verhältnis

standen Sie eigentlich zu Erwin Schleicher? Waren Sie näher befreundet? Unternahmen Sie zusammen etwas in Ihrer Freizeit? Können Sie mir eventuell etwas über nähere Angehörige von ihm sagen? Wann haben Sie ihn das letzte Mal gesehen?«
Während der Kriminalkommissar genüsslich an seinem heißen Kaffee schlürft, beobachtet er jede Bewegung seines Gesprächspartners.
Rene Hellwich seine Gesichtszüge entspannen sich zusehends. Nun schon wieder viel selbstsicherer in seinem Auftreten, gibt er bis zu den Ohren grinsend Antwort: »Da bin ich jetzt aber fein raus, Herr Kommissar, denn diesen Erwin Schleicher kenne ich überhaupt nicht. Somit kann ich Ihnen auch nicht die gewünschten Auskünfte erteilen über seine Verwandtschaftsverhältnisse, seinen persönlichen Umgang mit mir oder jemand anderen, seiner Freizeitbeschäftigung und sonst etwas. Ich bin ihm noch nie begegnet und außerdem erst gestern hier eingezogen. Deshalb weiß auch niemand etwas von meinem Drogenkonsum. Wäre schön, wenn Sie dies für sich behalten könnten. Aber ich kann Ihnen absolut nicht weiterhelfen. Darf ich nun wieder gehen?«
Hellwich erhebt sich und macht alle Anstalten, den Raum verlassen zu wollen. Aber ein scharfes und lautes »Hinsetzen!« lässt ihn zusammenzucken und brav wieder Platz nehmen.
»Was wollen Sie denn noch? Ich habe zwar von der Geschichte mit dem Schleicher gehört, sie ist ja hier ständiges Gespräch. Ich kann das schon nicht mehr hören, Erwin hier und Erwin da. Aber ich habe damit hundertprozentig nichts zu tun. Da müssen sie schon an andere Stelle nach dem Übeltäter suchen. Ich halte mich hier hübsch raus. Ich will damit nichts zu tun haben. Fragen Sie doch einmal die Golzow, nach ›ihrem‹ Erwin«, fährt Rene Hellwich den Kriminalkommissar aufgebracht an.
»Mag ja alles sein, Herr Hellwich. Aber da bleibt immer noch Ihr Problem des illegalen Drogenbesitzes. Bleibt also festzustellen, ob diese Tüte hier die Einzige in Ihrem Besitz war. Wenn nicht, stellt es eine Straftat dar. Nur, um es ihnen einmal vor Au-

gen zu führen. Für den Drogenbesitz in normalen Mengen sind Strafen bis zu neunzig Tagessätzen vorgesehen, wodurch ein Drogenbesitz in diesem Rahmen noch als Vergehen, laut Paragraph Zwölf des Strafgesetzbuches, und nicht als Verbrechen eingestuft wird. Für den Besitz einer nicht geringen Menge Drogen ist eine Haftstrafe von mindestens einem Jahr vorgesehen, wobei sich das Strafmaß dabei nicht nach der Menge des Betäubungsmittelbesitzes, sondern nach weiteren Umständen richtet, gewerblicher oder nichtgewerblicher Handel, Organisation in Banden sowie Waffenbesitz. Ist ihnen eigentlich der Ernst ihrer Lage bewusst?«

Mit hochrotem Gesicht ist Rene Hellwich den Worten des Kriminalkommissars gefolgt. Aber außer ein mühselig zwischen die Zähne hervor gepresstes »Eh, ich wollte doch nur ...«, bleibt er eine Antwort schuldig.

Ihr Gespräch wird durch ein zögerliches Klopfen an der Tür unterbrochen, die sogleich langsam geöffnet wird. Durch den schmalen Türspalt schiebt sich der Kopf von Hannelore Golzow. »Darf ich Sie kurz stören, Herr Kriminalkommissar? Ich hätte Ihnen etwas Wichtiges mitzuteilen.« Abwartend bleibt sie in der Tür stehen. Unruhig gehen ihre Augen zwischen Heinz Schön und Rene Hellwich hin und her. Mit einem leichten Zittern in ihrer Stimme erkundigt sie sich: »Muss der Herr Hellwich noch länger von Ihnen befragt werden? Es wäre schön, wenn ich Sie unter vier Augen sprechen könnte. Es wäre wirklich dringend!«

Eigentlich lässt sich der Kriminalkommissar bei einer Vernehmung gar nicht gerne stören, schon gar nicht von Personen, die nichts mit seiner Ermittlungstätigkeit zu tun haben. Aber die verweinten und geröteten Augen der Frau, die nervös immer wieder geräuschvoll die Luft durch die Nase einzieht, lässt ihn vermuten, dass es durchaus wichtig sein könnte, was sie ihm zu erzählen hat.

Mit den Worten »Lassen Sie uns bitte noch für zirka fünf Minuten allein. Ich muss zuerst diese Befragung zu Ende führen, dann habe ich gleich unbegrenzt Zeit für Sie!«, schickt er sie wieder hinaus auf den Flur. Von dort kann er ihr unruhiges hin und her laufen hören.

Während er sich seinem nun nicht mehr im Vordergrund stehenden Verdächtigen zuwendet, wird abermals an die Tür geklopft. Unwillig dreht sich Heinz Schön um, wegen der vermeintlichen erneuten Störung durch Hannelore Golzow, als sein Assistent freudestrahlend den Raum betritt, wobei er den Daumen nach oben hält.

Dem Kriminalkommissar bringt dieser Fingerzeig den eindeutigen Beweis, dass er in seiner Annahme recht lag, dass noch mehr Drogen bei Hellwich zu finden sind. Bleibt zu klären, ob sie tatsächlich nur dem Eigenbedarf dienen oder ob hier ein reger Drogenhandel im Seniorenheim läuft. Das wird er ja gleich erfahren.

»Nun zu uns, Herr Hellwich. In der Mordsache Schleicher kommen Sie ja nun nicht mehr als Täter in Betracht. Bleibt aber immer noch die Tatsache, dass sich in Ihrem Besitz eine erhebliche Menge an Drogen befindet. Bleibt mir nun zu klären, ist das Zeugs tatsächlich nur für Ihren Eigenbedarf oder betreiben Sie hier einen flotten Handel. Ich möchte Sie darauf hinweisen, dass Sie die ganze Härte des Gesetztes trifft, wenn sich herausstellt, dass Sie hier als Drogenhändler fungieren. Ist Ihnen das klar?«

Abwartend schaut Heinz Schön seinem Gegenüber in das Gesicht, wobei er mit seinem Stift nervös auf der Tischplatte herumklopft.

»Was passiert denn mit mir, wenn ich die Drogen nur für mich habe? Also ich hier keinen sogenannten Drogenhandel betreibe!«, erkundigt sich niedergedrückt Rene Hellwich bei dem Kriminalkommissar. »Ich habe das Zeug wirklich nur für mich besorgt. Das war in meinem letzten Urlaub in Holland. Da war ich in so einer Kneipe, Geheimtipp von einem Freund, in der wurde munter alles Mögliche an Drogen und Tabletten gehandelt. Dort habe ich mich rasch einmal eingedeckt. Nix mit Handel hier im Heim. Ehrlich nicht. Wenn ich muss, schwöre ich beim Leben meiner beiden Kinder, Herr Kommissar!«

Innerlich zerrissen rutscht Rene Hellwich unruhig auf seinen Stuhl hin und her. Seine Augen hängen förmlich an den Lippen von Heinz Schön.
Dieser betrachtet in Gedanken versunken seinen Gesprächspartner. »Machen Sie schon, dass Sie Leine ziehen, Herr Hellwich. Ihnen ist eh nicht mehr zu helfen. Schicken Sie mir die Golzow rein, wenn Sie gehen.«
Wenn er ehrlich zu sich selbst ist, ärgert es Heinz Schön schon sehr, nicht wirklich weiter gekommen zu sein. Er hatte sich so viel von dieser Vernehmung und diesem Hellwich erhofft. ›Na dann eben nicht‹, grübelt er, als sich mit einem leisen Knarren die Tür des Aufenthaltsraumes öffnet und Hannelore Golzow eintritt.
»Ich habe die Tätowierung erkannt, Herr Kriminalkommissar. Solch eine hat der Erwin an seinem Fuß. Die kenne ich genau«, platzt sie auch sogleich heraus.
Heinz Schön, ein Mann der direkten Worte, hakt auch gleich nach: »Woher wissen Sie das so genau. Haben Sie etwas miteinander, Frau Golzow? Sie und der Erwin Schleicher?«
Unverwandt starrt er ihr ins Gesicht.
Die Heimleiterin läuft sofort an wie eine überreife Tomate und ein gepresstes leises »Könnte man durchaus so sagen«, bestätigt die Vermutung, die der Kriminalkommissar schon bei ihrer ersten Begegnung hegte.
»Dann erzählen Sie mal, Frau Golzow. Ich bin ganz Ohr!«

KAPITEL 9

Marina hebt ihren Kopf und lauscht. Irgendein merkwürdiges Geräusch hat sie aus dem Schlaf gerissen. Es hörte sich beinahe an wie ein Zug der langsam durch die Gegend fährt. Doch hier in Uetz gab es noch nie einen Bahnhof und somit auch keine Gleise, auf dem ein Zug würde entlangfahren können. Und doch hat sie dieses Rattern einer Eisenbahn noch überdeutlich in ihren Ohren.
Ausgenommen von ihr, scheint aber niemand etwas gehört zu haben, denn hier ist immer noch und nur das leichte gleichbleibende Schnarchen ihres Mannes Lukas zu vernehmen. So ein langgezogenes »Rr …, Ph …, Rr …, Ph …« Ansonsten bleibt im Haus alles mucksmäuschenstill. Trotzdem begibt sie sich auf die Suche, denn das sie etwas gehört hat, was nicht hierher gehört, darüber ist sie sich vollkommen sicher.
Auf nackten Füßen läuft sie leise und lauschend durch das Haus. In jeden Raum wirft sie einen suchenden Blick hinein, immer gefasst darauf, auf ein unbekanntes Wesen oder auf etwas Grauenerregendes zu stoßen. Etwas, was nicht hierhin gehört. Aber alles schaut so aus, wie immer. Alles steht an seinem gewohnten Platz.
Plötzlich durchströmt sie ein heftiger Kälteschauer, wie bei einem Schüttelfrost. Marina ist sich nicht sicher, ob er von dem gefliesten, daher kalten Fußboden ausgelöst oder ob er durch das heimliche Umhertappsen durch die dunklen Räume verursacht wird.
Aber ganz möchte sie ihre Nachforschung noch nicht aufgeben. Nachdem sie leise ihre Hausschuhe aus dem Schlafzimmer geholt und die Tür behutsam hinter sich geschlossen hat, geht sie zu jedem Fenster des Hauses. Dort zieht sie die Rollläden leise

nach oben, öffnet es einen Spalt, so dass sie einen forschenden Rundblick über ihren Garten und die an das Haus angrenzenden Flächen sowie Nebengebäude werfen kann.

Der Mond, der als kreisrunde leuchtende Scheibe am Himmel steht, mit seinem milchig weißlichen Hof erhellt die Finsternis der Nacht und er wirft lange unheimlich wirkende Schatten in die Umgebung.

Durch den alten Lattenzaun ihres Gartens kommt dicker Nebel gekrochen, der ausschaut wie eine trübe Suppe.

Die alte Trauerweide ragt, wie abgeschnitten, aus diesem Dunst heraus. In ihren Zweigen haben sich zottelige Nebelfetzen verfangen, die wie flatternde Geistergewänder ausschauen. Der auffrischende Wind fegt durch sie hindurch und zaubert unheimlich klingende Töne hervor. Hören kann Marina diese Töne nicht wirklich, aber ihr Unterbewusstsein gaukelt ihr es glaubhaft vor.

Laika, der Hund des Haus, hebt nur ein wenig ihren Kopf an, als sie von Marina mit einer Taschenlampe angestrahlt wird. Dann gähnt sie herzhaft, legt ihren Kopf auf ihre Vorderpfoten zurück, schließt ihre Augen und ist wieder eingeschlafen. Vielleicht jagt sie im Traum schwarze Wühlratten auf dem Acker oder graue Hausmäuse, die ihr Futter stibitzen wollen, denn ihre Pfoten zucken unruhig und ihre Schwanzspitze streift ruhelos über den Boden hinweg.

Heftig fährt Marina zusammen, als unverhofft eine Dorfkatze einen schrillen und bis ins Mark erschütternden Schrei ertönen lässt. Für Sekunden ist Ruhe, dann schreit die Katze wieder ihr klagendes Lied in die Nacht. Hatte sich etwa wieder Reineke Fuchs in das Dorf geschlichen und sich ein Gaumenschmaus verschafft? Oder war gar ein Wildschwein dem Zuhause einer verwilderten Katze zu nahegekommen? Jener Katze, die gleich neben dem Friedhof, in einem verwilderten Garten mit einem baufälligen Schuppen, ihr Quartier bezogen hat und dort ihre Welpen großzog. Vielleicht war ja auch ein Raubvogel auf seinem nächtlichen Beutefang erfolgreich gewesen. Was es auch

gewesen sein mag, die Katze war verstummt. Ein für alle Mal!
Abermals scheint es ihr, als ob sie ein sonderbares Geräusch wahrgenommen hat. Angestrengt lauscht sie wieder in die Nacht hinein. Da ist es ja abermals. »Guru guru guru - guru guru guru - guru guru guru.« Dann hört man ein gedämpftes Flattern, gefolgt von einigen wenigen energischen Flügelschlägen. Ein kleines bisschen später erheben sie die beiden Wildtauben in die Lüfte, die des nächtens immer auf dem Dach ihres Hauses Schutz suchen, und sind in dem anbrechenden Morgen verschwunden.
Am Horizont schiebt sich so langsam aber sicher die Sonne hervor. Sie scheint die schweren Nebelschwaden vor sich herzutreiben und sie taucht den morgendlichen Himmel in ein tiefes kräftiges Rot. Es sieht beinahe so dunkel aus, wie Blut.
In dem immer breiter werdenden dunkelroten Streifen, über dem nahegelegenen Kiefernwald, kann Marina einen riesigen Schwarm Vögel beobachten, der sich von seinem nächtlichen Rastplatz, einem frisch gepflügten Maisfeld, in den Himmel erhoben hat und sich dort zum Weiterflug zusammenfindet. Von dem alljährlich wiederkehrenden Schauspiel fasziniert, beobachtet sie diese Vögel, bis sie aus ihrem Sichtfeld verschwunden sind. Dass es sich dabei um Gänse handelt, kann sie deutlich an ihrem weithin schallenden Ruf, der sich manchmal wie ein Schnattern, ein Quäken oder auch ein Quieken anhört, erkennen.
Verträumt schaut Marina noch immer aus ihrem Küchenfenster und sie kann sich an diesem herrlichen Sonnenaufgang einfach nicht sattsehen. Schnell holt sie ihre Kamera aus dem Arbeitszimmer und fängt diesen mit ein paar Bildern für die Nachwelt ein. Darüber hat sie völlig vergessen, was sie zur frühen Morgenstunde aus den Federn gelockt hat.
Plötzlich hat sie das beängstigende Gefühl, von einer starken unsichtbaren Kraft, niedergedrückt zu werden. Ihr Herz fängt an, wie wild, zu rasen. Das Haus scheint in seinem gesamten Fundament erschüttert zu werden. Dann kann sie durch das nur leicht angekippte Küchenfenster so ein ›Flapp, Flapp, Flapp‹

überdeutlich hören. Angestrengt lauscht sie, da ist es noch einmal, dieses ›Flapp, Flapp, Flapp‹

Wenn Marina sich jetzt nicht völlig sicher wäre, dass sie sich gerade nicht im Reich der Träume befindet, würde sie es für ein kraftvolles Schlagen von riesengroßen Flügeln eines Flugsauriers, eines sogenannten Pteranodons, halten. Erinnert sie es doch ganz unbewusst an einige Szenen aus dem Filmklassiker ›Jurassic Park‹. Tief im Inneren denkt sie aber: ›Du spinnst, mit dir geht wieder einmal die Fantasie völlig durch.‹

In diesem Moment fällt ihr wieder ein, dass es so ein ähnliches Geräusch war, bloß viel weiter entfernt, welches sie aus dem Tiefschlaf gerissen hatte. Als sie es das erste Mal vernahm, sie noch gar nicht richtig wach war, da hörte es sich für sie eher wie das Rattern eines Zuges oder auch das Rumpeln einer kaputten Waschmaschine im Schleudergang an.

Obwohl es ihr ein starkes inneres Unbehagen bereitet, eine nicht bestimmbare Beklemmung in ihr hervorruft, muss sie diesen absonderlichen Tönen unbedingt auf den Grund gehen.

So streift sich Marina schnell ihre Alltagskleidung über. Zieht warmes Schuhwerk an sowie eine dicke Jacke und setzt sich vorsichtshalber auch eine Mütze auf, sind doch die Oktobernächte, ganz besonders aber am frühen Morgen, in diesem Herbst schon recht kühl. Bewaffnet mit ihrer Kamera begibt sie sich vor das Haus.

Überraschenderweise herrscht hier draußen aber völlige Ruhe. ›Das kann es doch gar nicht geben. Sollte ich mich wirklich so getäuscht haben?‹, schießt es Marina durch den Kopf. Langsam aber sicher beginnt sie an ihrem Verstand zu zweifeln. ›Vielleicht hat mir ja mein ›lieber Herr Tinnitus‹, mit seinen unterschiedlichen Geräuschen, wieder einen Streich gespielt‹, grübelt sie. Wäre ja auch nicht das erste Mal. Wie oft ist sie schon zum Telefon gerannt, in der bloßen Annahme, dass es geläutet hat. Aber in den meisten Fällen war es eben nur eine Sinnestäuschung, der sie unterlag.

Da sie nun aber putzmunter und schon einmal draußen ist, beschließt sie ihren Tieren einen Besuch abzustatten. Die Rundumbeleuchtung für das Grundstück schaltet sie aber nicht ein, möchte sie doch unverhoffte Gäste beziehungsweise Fremde nicht unnötig auf sich aufmerksam machen. Außerdem bietet der vorrückende Morgen schon genug Tageslicht, um alles erkennen zu können.

Dass ihre vier Frettchen, Sunny, Tom, Jerry und Louis, schon im Freigehege unterwegs sind, überrascht sie nicht wirklich. Sind sie doch von Natur aus dämmerungsaktiv und sicherlich schon wieder auf Nahrungssuche. Außerdem haben Frettchen irgendwie immer Hunger. Einstweilen müssen die Vier aber mit einer Schüssel gefüllt mit Trockenfutter und einer Schale Wasser vorliebnehmen, denn ihre erste tägliche Ration an Eintagsküken bekommen sie erst gegen neun Uhr vorgesetzt. Jetzt würden sie eh nur damit herumspielen.

Bei den zwei Kaninchen rührt sich noch nichts, sie sitzen in ihrem Schlafhäuschen und schlummern vor sich hin. Hier braucht sie auch kein frisches Futter hineintun, denn sie haben ihr Grünzeug vom Vortag noch nicht ganz aufgefressen.

Inzwischen hat sich auch ihre Mischlingshündin Laika von ihrem Schlafplatz erhoben. Im Schneckentempo, mit geknickten Ohren, stark gesenktem Haupt und eingeklemmter Rute kommt sie zu ihrem Frauchen getrottet. Dann schmiegt sie sich fest an ihr rechtes Bein heran, wagt aber nicht, zu ihr hochzuschauen.

Marina weiß sofort, was die Stunde geschlagen hat: »Aha, Madam hat wieder mal ein Loch gebuddelt. Steht denn unser Zaun noch beziehungsweise die Restmülltonne an ihrem Platz? Hat dich der liebe Gevatter Mond wieder nicht schlafen lassen? Oder haben dich des Nachbars Katzen wieder bis zur völligen Weißglut geärgert und du musstest deine Frustration abbauen?«

Laika schaut ihr treuherzig ins Gesicht, gerade so, als ob sie jedes Wort verstehen würde. Dann wirft sie sich unvermittelt auf den Rücken, präsentiert ihren Bauch, wobei auch ihre Schwanzspitze schon ein wenig zu zucken beginnt. Was ja nun wohl in der Hundesprache in etwa heißt: »Ich bin ganz lieb. Ich habe

nichts angestellt.« Doch ehe sie diese Angelegenheit wirklich klären können, ist wieder dieses unheimliche Geräusch da. Laika hält nun nichts mehr an Ort und Stelle. Mit einem leisen Winseln flüchtet sie buchstäblich zurück in ihre Hundehütte.
Noch kann Marina es nur akustisch wahrnehmen und nicht sehen. Aber dieses tiefe dumpfe Rauschen, welches sich für sie mehr und mehr nach dem gleichmäßigen Schlagen eines überdimensionalen Windrades anhört, dazu noch dieses dunkle tiefe Klopfen, erzeugt einen schmerzhaften Druck in ihren Ohren und ein heftiges Schlagen ihres Herzens.
Krampfhaft hält sie beide Hände gegen den Kopf gepresst, als ihr plötzlich ein starker Wind ins Gesicht gepeitscht wird. Im selben Moment schiebt sich ein großer Schatten über den Dachfirst ihres Hauses. Mehr kann sie nicht erkennen, weil in diesem Moment auch die ersten Sonnenstrahlen ihr Licht über den First in den Garten werfen und sie blenden. Gespannt, was dort auf sie zukommt, hält sie den Atem an. Ihr Herz scheint aus der Brust hüpfen zu wollen. Mit leicht zugekniffenen Augen schaut sie diesem Ding hinterher, als es in Richtung Dorfplatz fliegt, und erkennt im letzten Moment, ehe es über der großen Pappel gleich neben der Dorfkirche ihrem Blick endgültig entschwindet, einen Hubschrauber.
»Na toll, nur ein stinknormaler Hubschrauber!«, murmelt sie leise vor sich hin. »Hätte ja mal wirklich etwas ganz Besonderes sein können. Etwas, womit man heute Nachmittag bei der Geburtstagsfeier von Schwiegermutter eine ordentliche Geschichte an den Mann hätte bringen können. Müsste ja nicht gleich ein Flugsaurier sein. Aber so ein UFO, zum Beispiel, hätte sich doch supertoll gemacht. Dann eben nicht.«
Nicht wirklich enttäuscht geht sie ins Haus zurück, sich dabei die frostklammen Hände reibend. Erst jetzt wird ihr bewusst, wie durchgefroren sie doch ist.
In der Küche wartet schon ein gedeckter Frühstückstisch auf sie und eine große Tasse Kaffee. Freudig und mit einem feuchten Schmatz begrüßt sie ihren Mann Lukas. Dabei zieht sie ihn fest

an sich heran. »Schatz, wenn du wüsstest, was ich gerade erlebt habe. Das glaubst du mir nie!« Da sie aber aus Erfahrung weiß, dass ihr Lukas eher ein großer Schweiger ist, statt einer Plaudertasche - das bleibt ihr vorbehalten, erzählt sie ihm, was sich am heutigen Tag schon so alles ereignet hat. Von den merkwürdigen Geräuschen, dem unheimlichen Geschrei der Katze, dem Aufbruch der Vögel, dem wunderschönen Sonnenaufgang und als Sahnehäubchen sozusagen, die fast hautnahe Begegnung mit einem Hubschrauber.

Erst jetzt fällt ihr wieder ein, dass sie ja extra die Kamera mit nach draußen genommen hat, um ein Foto von dem merkwürdigen Geräusch verursachenden Ding, zu schießen.

»Schatz, mit einem Hubschrauber?«, wird sie gerade ungläubig von Lukas gefragt. »Das hätte ich doch eigentlich hören müssen! Willst du mich jetzt veräppeln?«, fragt er auch schon zweifelnd nach und schaut Marina dabei todernst ins Gesicht. Doch als er ihr verdutztes Antlitz sieht, kann er nicht mehr länger an sich halten und lacht laut los. »Liebling, das Ding hat mich fast aus dem Bett geschmissen. Ich dachte schon, da landet ein UFO auf unserem Haus. Aber, mache doch bitte mal für einen Moment deine Augen zu! Ja, Schatz!«

Lukas geht in das Wohnzimmer herüber, und er kommt mit einem kleinen Blumentopf in der Hand zurück, in dem sich ein recht eigentümlich aussehender Kaktus befindet. Wie immer am Wochenende hat er von unterwegs etwas mitgebracht, womit er seiner Marina eine winzige Freude machen kann. So hat sie immer eine Kleinigkeit, die sie an ihn erinnert, wenn er am Montagmorgen wieder für fünf Tage auf Montage fährt. So sind in den Jahren schon etliche Kakteen im Hause Pohl gelandet und zieren dort die Fensterbänke.

»Kannst sie wieder aufmachen, deine entzückenden Augen!« Behutsam drückt Lukas den Blumentopf in Marinas Hand.

Fasziniert betrachtet sie ihren neuen Kaktus, schaut er doch ganz aus wie die Trickfilmfigur Micky Maus, ein runder Schädel, mit großen abstehenden Ohren und einer süßen knolligen Nase.

Dankbar fällt Marina ihrem Lukas um den Hals und küsst ihn sehr innig.
Während sie nun ihr gemeinsames Frühstück einnehmen, durchblättern sie beide die aktuelle Tageszeitung, die Volksstimme. Gleich auf der Hauptseite wird von dem Leichenfund beziehungsweise von dem Fund eines abgetrennten Fußes in Höhe der Griebener Fähre berichtet. Auch ein Bild der Tätowierung, die man vom Fuß abfotografiert hatte, ist dort zu sehen. Weiterhin wird die Bevölkerung darum gebeten, hilfreiche Beobachtungen entlang der Elbe, einschließlich alter Elbe, sowie Hinweise zu der abgebildeten Tätowierung an ihr zuständiges Polizeirevier weiter zu leiten. Außerdem wird davor gewarnt, dass es im Umfeld von zirka zehn Kilometern rund um die Ortschaft Kehnert, durch tieffliegende Hubschrauber, zur Lärmbelästigung kommen kann.
Marina und Lukas schauen sich an und beiden ist auch ohne Worte vollkommen klar, warum am frühen Morgen das kleine ›Stelldichein‹ mit einem Hubschrauber stattgefunden hatte. Plausibel ist ihnen nur nicht, warum er so tief ausgerechnet über ihr Haus beziehungsweise ganz Uetz hinweg geflogen ist.
Da sie aber am Nachmittag zu der Geburtstagsfeier von Lukas Mutter wollen, brechen sie ihre Zelte in der Küche vorerst ab. Sie müssen noch nach Tangerhütte hinüberfahren, um den Einkauf für das Wochenende und für die kommende Woche zu erledigen.
Der Tag verläuft, außer dem immer wiederkehrenden Lärm eines Hubschraubers, in seinen gewohnten Bahnen. Da sind unter anderem die Einkäufe wegzuräumen, die Waschmaschine mit Lukas seinen Arbeitssachen zu starten, das Mittagbrot zu kochen, die Tiere zu versorgen und vieles mehr. Gegen vierzehn Uhr fahren sie dann los nach Magdeburg.
Unterwegs sehen sie immer wieder einmal einen Hubschrauber entlang der Elbe seine Runden ziehen. Aber bald drehen sich all ihre Gedanken nur noch um die bevorstehende Geburtstagsfeier. Mal schauen, was die liebe Familie wieder Neues zu berichten

weiß. Marina ist sich sicher, mit ihrem gruseligen Fund, den ganzen Erzählungen, die Krone aufsetzen zu können.

Da die Geburtstagsfeier ihrer Schwiegermutter Elvira, aus puren Platzmangel, nicht in deren Haus abgehalten werden kann, sondern bei ihrem ältesten Sohn Andreas stattfindet, fahren Marina und Lukas vor der eigentlichen Feier dort noch vorbei. Lukas hat noch eine Kleinigkeit an der Heizungsanlage zu reparieren, die nicht richtig heizen will. Und ein paar Dichtungen an dem Waschmaschinenschlauch sind auch noch auszuwechseln, weil nach jedem Waschgang sich eine kleine Pfütze vor der Waschmaschine ansammelt.

Derweilen nutzt Marina die Gelegenheit und erzählt ihren Schwiegereltern von den Vorkommnissen der letzten Tage. Gebannt lauschen die beiden ihrer bis ins Detail gehenden Erzählung. Erstaunlich findet Marina dann nur, dass weder Elvira noch Klaus, ihr Mann, irgendeine Meldung über den vermissten Mann aus Kehnert gehört, im Fernsehen oder der Presse gesehen haben. Vielleicht liegt es aber einfach nur daran, dass sie eine andere Tageszeitung beziehen und bei ihnen im Fernsehen auch selten der Regionalsender läuft. Sie stehen mehr auf Naturfilme.

Inzwischen hat Lukas all seine Reparaturarbeiten erledigt und gemeinsam laufen sie nun zum Haus von Andreas hinüber, welches sich nur circa einen Kilometer entfernt befindet. Dort wird ihnen nach mehrmaligen Klingeln die Tür von der Frau des Hauses, von Kristine, geöffnet.

Schon im Flur, kommen den vier Neuankömmlingen reichliches Stimmengewirr und lautes Lachen entgegen.

›Hier ist ja schon richtige Partystimmung‹, denkt sich Marina und wünscht sich im Grunde genommen ganz weit weg. Aus Erfahrung weiß sie nämlich nur zu gut, dass bei solcher ausgelassenen Stimmung ihr bei den Gesprächen wieder die Hälfte entgehen wird. Übermäßige Lautstärke, alle reden durcheinander und dann ihre Schwerhörigkeit, schlimmer kann es für sie nicht werden. Sie setzt aber eine unbeschwerte Mine auf und begibt sich unter die fröhlich feiernde Menge.

Mit einem freudigen Hallo und kräftigem Händeschütteln, hier und dort bekommen sie auch ein Küsschen auf die Wange, heißt man die neuen Gäste in der Runde willkommen.

Während alle ihre Tortenstückchen in sich hineinschaufeln, den etwas zu dünn geratenen Kaffee trinken, kann Marina noch verhältnismäßig gut den hin und her fliegenden Gesprächen folgen. Da werden die allerneusten Witze zu Besten gegeben, die man unlängst auf Facebook gelesen hat. Auch die neuesten Videos, die einen per WhatsApp erreichten, schaut man sich gemeinsam an. Natürlich wird unter anderem auch über die Arbeit gesprochen. Selbstverständlich darf der Klatsch über die Prominenten, von Schauspieler bis royaler Adel, von Sänger bis Profi-Fussballer, nicht fehlen.

Marina hängt schon eine Weile ihren Gedanken hinterher, weil es sie in keiner Weise interessiert, was beim Dschungel-Camp abgeht, wer wen warum verklagt und wie die ganzen anderen sogenannten Doku-Soaps heißen. Es ist ihr einfach zuwider, was Menschen alles mit sich machen lassen.

Dass es plötzlich ganz ruhig im Zimmer geworden ist, fällt Marina erst auf, als sie von Lukas sanft in die Seite geboxt wird. »Schatz, sie wollen deine Geschichte mit dem Knochen hören. Opa hat schon eine kleine Andeutung gemacht, von dem, was du ihnen vorhin erzählt hast. Sie wollen jetzt alles genau wissen. Hattest du ihre Fragen nicht gehört?« Aufmunternd schaut ihr Mann sie an.

Marina betrachtet die vielen erwartungsvollen Gesichter, deren Gesichtszüge teilweise unverhohlene Neugier ausdrücken, aber auch solche, die sich ein Lachen kaum verkneifen können.

Wenn sie ehrlich zu sich selbst ist, verspürt sie jetzt eigentlich keine Lust mehr, ihre Erlebnisse hier vor allen preiszugeben. Sie hat das Gefühl, dass ihr sowieso kein Glauben geschenkt oder alles ins Lächerliche gezogen wird. Hat sie es doch schon des Öfteren so erleben müssen. Ganz besonders deutlich sind ihr die Reaktionen auf die Bilder nach ihrer Australienreise in Erinnerung geblieben, wo man über buchstäblich jedes Foto irgendwelche schlechten Kommentare gemacht hatte. Ganz besonders an ihrer Person ließ man damals keinen guten Faden. Sie kann sich noch genau daran erinnern, wie sie weinend von ihrem gedeckten Geburtstagstisch weglief und sich im Schlafzimmer vor ihren Gästen versteckte.

Nur widerwillig erzählt sie dann doch von ihrem Knochenfund im Wald und von der zufälligen Begegnung mit dem alten Mann, der ihr diese ungeheuerlichen Geschichten über die hier stationierte ehemalige Sowjetarmee anvertraute. Von ihren damit verbundenen Ängsten erzählt sie aber nichts, weil sie sich vor den Bemerkungen der anderen ganz einfach fürchtet.

Um aber von ihrer eigenen Geschichte das Interesse wieder abzulenken, fragt sie in die Runde: »Habt ihr denn etwas über den verschwundenen Rentner aus Kehnert gelesen oder gehört? Die Polizei ist schon seit Tagen bei uns in der Gegend unterwegs. Auch ein Hubschrauber ist im Einsatz. Kürzlich hat man auch einen abgetrennten Fuß gefunden. Noch ist nicht klar, zu wem er gehört. Ist schon gruselig, wenn man darüber nachdenkt, was da vielleicht, keine vier Kilometer von uns entfernt, passiert ist.« Mehr will Marina nicht zu dem Thema sagen.

Doch wie von ihr erwartet und befürchtet, kommen schon die ersten dümmlichen Kommentare zu ihrer Erzählung, betreffs Knochenfund. Diese gehen dann von »Die Knochen hättest mal für euren Hund mitnehmen sollen! Wäre doch ein super Spielzeug für deine Frettchen geworden!«, bis hin zu »Die hätten doch noch eine gute Suppe für dich abgegeben!« Als man dann noch die Behauptung aufstellt, sie hätte etwas mit dem Verschwinden des Rentners und dem abgetrennten Fuß zu tun, sei es vielleicht auch nur scherzhaft gemeint, wird ihr es zu viel.

Nur mit großer Anstrengung kann Marina ihren aufsteigenden Zorn unterdrücken und die anwachsende Empörung, wegen dieser boshaften Unterstellungen. Als die ersten Tränen der Enttäuschung in ihren Augen aufblitzen, weil es nun doch so gekommen ist, wie sie es geahnt hatte, verlässt sie stumm den Raum.

Im Gästebad der Gastgeber setzt sie sich auf den heruntergeklappten WZ-Sitz und lässt ihren Tränen freien Lauf. Marina fragt sich wieder einmal ernsthaft, wo in den letzten Jahren das gefühlvolle Verständnis für andere, dieses freundliche und friedfertige Miteinander, geblieben ist. Sie hat jedenfalls für heute buchstäblich die Schnauze voll. Sie will nur noch eines, nämlich nach Hause und das sofort. Aber erst einmal geht sie nach draußen. Irgendwie hat sie das Gefühl, dass ihr in diesem Haus alles zu eng wird, dass die Wände unaufhaltsam auf sie zukommen, sie erdrücken wollen.

Drinnen geht indessen die Geburtstagsfeier feuchtfröhlich weiter, als wenn gerade eben nichts passiert wäre.

Als ob Lukas geahnt hat, was in ihr vorgeht, kommt er ihr wenige Minuten später nach. »Na, mein Schatz. Wie geht es dir? Wir können gleich nach Hause fahren, wenn du dies möchtest. Ich habe mich schon von allen verabschiedet. Du brauchst auch nicht mehr hineingehen. Ich habe ihnen gesagt, du würdest dich schon den ganzen Tag nicht wohlfühlen. Können wir dann?«

Dankbar drückt Marina ihren Mann und gibt ihm einen liebevollen dicken Kuss auf seinen Mund. Im Gästebad des Hauses macht sie sich rasch frisch. Sie wischt sich die letzten Tränen aus den Augen, schnäuzt kräftig ihre Nase und mit einem aufgesetzten Lächeln, geht sie wieder in das Zimmer und zu den Feiernden zurück. Dort sagt sie jedem Einzelnen freundlich auf Wiedersehen, ohne sich anmerken zu lassen, wie sehr man sie wieder einmal verletzt hatte. Zum Glück hatte sie schon als Kind gelernt, was es heißt, hinter Tränen zu lächeln.

Im Stillen fragt sie sich aber: ›Warum mache ich nur immer wieder denselben Fehler? Wieso denke ich, es könnte einmal nur ganz anders laufen? Irgendetwas ist ja immer. Ich muss aufhören, auf ihr heuchlerisches Interesse hereinzufallen. Ich habe es echt nicht nötig, mir von allen Seiten dumm kommen zu lassen. Wer mich nicht so nehmen kann, wer mich verbiegen will, der hat nichts in meinem Leben zu suchen. Der tut mir einfach nicht gut.‹

Auf der Heimfahrt, von Magdeburg nach Uetz, reden die beiden kein einziges Wort miteinander. Lukas weiß genau, dass Marina, das heute Erlebte, erst einmal innerlich verdauen muss. Sie wird schon darüber reden, wenn sie so weit ist.

Zu Hause angekommen, versorgen sie zuerst einmal all ihre Tiere mit ihrer abendlichen Portion an Futter. Lukas kümmert sich um die Hündin Laika. Marina versorgt ihre vier Frettchen mit je einem Eintagsküken. Natürlich nicht, ohne eine ordentliche Streicheleinheit bei ihren vier Lieblingen zu lassen. Knuddeln mit ihnen hat ihr schon immer geholfen Stress und Kummer abzubauen, denn Tiere sind oft die besseren Menschen. Die Kaninchen bekommen etwas getrockneten Löwenzahn, die Kartoffelschalen von Mittagbrot und je einen Kanten hartes Brot.

Bei einer Flasche Rotkäppchensekt, die Kristine ihrem Lukas noch heimlich zustecken konnte, lassen sie den Abend gemütlich ausklingen.

Aber wie immer, wenn Marina etwas Alkoholisches zu sich genommen hat, bricht es mit aller Macht aus ihr heraus. Die ganzen angestauten Gefühle der vergangenen Tage müssen einfach einmal an die Luft, ob das die schreckliche Angst ist, ob das dieses Gänsehautgefühl ist, ob das die Wut auf die lieben Verwandten beziehungsweise die damit verbundene Enttäuschung ist. Alles muss nun raus aus ihr. Da sie dabei aber lieber für sich ist, verkriecht sie sich im Schlafzimmer unter ihrer Bettdecke und sie heult sich buchstäblich in den Schlaf.

KAPITEL 10

Gustav Freitag steht am offenen Fenster des Gästezimmers seiner Tochter Irmgard. Er sieht über den regennassen gelbbraunen Rasen, der sich bis zu dem Gartenzaun erstreckt, und über die Obstbäume, die nur noch mit wenigen vertrockneten Blättern behangenen sind, hinweg.
Die Nebelfetzen, die gerade noch wie fest verankert am Boden hingen, waren in die Höhe gestiegen und haben sich an den Kieferbäumen des benachbarten Waldes festgehakt. Dort werden sie von einem unangenehmen kühlen Wind aufgebauscht, dann wieder verzerrt und hängen schließlich wie mit Schmutz behaftete Gardinen in ihren Zweigen. Weit über ihnen zeigt sich der Himmel in einem gleichmäßigen tiefen Dämmergrau. Was einen unweigerlich an eine Glocke denken lässt, eine Glocke aus schäbigen Beton. Gustav fühlt sich wie eingesperrt, denn jeder seiner Blicke geht daran entzwei. Einzig und allein an einer Stelle zeigt dieser Beton eine rötlich gelbe Verfärbung, dort ungefähr müsste jetzt die Sonne zu sehen sein.
Ein merkwürdiges Geräusch reißt Gustav aus seinen Gedanken. Suchend schaut er sich im Zimmer um. Ein Nachtfalter hatte sich hinein verirrt und flatterte kraftlos um die Energiesparlampe herum. Sein ständig hin und her huschender Schatten auf dem Schirm der Lampe lässt seine Verzweiflung erahnen. Unruhig flattert er auf, darauf bedacht der heißen Lampe nicht zu nahe zu kommen, um sich nach wenigen Minuten wieder niederzulassen. Er weiß ganz genau, wie der Falter sich fühlt, nämlich gefangen in einer schier ausweglosen Situation.
Gustav geht zum Lichtschalter hinüber. Er knippst die Deckenlampe aus und verhilft dem hilflosen Tierchen vorsichtig aus seinem Gefängnis.

Als der Falter nach mehreren fehlgeschlagenen Versuchen endlich aus dem Fenster geflogen ist, verschließt er dieses wieder.

Hinter ihm wird leise die Zimmertür geöffnet. Er vernimmt die Schritte seiner Tochter, die seit dem frühen Morgen unentwegt im ganzen Haus, wie ein aufgescheuchtes Huhn, herumgelaufen ist. Er hört sie fragen: »Papa, was kann ich dir denn heute zum Abendbrot machen?« Da er nicht antwortet, ihr nicht antworten will, schließt sich nach einem kurzen Moment des Wartens die Tür wieder leise hinter sich.

An irgendeiner Stelle in seinem Unterbewusstsein sieht er ganz verschwommen das Bild seiner Tochter auftauchen. Sieht, wie Irmgard in die Küche hinunterschleicht, wie sie dort verloren den Küchentisch anschaut und nicht so recht weiß, was sie hier soll oder was sie als Nächstes tun könnte.

Doch dieser Gedanke dringt nicht wirklich zu ihm durch, er bewirkt keinerlei Regung, keine Äußerung, keine Tat. Eingesperrt kommt er sich vor, wie in einer eisernen Rüstung, die aus Ausweglosigkeit und Seelenschmerz geschmiedet wurde, die sich seit Tagen immer mehr verfestigt hatte und immer stärker wurde. Gustav kann gar nicht anders, als weiterhin bewegungslos am offenen Fenster zu stehen, in den Garten hinauszustarren und auf irgendein Ereignis zu warten. Auf welches, weiß er selbst nicht. So sieht er auch den Jugendlichen nicht, der mit seinem laut knatternden und grasgrünen Sportmotorrad mal wieder die Gegend unsicher macht, nicht das Schattenbild der Frau, die mit ihrem Hund hinter dem Gartenzaun entlangtappt, nicht die beiden Elstern, die sich um ein weißgrüngestreiftes Kabelstück zanken.

Als das verbleibende Tageslicht endgültig verschwunden ist, steht Gustav Freitag immer noch am Fenster und stiert ins Leere. Auf dem anliegenden Acker bilden sich in den zahlreichen Furchen neue spärliche Nebelschwaden. Und auch unter den vermodernden Grasbüscheln des Rasens sammelt sich allmählich das erste Grau. Über kurz oder lang wird es zu einem geschlossenen Nebelteppich zusammengewachsen sein.

Wieder steht ihm eine lange Nacht bevor, in der seine Hoffnungslosigkeit wie Schimmel an den Wänden wuchern wird.
Er presst seine Stirn gegen die kalte Scheibe des Fensters, als ob er dadurch besser sehen kann. Doch das kleine Licht, welches in dem Wald kurz zu sehen war, ist schon nach wenigen Sekunden wieder verschwunden.
Schließlich löst sich seine Blockierung. Gustav geht langsam bis zur Tür, öffnet sie. Dann steigt er behutsam die schmale Treppe hinunter, um gleich darauf die Haustür aufzumachen. Dort bleibt er zunächst stehen. Er zieht die frische Luft tief in sich ein. Schaut die lange Dorfstraße von Bertingen entlang, die immer mehr in dem dichter werdenden Nebel zu versinken scheint.
Von der Sommerlinde vor dem Haus fallen schwere Wassertropfen, die sich allmählich an den Zweigen sammeln, um dann gemächlich herunterzutropfen.
Er tritt vor das Haus, schaut nach links und dann nach rechts. Betrachtet alles so, als sähe er dies zum ersten Male und als wenn ihm alles völlig fremd wäre. Es kommt ihm sicherlich nur deshalb so vor, weil er tief in seinem Inneren spürt, dass er das alles in absehbarer Zeit aufgeben muss und er dies alles hier vielleicht nicht wiedersehen wird.
In den Nebel kommt durch den stärker werdenden Wind etwas Bewegung. Er treibt die dicken Schwaden vor sich her, wie schmutzige Schaumkronen auf heftig wogendem Wasser. Unvermittelt fröstelt es Gustav und er entschließt sich zurück in das Haus zu gehen. Er überlegt noch, ob er wieder in das kalte ungemütliche Gästezimmer zurückkehren soll oder ob er doch die Nähe seiner Tochter sucht.
Aber ein merkwürdiges Ziehen in seiner Magengrube rät ihm, doch etwas zu sich zu nehmen. Mit hungrigem Bauch lässt es sich nicht allzu gut schlafen und alle Übel sind doppelt schwere Last.
Leise betritt er die Küche. Dort findet er wider Erwarten einen reichlich und auch festlich gedeckten Tisch vor.
Strahlend schaut ihn seine Tochter entgegen.

»Dein verlängerter Wochenendbesuch bei mir, lieber Papa, neigt sich ja nun leider mit riesengroßen Schritten dem Ende zu. Da wollte ich es uns noch einmal richtig schön gemütlich machen. Du musst mir nur ganz fest versprechen, dass wir das bald wiederholen. Nur du und ich.«
Bemüht, ihr den dicken Kloß in seinem Hals nicht anmerken zu lassen, nimmt Gustav sie fest in seine Arme, drückt sie ganz doll, um ihr dann noch einen dicken feuchten Schmatz auf die Stirn zu drücken: »Habe dich lieb, mein großes Mädchen«, presst er mühevoll aus sich heraus.
»Paps, du musst ja morgen früh wieder zurück in euer Wohnheim. Ich hoffe doch sehr, dass du ein anderes Zimmer bekommst. Aber ich glaube schon, denn die Heimleiterin rief heute Morgen an und erzählte mir, dass das Zimmer noch immer polizeilich abgesperrt wäre. So mit einem Flatterband und einem Siegel. Einen neuen Mitbewohner erhältst du auch. Wenn ich mich recht entsinne, heißt er Rene Hellwich. Hoffentlich lebst du dich dort recht bald wieder ein. Jetzt, wo dein Zimmerkumpel Erwin nicht mehr da ist«, plaudert gelöst Irmgard vor sich her.
Ja, er muss morgen an den Ort seines Verbrechens zurückkehren. Sicherlich wird es ihm auch nicht ganz leichtfallen, so zu tun, als wenn ihm das Ereignis mit Erwin nahegehen würde. Irgendwie wird er das auch noch hinbekommen. Doch davor hat er eigentlich keine große Angst. Ganz im Gegenteil, er ist froh endlich aus dem Haus seiner Tochter und somit auch ihr aus den Augen zu kommen. Er weiß genau, dass er mit seiner blutigen Tat nicht mehr lange hinter dem Berg halten kann. Einen immer wiederkehrenden Traum, in dem er ihr alles haargenau beichtet, hat er ständig vor seinem geistigen Auge. Manchmal ist er schon so durcheinander, dass er seine Halluzinationen und die reale Wirklichkeit nicht mehr zu unterscheiden vermag.
In seinen wiederkehrenden Träumen hört Gustav sich zu seiner Tochter sagen: »Ich war es. Ich habe den Erwin Schleicher ermordet. Ich habe ihn abgestochen, wie ein tollwütiges Schwein.

Habe ihn dann entsorgt, wie ein Sack mit stinkendem Abfall.«
Dass er diese Sätze soeben laut gesagt hat, wird ihm erst gar nicht bewusst.
Irmgard Jungnickel spürt nicht nur, dass sie plötzlich weiß wie eine Wand wird. Sie fühlt auch, dass sie vor Kälte zu schlottern beginnt. Dann sind da ihre Worte, die sie nur quälend, kaum verständlich, zwischen den Lippen hervorbringt: »Sag, dass das nicht wahr ist! Du bist doch kein Mörder. Das bildest du dir doch alles nur ein. Du warst doch die ganze Zeit bei mir.«
Gustav starrt sie unentwegt an, er kann an nichts denken und entgegnet leise: »Doch Irmgard, ich habe ihn wirklich umgebracht, erstochen habe ich ihn!«
Schleppend geht sie auf ihn zu. Es fällt ihr so schwer, als wenn sie Bleigewichte an den Füßen hätte. Ihre Bewegungen erinnern an eine aufgezogene Puppe, fremd und irgendwie ruckartig. Sie bleibt vor ihrem Vater stehen. Im gleichen Augenblick schlägt sie mit ganzer Kraft in sein Gesicht. Sie kann nichts von sich geben und sie kann sich nicht bewegen. Nur ihr Blick drückt tiefe Enttäuschung und Abscheu aus. Plötzlich schreit Irmgard laut auf. Sie rennt in das Wohnzimmer hinüber. Dort wirft sie sich auf ihr Sofa. Immer noch schreiend krümmt sich jede Faser ihres Körpers zusammen. Erst nach mehreren Minuten geht das Schreien in ein verzweifelt klingendes Schluchzen über.
Das hatte sich Gustav Freitag ganz anders vorgestellt. Auf diese Weise sollte es seine Tochter nicht zu Gehör bekommen. Er empfindet Widerwillen gegen sich selbst. Mit fest zusammengepressten Augen und verzerrtem Gesicht horcht er auf die Geräusche, die aus dem Wohnzimmer zu ihm dringen. Er hält das nicht mehr aus, es ist ihm unerträglich. Er holt tief Luft und geht die wenigen Schritte durch den Flur zum Wohnzimmer. Unbewusst schaut er dabei in den alten umrahmten Spiegel, an den die letzte goldglänzende Farbe abblättert, und er erschrickt vor seinem eigenen Gesicht, welches irgendwie wüst und verwahrlost aussieht.
Gustav möchte seine Tochter von der Tür her ansprechen, doch

seine Stimme versagt ihm plötzlich den Dienst angesichts ihrer bodenlosen Verzweiflung. Nicht im Entferntesten hätte er geglaubt, dass seine Tochter, die ihm bisweilen noch recht mädchenhaft erschien, zu solchem Ausbruch fähig wäre.
Obwohl er selbst Seelenschmerzen erleidet, wie noch nie in seinem bisherigen Leben, empfindet er tiefstes Mitleid mit ihrem ohnmächtigen Ausgeliefertsein.
Er steht noch immer an den Rahmen der Wohnzimmertür gelehnt. Betrachtet den farbenfrohen Teppich vor seinen Füßen, und er kann den Kummer seiner Tochter spüren, als wenn es sein eigener wäre. Mit Sorgen erfüllter Stimme sagt er zu ihr: »Er ist nun einmal tot, Irmgard. Niemand kann mehr daran etwas ändern.«
Das Schluchzen seiner Tochter wird langsam leiser, ist kaum noch vernehmbar.
Oder liegt es nur daran, dass draußen der Himmel wieder einmal alle Schleusen geöffnet hat, der Regen unablässig gegen die Fensterscheibe gepeitscht wird?
Gustav setzt zu einer Erklärung an. »Eigentlich wollte ich dir die Geschehnisse, wie es dazu kommen konnte, morgen in aller Frühe erzählen. Dich dann bitten, mich zur Polizei zu begleiten. Ich hätte doch nie und nimmer in das Seniorenheim zurückkehren können. Auch, wenn ich es versucht hätte, die gräulichen Bilder, die mich seit meiner Tat ständig begleiten, auszublenden, so hätten sie mich doch nie zur Ruhe kommen lassen.«
Ratlos zuckt er mit seinen Schultern, dreht sich langsam zum Fenster um, sieht hinaus: »Es ist mir egal, wie die Leute das bewerten werden. Was hätte ich denn tun sollen? Wenn es dich erleichtert, dann schlage mich nur. Ich werde es dir bestimmt nicht nachtragen. Ich bitte dich nur. Versuche mich etwas zu verstehen. Ich habe nur einen Menschen beschützen wollen, den ich schon sehr lange liebe. Du kannst dich an sie sicherlich noch erinnern. Nach Mutters Tod war sie öfters bei uns hier zu Gast. Ich kenne sie schon seit meiner Schulzeit. Wir sind immer Freunde geblieben. Erst als deine Mutter von uns ging, ließ ich

sie in mein Herz und somit in mein Leben. Nur um ihr noch näher sein zu können, zog ich damals in das Seniorenheim. Doch da war er, der Schleicher. Von Anfang an tat er alles, um unsere Freundschaft, unsere beginnende zarte Liebe kaputtzumachen. Er schenkte ihr Blumen, kehrte stets den Lebemann von Welt heraus. Umgarnte sie, wo er nur konnte und eines Tages wurde ich abserviert. Gespräche mit Erwin führten zu nichts. Er wollte einfach seine Finger nicht von ihr lassen. Dabei hätte er jede andere haben können. Was Erwin in seinen gierigen Klauen hatte, ließ er nicht mehr los. Andere kümmerten ihn dabei nicht. Es ging immer nur um ihn. Doch als er anfing, sich aufzublasen wie ein Frosch, von seinen Begegnungen mit ihr bis ins kleinste Detail erzählte, auch von ihrem intimen Zusammentreffen, da hakte buchstäblich etwas in mir aus. Da musste ich doch etwas unternehmen.«

Gustav kann nicht vernehmen, ob Irmgard aufgehört hat zu weinen. Vielleicht war ja auch nur das Geräusch des noch immer anhaltenden Regens so laut geworden, dass es alles andere übertönt. Er hätte sich jetzt gern seiner Tochter zugewendet, lässt es dann aber doch bleiben. Er stöhnt und sagt: »Ich kann verstehen, was jetzt in dir vorgeht. Wie enttäuscht du doch sein musst, dass dich grenzenloser Ekel überkommt, wenn du deinen alten Vater anschaust.«

Erst jetzt dreht er sich zu Irmgard um. Sie hatte sich in der Zwischenzeit aufgesetzt, hockte mit angezogenen Beinen in der Ecke ihres Sofas, und stiert ihn schweigend an.

Er verliert ebenfalls kein einziges Wort. Was für einen Sinn soll es auch machen weiterzusprechen. Gustav hat im Prinzip alles erzählt, was zu erzählen war. Er hat versucht, alles klar darzulegen. Ob sie ihn nun verstehen kann oder nicht, es spielt für ihn keine Rolle mehr, denn irgendwo in der Elbe treibt ein Toter. Dadurch ist seine weitere Bestimmung ohnehin festgelegt. Egal, was da immer noch in Worte gekleidet werden mochte.

Gustav fühlt sich seit langem endlich wieder ausgeglichen, befreit von einer zentnerschweren Last, die er nun nicht mehr tra-

gen muss. Er betrachtet seine Tochter mit sehr viel Mitgefühl. Er kann ihren Ausbruch gut verstehen. Er hat ihre Schmerzen erkannt und er weiß um ihre Seelenqual.
Selbst jetzt, wenn er sich fragt, ob es wirklich die einzige Option war, Erwin etwas anzutun, dadurch seine große Liebe zu schützen, dann beantwortet er es sich selbst mit einem klaren: ›JA!‹ Dass die sich wiederholenden Diebstähle von Erwin nur der zündende und letzte Funke für seine blutige Tat waren, sozusagen das i-Tüpfelchen, verschweigt er ihr.
Ein tiefer Seufzer entfleucht seiner Brust. Er sieht seine Hannelore. Sieht, wie sie sich das erste Mal küssten. Da war all seine Hoffnung, all sein Sehnen in Erfüllung gegangen. Er dachte, die Begleiterin für sein ganzes, noch verbleibende Leben gefunden zu haben. Er war bereit, alles für sie zu opfern, alles für sie zu tun. Seine Liebe war grenzenlos. Nun hatte er alles geopfert, alles getan. Doch die Ausmaße, die es dann annahm, die hatte er sich so nicht vorgestellt.
Er zieht noch einmal bedauert seine Schultern hoch und er sagt: »Ich möchte dem allen ein Ende machen.«
Gustav nimmt wahr, dass sich die Augen seiner Tochter weiten, als wäre sie ein weiteres Mal in Angst und Schrecken versetzt worden.
Mit kratziger Stimme spricht sie ihren Vater an: »Was, um Gottes willen, willst du denn noch tun! Sich das Leben nehmen ist so ein billiger Ausweg. Das kannst du der Frau Golzow nicht antun, falls du diese Hannelore aus deinen Schilderungen meinst.«
Gustav nickt schweigend. Er zögert einem kleinen Augenblick, sagt es dann letztendlich doch: »Ich sollte die Polizei anrufen, mich ihnen stellen. Erwin mag gewesen sein, wie er will. Soll er doch seine letzte Ruhestätte bekommen. Irgendwo und irgendwann wird man ihn schon rausfischen.«
Irmgard ruckt kaum erkennbar zusammen. Sie zieht ihre Stirn in Falten, blickt zur Seite. Schleppend sagt sie, ohne Gustav Freitag anzublicken: »Papa, du hast etwas ganz Schreckliches getan.

Ich hätte mir so etwas niemals vorstellen können, nicht einmal ansatzweise ...« Für Sekunden kneift sie ihre Lippen fest zusammen, um so ihren Gefühlen, die wieder nach oben kommen, Einhalt zu gebieten. Sie fixiert einen Punkt, an der gegenüberliegenden Wand, und fährt dann fort: »Nie, niemals hätte ich mir so etwas von dir vorstellen können ... So etwas Schreckliches nie ... Ich möchte gar nicht daran denken, dass du ...«
Ein flüchtiger Blick streift Gustav. Er spürt, wie sie in diesem Moment wieder von Furcht und Abscheu erfüllt ist: »Da es nun einmal geschehen ist, kann man es auch nicht wieder rückgängig machen, auch nicht wieder gut machen. Ja, es ist besser, du stellst dich der Polizei. Heute noch. Viel schlimmer kann es nicht werden. Du brauchst doch nur in das Gemeindebüro hinübergehen, da werden sie dich schon freudig begrüßen. Mörder gestellt, in Gewahrsam genommen, Fall abgeschlossen. Am besten du gehst, Vater. Gleich!«
Es muss schrecklich für Irmgard sein, dass sie so grundlegend einen Schlussstrich ziehen will. Sie springt vom Sofa auf, rennt geradewegs zum Fenster. Reibt sich intensiv und ergebnislos, mit lang ausgestreckten Fingern, ihre Schläfen.
Gustav bemüht sich sehr, Besonnenheit vorzutäuschen. Er sagt: »Dessen ungeachtet, ich will das nicht, wie ein Mörder ... Was sollen denn die Leute sagen?«
Sie dreht sich heftig herum, schreit ihn unvermittelt an: »Du bist doch aber ein Mörder! Ich will dich hier nicht mehr haben. Machen wir kurzen Prozess!«
Während er noch unschlüssig dasteht, wieder einmal durch das Fenster starrt und versucht in dem Regen irgendetwas zu erkennen, treiben seine Gedanken ab. Er erinnert sich zurück an den Tag seiner Tat, wie er sachlich alles vorweggeplant hatte, es dann doch anders ablief, als von ihm gedacht.
Von seinen Grübeleien wird er erst abgelenkt, als es hartnäckig an der Haustür klopft. Danach wird auch die Klingel mehrmals betätigt.
Gustav hört, wie seine Tochter zur Tür eilt und öffnet.

»Guten Abend, Frau Jungnickel. Mein Name ist Jörg Paulich. Ist denn ihr Vater, Herr Gustav Freitag, Zuhause? Kriminalkommissar Heinz Schön bittet ihn zu einem Gespräch in das Gemeindebüro von Bertingen. Er möchte doch bitte in fünfzehn Minuten dort sein. Es haben sich ein paar Fragen ergeben, die nur ihr Vater beantworteten kann. Sagen Sie ihm, es wäre dringend. Danke schön.«

Leise schließt Irmgard die Tür hinter Jörg Paulich. Sie geht zur Garderobe. Dort nimmt sie den Mantel ihres Vaters, die Schirmmütze sowie dessen Schuhe, und wirft ihm im Wohnzimmer alles buchstäblich vor die Füße.

Leise sagt sie: »Es wird Zeit, Vater, dass du gehst!«

Dieser bückt sich schwerfällig nach den Sachen. Er schlüpft in seine Schuhe. Zieht sich den Mantel an. Streicht sich mit einer müde wirkenden Geste das wirre Haar zurecht. Setzt die Schirmmütze auf. Noch ein letzter Kuss auf ihre vor tränen nassen Lippen, die nach Salz schmecken und mit einem kurzen »Mach's gut« verlässt er das Haus.

Schweigend verlässt sie das Wohnzimmer und geht mit schweren Schritten nach oben. Dort schließt sie sich in ihrem Schlafzimmer ein. Sie schaut aus dem Fenster und wartet darauf, dass ihr Vater, Gustav Freitag, das Haus verlässt.

KAPITEL 11

Die Dunkelheit ist schon vor Stunden hereingebrochen. Heinz Schön fühlt sich völlig ausgebrannt. Der Kriminalkommissar öffnet weit das Fenster, damit der Qualm seiner Zigarre abziehen kann. Der Raum füllt sich mit frischer Luft, Feuchtigkeit und dem Geräusch gleichförmigen Regens.
Schön versucht nachzudenken, aber sein Kopf ist wie benebelt, wie leer. Viel zu lange ist er für sein Empfinden schon auf den Beinen. Er muss seinen ganzen Willen aufbringen, um sich jetzt nicht einfach auf die beiden Sessel zu werfen, die noch immer zusammengeschoben an der Wand stehen, um ein Nickerchen zu machen. Er setzt sich auf dem komfortablen Stuhl hinter dem großen Schreibtisch des Bürgermeisters von Bertingen. Mit beiden Händen reibt er sich seinen Kopf, begutachtet nachdenklich das nicht allzu große Zimmer und entschließt sich, ein wenig umzuräumen. So sieht es für sein Vorhaben einfach zu wohnlich, zu behaglich aus. Ihm fehlt so eine gewisse Strenge für seine anstehende Befragung von Gustav Freitag.
Vor der Tür des Gemeindebüros hört er gedämpfte Stimmen. Wenn ihn sein Gehör noch nicht ganz trügt, unterhalten sich dort gerade recht angespannt Jörg Paulich und Günter Fricke miteinander. ›Das darf doch wohl nicht wahr sein! Was hat denn dieser neugierige Mensch schon wieder hier zu suchen?‹‹, grübelt Heinz Schön gerade, als die Bürotür von seinem Assistenten geöffnet wird.
»Was gibt es denn so dringendes, Herr Paulich? Zu so später Stunde möchte ich durch nichts und niemanden mehr gestört werden. Erst recht nicht durch den Herrn Fricke. Außerdem erwarte ich jeden Moment den Mann, den wir bisher vergaßen zu befragen. Gustav Freitag müsste jeden Moment hier eintreffen«,

wird Jörg auch schon von seinem Chef unsanft zusammengestaucht.
Dieser wählt seine nachkommenden Worte mit Bedacht, da er an der Tonlage Schöns genau zur Kenntnis genommen hat, dass mit diesen wieder einmal nicht guten Kirschen essen ist: »Ich weiß, dass Sie auf den Freitag warten. Haben Sie denn vergessen Chef, dass Sie mich zum Haus von Irmgard Jungnickel schickten, diesen hierher zu bitten? Was nun den Bürgermeister anbelangt. Er hat mich von dem Haus der Frau Jungnickel weggehen sehen und mich kurz darauf angesprochen. Ich weiß auch nicht, wie er zu der Annahme kommt, dass Gustav Freitag etwas mit dem Verschwinden von Erwin Schleicher zu tun haben könnte. Jedenfalls machte er solche Anspielungen. Deswegen möchte er auch gerne bei Ihnen vorsprechen. Darf er hereinkommen oder soll ich ihn wieder wegschicken?«
»Ich gebe ihm fünf Minuten, nicht mehr und nicht weniger. Das muss reichen. Schicken Sie ihn rein!«, antwortet ungehalten Heinz Schön.
Zögerlich betritt Günter Fricke sein eigenes Büro. Um Liebenswürdigkeit bemüht, sagt er: »Guten Abend, Herr Kriminalkommissar. Danke, dass Sie heute Abend ein wenig Zeit für mich aufbringen können. Ich weiß, wie kostbar die Ihrige ist. Ich weiß auch, ich sollte mich nicht in ihre polizeilichen Ermittlungen einmischen, weil ich davon keine Ahnung habe, aber ...« Er hält im Reden inne und legt sich gedanklich seine nächsten Worte zurecht. »Sagen wir es doch mal gerade heraus. Irmgard hat mich zweimal wegen des merkwürdigen Verhaltens ihres Vaters in den letzten Tagen angesprochen. Sie erzählte mir von den Veränderungen, die ihr bei ihm auffielen, wie dieses ständige gereizt sein, die übermäßige Blässe in seinem Gesicht, dem Alkohol mehr zugetan, als sie es von ihm gewohnt ist. Auch, dass er nachts keine richtige Ruhe findet, im Haus beziehungsweise seinem Zimmer ständig hin und her läuft. Er mitten in der Nacht heimlich verschwindet, hofft, dass sie es nicht mitbekommt. Irmgard erzählte mir aber auch, dass ihr diese Veränderungen

erst auffielen, nachdem das Verschwinden von Erwin Schleicher bekannt wurde und als im Dorf die Leute zu reden anfingen, verbreitet wurde, dass es sich hierbei eventuell um ein Gewaltverbrechen, um ein Tötungsdelikt handeln könnte.«
Abermals legt er eine überlegende Pause ein. Frickes Augen sind unablässig auf Schön gerichtet, als wolle er prüfen, wie ihm der Kommissar gewogen sei, um dann fortzufahren: »Ich möchte nicht voreilig erscheinen. Ich kann mir auch kein endgültiges Bild von den Ereignissen machen, obwohl ich ehrlich zugeben muss, hier einiges aufgeschnappt zu haben. Ja, wenn Sie wollen, ich habe gelauscht. Aber ich kenne Herrn Freitag schon seit Jahrzehnten, bin ja mit seiner Tochter hier in Bertingen Seite an Seite aufgewachsen, auch in die gleiche Schule gegangen. Unzählige Male weilte ich auch bei ihnen Zuhause. Ich glaube genau zu wissen, wie er sich jetzt fühlt. Ich möchte Sie nur um eines wirklich vom ganzen Herzen bitten, Herr Kriminalkommissar. Dass Sie ihre weiteren Ermittlungen, falls das Verschwinden, der Tod von diesem Erwin Schleicher, doch etwas mit Irmgards Vater zu tun haben sollte, auch unter dem Gesichtspunkt des Totschlags führen. Nicht nur des Mordes und den Indizien nach.«
Günter Fricke hatte währenddessen eine Zigarette aus seiner Zigarettenschachtel herausgeholt, die er gerade nervös in seinen Händen zermurkelt. »Ja, ich weiß. Ich raube Ihre wertvolle Zeit. Lassen Sie mich bitte aber noch eins dazu sagen. Höchstwahrscheinlich wird Herr Freitag seine Tat unter einem falschen Blickpunkt sehen und auch darstellen. Er ist nun mal kein Jurist, wie ich es einmal war, nur ein ehemaliger einfacher Fabrikarbeiter. Möglicherweise gibt er Ihnen irreleitende Angaben über seine Tat. Falls er überhaupt derjenige ist, den Sie suchen.«
Wieder zermurkelt er eine seiner Zigaretten.
Schön reibt sich mit beiden Händen seinen brummenden Schädel. Er betrachtet nachdenklich sein Gegenüber. Dann trommelt er nervös mit den Fingern auf dem Aktenordner herum, der aufgeschlagen vor ihm liegt.

Ihr Gespräch wird von dem hereinkommenden Jörg Paulich unterbrochen. Dieser geht zu Schön, und er teilt ihm leise mit, dass Gustav Freitag eingetroffen wäre und draußen im Flur sitzt. Ehe er wieder hinausgeht, fragt er: »Soll ich uns einen Kaffee kochen und etwas Essbares besorgen, Herr Kriminalkommissar?«
Ehe dieser Jörg antworten kann, mischt sich Günter Fricke ein: »Ich habe Ihnen alles, was mir wichtig erschien, mitgeteilt. Ich hoffe, Sie werden meine Worte bei ihrer Untersuchung berücksichtigen. Ach ja, und wenn Sie nichts dagegen haben, werde ich mich um alles Weitere kümmern. Hier werden Sie eh nichts Brauchbares finden. Ich besorge das alles bei mir Zuhause, eine Kanne Kaffee und ein paar belegte Brote. Ich bin in fünfzehn Minuten wieder da. Man sieht sich.« Er wartet eine zustimmende Antwort erst gar nicht ab, denn schon hat er auf seinen Absätzen eine Drehung gemacht und verlässt beinahe Hals über Kopf das Büro.
Der Bürgermeister hat noch gar nicht richtig den Raum verlassen, als sich Heinz Schön an seinen Assistenten wendet: »Es wäre mir sehr recht, wenn ich jetzt erst einmal unter vier Augen mit Gustav Freitag sprechen könnte. Ich möchte erst einmal schauen, wie ich an ihn herankomme, ein Vertrauensverhältnis aufbauen. Verstehen Sie?«
Er hebt wie abwehrend seine Hand hoch, weil er sieht, dass Jörg etwas darauf erwidern möchte, lächelt dann sogar geringfügig: »Keine Sorge, Herr Paulich. Gustav Freitag wird in seinen Rechten nicht beschränkt, glauben Sie mir. Ich werde ihm begreiflich machen, wie es das Gesetz vorschreibt, dass er keinerlei Aussagen zu machen braucht, die ihn selbst belasten. Des Weiteren gebe ich Ihnen meine Hand darauf, dass mir nichts daran liegt, wirklich gar nichts, einem Menschen in eine Falle zu locken. Das liegt nicht in meiner Natur. Ich mag und kann schon keine Tiere in irgendwelchen Fallen sehen, erst recht nicht einen Menschen. Ich werde mich bemühen, so, wie es man von mir erwartet, alles an die Oberfläche zu bringen, was einer Entlastung unseres Verdächtigen dienen könnte.

Jörg Paulich grübelt, kämpft mit sich, weil er nicht versteht, dass er bei dieser vielleicht alles klärenden Befragung nicht dabei sein darf. Er hatte doch schon so viel Vorarbeit geleistet. Hätte er jetzt nicht als Würdigung seines Fleißes verdient, auch hier mit von der Partie zu sein. Er scheint dann aber zu meinen, dass es besser wäre, Heinz Schön nicht zu verärgern, und fragt deshalb auch nicht nach seinem Grund. ›Der Chef wird sich dabei schon etwas denken‹, sinniert er. Er wendet sich zur Tür. Dreht nur den Kopf noch einmal um und fragt: »Soll ich Gustav Freitag nun hereinschicken oder möchten Sie noch auf den Kaffee und die kleine Stärkung vom Bürgermeister warten?«
»Nein, nein, ich will nicht länger warten. Wenn der Fricke mit dem Kaffee kommt, den bringen Sie mir dann rein. Essen nehme ich dann später etwas zu mir.«
Heinz Schön stellt noch eine Sitzgelegenheit vor den großen Schreibtisch. Zu den beiden alten Sesseln an der Wand und der defekten Liege schiebt er nun noch die restlichen Stühle herüber. Dann schließt er auch das noch immer offen stehende Fenster, ehe er es sich wieder auf dem Stuhl des Bürgermeisters bequem macht.
Er hat noch nicht die leiseste Vorstellung, wie er das bevorstehende Verhör beziehungsweise die Unterredung führen soll. Selbstverständlich kennt er alle Leitlinien einer Vernehmung, schließlich ist er ein alter Hase auf seinem Gebiet. Doch würde ihm in Kürze ein Verdächtiger oder doch nur ein Augenzeuge gegenübersitzen?
Plötzlich wird die Tür zu dem Büro sehr entschlossen geöffnet.
»Guten Abend. Mir wurde ausgerichtet, dass Sie mich zu sprechen wünschen. Hier bin ich. Um was geht es denn?« Mit diesen Worten nimmt unaufgefordert Gustav Freitag auf dem freien Stuhl vor dem Schreibtisch Platz. Dann rührt er sich nicht mehr. Sagt aber auch kein weiteres Wort.
Heinz Schön beobachtet ihn sehr lange. Wenn er ehrlich zu sich selbst ist, dann muss er sich eingestehen, dass dieser Mann ihm auf den ersten Augenblick liebenswürdig, beinahe sympathisch

erscheint. Er empfindet aber auch gleichzeitig Missmut über seinen eigenen Gefühlseindruck, denn hier könnte durchaus ein Mörder vor ihm sitzen. Und er muss ihn jetzt gleich verhören. Dies alles ohne jegliches Mitgefühl für diese Person.

Kriminalkommissar Schön lässt seinen ›Gast‹ ein wenig im eigenen Saft schmoren und blättert den vor ihn liegenden Aktenordner durch, um sich alle inzwischen erhaltenen Erkenntnisse zu dem Fall Schleicher in sein Gedächtnis zu rufen.

Obenauf liegt ein kurzes Faxschreiben, welches er erst vor wenigen Minuten von der Gerichtsmedizinerin Maria Weigelt aus dem Universitätsklinikum Magdeburg Institut für Rechtsmedizin zugestellt bekam.

Die Autopsie des abgetrennten Fußes, welcher in der Höhe der Griebener Fähre beziehungsweise deren Anlegestelle aufgefunden wurde, hat nach Angaben der Gerichtsmedizinerin ergeben, dass dieser sich nicht nach langer Zeit im Wasser von allein vom Rest der Leiche gelöst haben kann, sondern mit großer Wahrscheinlichkeit von einer Schiffsschaube gewaltsam abgetrennt wurde. Den Ermittlern zufolge konnte zwar eine DNS-Probe entnommen werden. Allerdings seien Rückschlüsse auf das vermeintliche Opfer nur möglich, wenn dieses Profil in einer DNS-Datenbank zu finden sei. Es wurde keine Übereinstimmung mit den Proben des Vermissten aus dem Seniorenheim gefunden. Um den abgetrennten Fuß handle es sich somit nicht um den von Erwin Schleicher. Aus dem zu untersuchenden Körperteil lassen sich keine weiteren Rückschlüsse führen, ob es sich um eine Selbst- oder Fremdbeibringung handelt. Es kann weder ein Unfall, eine Selbstverstümmelung noch ein Verbrechen ausgeschlossen werden. Dazu werden mehr Teile des mutmaßlichen Leichnams benötigt. Ausführlicher Bericht folgt in Kürze.

Das ist nun absolut nicht das Resultat, welches sich der Kriminalkommissar von der kriminaltechnischen Untersuchung erhofft hatte. Ganz im Gegenteil! Wenn der Fuß nichts mit Erwin Schleicher zu tun hat, dann muss es noch einen weiteren Toten,

zumindest einen Schwerverletzten mit der gleichen Tätowierung an Fuß, geben. Das kompliziert alles, denn nun muss nach zwei Personen gesucht werden. Von beiden kann ausgegangen werden, dass sie höchstwahrscheinlich zu Tode gekommen sind. Etwas anderes lassen die Hinweise ja beinahe nicht zu und von beiden weiß man, dass sie diese spezielle Tätowierung hatten. ›Puh ...‹, denkt er, ›Das wird kein Zuckerschlecken!‹
Heinz Schön unterbricht schließlich das eisige Schweigen, denn er will noch heute der Aufklärung eines Verbrechens deutlich näher kommen. Mit unbarmherziger Stimme, als anfänglich gewollt, sagt er: »Herr Gustav Freitag, meine umfangreiche Ermittlung im Fall Schleicher lassen nur einen Schluss zu. Sie haben etwas mit dem Verschwinden und dem Tod ihres Mitbewohners zu tun. Sind sie ein Mörder?
Gustav Freitag drückt seinen Rücken gerade durch. Er ruft sich den Anblick seiner Tochter ins Gedächtnis zurück, als ihm unbewusst die Sätze, die alles verändern sollten, aus dem Mund glitten. Er schaut Schön an. Er denkt für einen kurzen Moment nach und sagt: »Sie haben ganz recht. Ich war es. Ich muss zu diesem Zeitpunkt im wahrsten Sinne des Wortes geistig umnachtet gewesen sein!«
»Ach, ne!«, platzt der Kriminalkommissar ungehalten heraus. »Wollen Sie hier wirklich einen auf verrückt machen? Ist das ihre Rechtfertigung für ihre Tat?«
Gustav Freitag seufzt leise. Das ist schon alles.
»Na gut«, sagt Schön, sein Tonfall hört sich dabei betont gleichmütig an. »Fangen wir also an! Zuerst muss ich Sie aber darauf aufmerksam machen, dass die Aussage von Ihnen verweigert werden kann. Sie haben soeben gestanden, dass Sie für den Tod von Erwin Schleicher verantwortlich sind. Ist das so richtig?«
Damit beginnt das Kreuzverhör und es soll sich in die Länge ziehen. Während dieser Zeit wird der Stein des Anstoßes dieses vor ihm sitzenden Mannes mit jedem weiteren Satz ersichtlich. So sehr er sich auch gegen den Eindruck wehrt, dass der Mann

nicht anders konnte, um aus diesem Dilemma herauszukommen, gelingt es ihm nicht. Das Töten des Erwin Schleichers war der verzweifelte Versuch, sich daraus zu befreien. Es gab für ihn keinen anderen Ausweg mehr.

Letztendlich braucht er gar nichts mehr zu fragen. Freitag scheint erleichtert zu sein, über seine Gedanken und über seine Empfindungen der vergangenen Tage, und auch über seine Tat, als solche, sprechen zu können. Er ist froh, einen Menschen zu haben, der ihm zuhört, warum und weshalb auch immer. Schließlich ist er am Abschluss seiner Schilderung angelangt und schweigt.

Der Kriminalkommissar möchte, auch für seine eigene Person, seine Empfindung am liebsten unter den Teppich kehren, die sich anfühlt, als wäre gerade vor ihm eine komplette Beichte abgelegt worden. Deshalb fragt er frostiger, als von ihm beabsichtigt: »Das Messer. Wo haben Sie das Messer gelassen?«

Gustav Freitag schaut ihm erschöpft, mit einem stumpfsinnigen Ausdruck in seinem Gesicht, in die Augen.

»Ich brauche das Tatwerkzeug als Beweismittel. Ich muss es konfiszieren«, setzt Heinz Schön erklärend hinzu.

Gustav Freitag scheint aus seiner Erstarrung zu erwachen. »Aber ja«, erwidert er. Doch da fällt ihm plötzlich ein, dass er sich selbst nicht sicher ist, wo das Messer abgeblieben ist. Wie ein Film läuft die Suche danach bei ihm ab und genau wie damals beginnt er aus allen Poren zu schwitzen. Er sieht wieder Heinz Schön an und meint dann zerstreut: »Ich habe es doch gar nicht mehr. Ich weiß wahrhaftig nicht, wo ...« Gustav vollendet den Satz nicht.

Seine Verwirrung scheint nicht gefälscht, scheint echt zu sein. Dieses nimmt der Kriminalkommissar zur Kenntnis. Wie nebenbei fragt er: »Was war es denn für ein Messer?«

»Ein ganz normales Küchenmesser. Aus dem Seniorenwohnheim. Das habe ich beim Abendbrot einen Tag zuvor mitgehen lassen«, antwortet Gustav Freitag, wie aus der Pistole geschossen.

»Ihr Wagen«, fragt Schön, »wo ist der denn abgeblieben? Könnten Sie das Messer vielleicht dort verloren haben?«
»Ich weiß es wirklich nicht, Herr Kriminalkommissar«, beteuert Freitag. »Ich habe es irgendwo verloren, habe es vielleicht weggeworfen. Keine Ahnung mehr, ich war doch in Panik. Ich hatte schreckliche Angst, gesehen zu werden.«
»Nun weiß ich immer noch nicht, wo ihr Auto steht, Herr Freitag. Das muss auf Spuren hin kriminaltechnisch untersucht werden. Mit anderen Worten, auch das wird beschlagnahmt. Also bitte. Wo steht das Fahrzeug?«
Während Heinz Schön schon die Nummer des Abschleppdienstes wählt, der für derartige Aufträge bei der Polizei unter Vertrag steht, deutet er mit Gesten an, dass Gustav Freitag die Adresse aufschreiben soll, wo er sein Auto geparkt hat.
Dieser kommt der Aufforderung sogleich nach, notiert die Adresse mit großen Buchstaben auf dem vor ihm liegenden Blatt. In der Tischlergasse, gleich neben dem Friedhof, ein kaminroter Ford.
Nachdem der Kriminalkommissar seinen Anruf erledigt hat, wendet er sich wieder Gustav Freitag zu. »Nun möchte ich von Ihnen noch wissen, was mit der Kleidung geschehen ist, die Sie bei der Tat trugen. Können Sie mir wenigstens darüber eine zufriedenstellende Aussage geben?«
Ohne dem Kriminalkommissar in die Augen zu sehen, antwortet Gustav mit kaum hörbarer Stimme: »Die habe ich in einem blauen Müllsack gestopft. Den finden Sie in der Garage meiner Tochter, unter einem alten Küchentisch der an der Wand steht.«
Dann schweigt er wieder.
»Wir müssen dies alles natürlich noch schriftlich festhalten. Eigentlich würde ich das gerne erst morgen erledigen. Haben Sie ihrer heute gemachten Aussage das eine oder andere noch hinzuzufügen?«
Freitag schüttelt ablehnend den Kopf: »Nein, ich habe Ihnen schon alles erzählt.«
Heinz Schön spürt eine lähmende Müdigkeit in sich aufsteigen.

Er reibt sich die inneren Augenwinkel, fährt dann aber fort.
»Gut, wenn das alles ist. Alles Weitere kann mein Assistent Paulich morgen früh erledigen. Sie können ihm ihr ungeteiltes Vertrauen schenken. Er hat übrigens den größten Teil der Ermittlungen in ihrem Wohnheim geführt. Das wär's also!«
In diesem Moment scheint draußen auf der Dorfstraße ein großes Rudel Wölfe um die Wette zu heulen.
Gustav Freitag läuft eine Gänsehaut über den Rücken, so schauerlich und so echt klingt es für ihn.
Erst in diesem Augenblick wird dem Kriminalkommissar bewusst, dass sein Assistent Jörg Paulich nicht wie vereinbart mit dem Kaffee hereingekommen ist, sondern, dass dieser draußen in seinem bunten Auto sitzt, die Nacht und ihre herumirrenden Wesen, ob nun Mensch oder Tier, mit seiner schrecklichen Hupe in Angst und Schrecken versetzt.
»Ach ja, mein Assistent«, knurrte Schön verärgert. »Warum kann er sich nicht endlich dieser schrecklichen Hupe entledigen. Die raubt mir noch einmal meinen letzten Verstand!«
Während er noch darüber nachdenkt, wird ganz zögerlich an die Bürotür gekloppt. Bevor er »Herein« sagen kann, betritt Hannelore Golzow den Raum. Sie stürmt geradewegs auf ihn zu, fällt ihm ohne Vorwarnung um den Hals und schluchzt lautstark los: »Es ist alles meine Schuld, Herr Kommissar. Ganz alleine meine Schuld. Ich habe Erwin umgebracht.«
Behutsam schiebt der Kriminalkommissar Hannelore Golzow auf Armlänge von sich, wobei er seine Hände auf ihren Schultern zu liegen hat. Vorsichtig fragt er sie: »Wieso ist es Ihrer Meinung nach Ihre alleinige Schuld? Wieso sagen Sie, Sie hätten Erwin Schleicher umgebracht? Ich habe bereits meinen Täter und er ist im vollen Umfang geständig. Könnten Sie mir das bitte erklären. Ich bin ganz Ohr.«
In der Zwischenzeit hat sich Gustav Freitag von seinem Sitzplatz erhoben und er bietet diesen Hannelore Golzow an. Bereitwillig lässt sie sich darauf nieder.
Sie wühlt eine ganze Weile in ihrer Jackentasche nach einem

Tempotaschentuch, schnäuzt sich dann mehrmals intensiv ihre schon stark gerötete Nase, schluchzt ein allerletztes Mal auf, um endlich zu einer Erklärung anzusetzen. »Na ja. Es ist doch so. Wenn ich mich nicht mit dem Erwin eingelassen hätte, nicht seinem Charme verfallen wäre, dann würde das alles nicht passiert sein. Am Anfang war er ja auch wirklich sehr zuvorkommend mir gegenüber. Doch je länger wir zwei zusammen waren, umso schäbiger hat er mich schließlich behandelt. Sie brauchen jetzt nicht nachfragen, Herr Schön. Ja, wir waren auch intim miteinander. Mittelchen gibt es ja genug, dass auch wir in unserem Alter dies noch können«, unbewusst läuft ihr ein zartes Lächeln über das verweinte Gesicht. »Sie müssen wissen, dass es fast schon wie eine Auszeichnung für eine Frau war, mit dem Erwin gesehen zu werden. Schließlich war er nicht hässlich und auch nicht ganz unvermögend. Das wirkt schon sehr anziehend auf eine Witwe, wie mich. Er war ein Mann von Welt und zeigte sich auch gerne mit einer schönen Frau an seiner Seite. Aber es war eben auch so, dass er schnell das Interesse an jemanden verlieren konnte. Ich war einfach blind für das, was um mich herum geschah. Als mir zu Ohren kam, dass er unsere Beziehung öffentlich machte, indem er im Seniorenheim allen davon erzählte, auch die ganz intimen Dinge die Runde machten, da wusste ich mir einfach keinen Rat, wie ich damit umgehen soll. Ich konnte doch als Leiterin dieses Objekts nicht einfach alles stehen und liegen lassen. Ich habe doch eine Verantwortung den Menschen dort gegenüber. Deshalb habe ich mein Herz bei Gustav ausgeschüttet. Ich konnte doch nicht ahnen, dass er so viel für mich empfindet. Dass er dem Ganzen auf solche schreckliche Art und Weise ein Ende bereiten würde, konnte ich doch nicht vorhersehen!«

Sie dreht sich nun langsam nach Gustav um, der die ganze Zeit hinter ihr gestanden hat und dessen Hände schwer auf ihre Schultern ruhen: »Es tut mir wahnsinnig leid, was ich dir angetan habe. Kannst du mir bitte verzeihen? Unserer alten Freundschaft zu liebe?«

Gustav Freitag sieht erst Hannelore und dann Heinz Schön hilflos an.
Dieser geht zum Fenster, starrt hinaus und sagt dann leise: »Ich verstehe ihrer beider Situation voll und ganz. Nichtdestotrotz wurde hier eine Straftat begangen. Mord oder Totschlag, was es auch letztendlich gewesen sein mag! Ich müsste Sie jetzt verhaften lassen, Herr Freitag. Das wissen Sie? Das können Sie sicherlich an allen zehn Fingern ausrechnen«, äußert sich klar und unmissverständlich Schön. »Aber, wenn ich Sie richtig einschätze«, er wischt mit einem Finger über das staubige Fensterbrett, »erlaube ich mir zu dem Schluss zu kommen, dass hier keine Fluchtgefahr oder ein Verdunklungsverdacht besteht, zumindest im Moment nicht. Da ich ja unserem Gespräch entnehmen konnte, dass Sie heute beziehungsweise gar nicht mehr zu Ihrer Tochter zurück können, muss ich jemanden finden, wo ich Sie für heute Nacht unterbringen kann. Der Sie morgen in aller Frühe hier wieder abliefert, um das Vernehmungsprotokoll aufzusetzen und ihre Aussage aufnehmen zu können.« Er schweigt.
Hannelore Golzow antwortet sogleich: »Das kann ich doch machen. Ich lege meine Hand für Gustav ins Feuer. Ich verspreche Ihnen, Herr Kommissar, dass ich mich darum kümmern werde!«
Dann herrscht auf allen Seiten eine Grabesstille.
In die völlige angespannt wirkende Ruhe platzt froh gelaunt Bürgermeister Fricke. Er strahlt über sein ganzes Gesicht und scheint recht guter Dinge zu sein. In seinen Händen hält er einen riesengroßen Picknickkorb, angefüllt mit Brötchen, einer großen Thermoskanne frisch gebrauten Kaffees, einer Butterdose, verschiedene Gläschen mit Marmelade und eine große Dose mit Wurstaufschnitt.
»Entschuldigung, dass es etwas länger gedauert hat, aber mein eigener Kaffee war leider alle. Ich bin dann schnell in die Spätverkaufstelle nach Tangerhütte gefahren und habe dort welchen besorgt. Wo darf ich Ihnen denn auftragen?« Sehnlichst wartet er darauf, dass er für seine Bemühungen Anerkennung und eine Antwort erhält.

Heinz Schön ist am Ende seiner Kräfte angelangt. Er möchte jetzt nur noch eins. Er will den anstrengenden Tag und er will Bertingen für ein paar Stunden weit hinter sich lassen. Noch eine Nacht im Büro des Bürgermeisters erträgt er nicht. Ihn zieht es nach Hause und in sein Bett.
Er wendet sich zuerst vorrangig an Hannelore Golzow: »Sie übernehmen hiermit die Verantwortung! Morgen früh um acht Uhr möchte ich Sie beide hier wiedersehen. Sollten Sie nicht pünktlich sein, weiß ich ja, wo ich Sie zu suchen habe.«
Dann dreht er sich zum Bürgermeister um. Mit den Worten: »Es ist inzwischen sehr spät geworden. Danke für Ihre Bemühungen, Herr Fricke. Guten Abend!«, lässt er ihn buchstäblich, samt seinem Picknickkorb, stehen.
Heinz Schön geht im Flur zum Garderobenständer. Als er sich seinen alten Mantel überzieht, seinen Indiana Jones Hut aufsetzt, heulen die Wölfe abermals lauthals durch die Nacht.
Erzürnt hastet der Kriminalkommissar hinaus. Für einen Augenblick macht ihn die Dunkelheit fast blind. Nur mit vorsichtigem tappsen über einen regennassen Weg findet er zum Auto. Er ist heilfroh, endlich die Tür des, wie einen bunten Papagei angemalten, kleinen Wagen von Jörg Paulich hinter sich schließen zu können.
Er sagt zu Jörg, ein herzhaftes Gähnen unterdrückend: »Gott oh Gott, was wir bei unserem Broterwerb alles erleben müssen. Mord und Totschlag, Intrigen, Raub, Erpressung und, und, und. Nun auch noch Sexgeschichten zwischen alten Menschen. Wer will das denn schon wirklich wissen.«
Sein Assistent Jörg Paulich scheint von dem Allen aber völlig unbeeindruckt. Er jagt seinen bunten Flitzer Dorf auswärts, dass er nur so durch die Gegend hüpft.

KAPITEL 12

Der Sonntag nach der Geburtstagkatastrophe, für Marina war sie es auf alle Fälle, zeigt sich schon seit den frühen Morgenstunden in all seiner spätherbstlichen Pracht. Nach einem in jeder Hinsicht schönen Sonnenaufgang, welcher die gesamte Umgebung in ein orangefarbenes bis goldenes Licht tauchte, macht sich ein absolut wolkenloser blauer Himmel breit, der nur durch mehrere fast gradlinige Kondensstreifen zahlreicher Flugzeuge wahllos durchzogen wird.
Obwohl sie am Vortag sehr frühzeitig ins Bett gegangen war, fühlt sich Marina an diesem Morgen kaputt wie ein Hund, völlig ausgelaugt.
Ihr Nachtschlaf war sehr unruhig gewesen und wurde von allerlei absonderlichen Albträumen durchzogen. Er brachte nicht die gewünschte Erholung und auch kein Vergessen. Ganz im Gegenteil. Die unangebrachten Randbemerkungen, welche die lieben Verwandten zu ihrer Erzählung zum Besten gegeben hatten, verfolgten sie in ihren wirren Träumen in den unterschiedlichsten Sprechblasen eingesperrt, immer wieder und immer wieder. Sie klebten, wie zäher Schleim, an ihren trockenen Lippen und ließen trotz aller Bemühungen nicht ab von ihr.
Aus Erfahrung weiß sie, dass ihr dann nur noch eines helfen kann, um diese Eindrücke der Nacht loszuwerden. Knuddeln mit ihren vier Frettchen und raus an die frische Luft.
Da Lukas immer noch tief schläft, wie Meister Petz im Winterschlaf persönlich, schleicht sie sich ganz leise aus dem Schlafzimmer.
In der gesamten Wohnung ist es noch recht kühl, läuft doch über Nacht die Fußbodenheizung nur auf Frostschutz.
Schnell schlüpft Marina in ihre Sachen. Erledigt auch noch fix

die Morgentoilette, ehe sie von draußen die Sonntagszeitung hereinholt, die sie dann beim Frühstück gemeinsam lesen werden.
Obwohl es Marina schon nahezu magisch hinauszieht, stellt sie doch erst einmal die Kaffeemaschine an. Ohne dieses dunkle Gebräu braucht sie erst gar nicht in den Tag starten. Schon breitet sich appetitlicher Duft in ihrer Küche aus.
Während die Maschine durchläuft, geht sie in den Keller. Von dort holt sie vier Eintagsküken aus der kleinen Gefriertruhe heraus, die extra für die Aufbewahrung der Küken angeschafft wurde, um sie anschließend in einem Glasgefäß in ihrer Mikrowelle aufzutauen. Nach drei Minuten ist es so weit.
Mit den leicht erwärmten Küken geht sie zu ihren Frettchen hinaus und freut sich schon im Gedanken darauf, wie sie sich wieder darum balgen werden.
Sicherlich wird Sunny wie immer als Erste zur Stelle sein, gefolgt von Louis, und wenn man sich denn endlich bequemt, kommen Tom und Jerry hinzu. Meistens verschwindet Sunny in einem der gelben Drainagerohre, die in ihrem Freigehege verlegt sind, wo sie in aller Ruhe ihr Küken fressen kann. Bei den drei Rüden wird sich meistens erst um ein und dasselbe Küken gestritten, ehe sich jeder eines nimmt und sich einen Fressplatz aussucht. Die beiden Brüder Tom und Jerry zieht es normalerweise in ihr Schlafhäuschen zurück. Louis frisst sein Küken am liebsten in einem hohlen Baumstamm, der als Versteckmöglichkeit für die Frettchen in ihrem Freigehege dient. Doch heute Morgen lässt sich eigenartigerweise keiner der vier blicken.
Das gab es ja noch nie! ›Was ist denn da los?‹, schießt es Marina durch den Kopf. Besorgt öffnet sie die Tür zum Freigehege, geht zu der Unterkunft ihrer Frettchen hinüber und öffnet vorsichtig die Tür zu ihrer Schlafbox. Doch, was sie dann sieht, lässt sie ihre Besorgnis schnell vergessen. Ganz im Gegenteil, ein breites Lachen überzieht ihr ganzes Gesicht.
Da der Oktober in seinen Nächten schon recht kühl ist, haben ihre Frettchen eine alte gefütterte Arbeitsweste von Lukas, die

an den Ärmeln und am Saum von ihr zugenäht wurde, als Kuschelsack erhalten.
Alle vier Frettchen haben nun zur gleichen Zeit versucht, aus der einzigen Öffnung der ehemaligen Weste hinauszugelangen, um sich ihr Küken zu holen, und sind buchstäblich stecken geblieben. Alle vier Köpfe sind schon im Freien, nur der Rest der Frettchen passt eben nicht mehr mit hindurch.
Vorsichtig befreit sie ihre vier Lieblinge aus dieser ›Falle‹, immer darauf bedacht ihren Beißerchen nicht zu nahe zu kommen, denn gestresste Frettchen beißen schon mal gerne zu. Vor allen Dingen dann, wenn sie sich in einer Zwangslage befinden, woraus sie sich nicht selbst befreien können.
Es vergeht keine Sekunde und alle vier flitzen so schnell wie es Frettchenfüße hergeben, zu der Futterschale hinüber, wo Marina die Eintagsküken abgelegt hatte. Nun sind ja zum Glück alle Unklarheiten beseitigt.
Auch ihr Zweck, des an die frische Luft gehen, hat sich für sie erfüllt. Die bleierne Müdigkeit ist wie von Geisterhand spurlos verschwunden und auch der gestrige Nachmittag rückt etwas in die Ferne.
Zufrieden mit sich und der Welt kehrt sie ins Haus zurück.
Lukas scheint auch gerade erst aus den Federn gefunden zu haben, denn er kommt Marina herzhaft gähnend aus Richtung Schlafzimmer entgegen. ›Seine Nacht war wohl auch nicht so toll‹, denkt sie sich, ›so zerknautscht, wie er aussieht, und so verwuselt ums Haar. Mit einen feuchtem Schmatz begrüßt sie ihn. Dann deckt sie den Tisch.
Während die Brötchen in der Ofenröhre aufbacken, die Eier in der Mikrowelle gekocht werden, trinken sie beide schon einmal einen Kaffee.
Nur zögerlich fragt dann Lukas endlich: »Na, Schatz? Wie geht es dir heute?« Sein besorgniserregender Blick trifft Marina.
Diese pustet vorsichtig in ihre Kaffeetasse, um den noch zu heißen Kaffee darin etwas abzukühlen. Nimmt dann einen kleinen Schluck und erwidert, mit einem spitzbübischen Blick in ihren

Augen: »Alles so weit bestens, Schatz. Supergroßes Pionierehrenwort! Alles geht seinen sozialistischen Gang!«
Dann schaut sie schweigend aus dem Küchenfenster. Sie beobachtet fasziniert ein Elsterpärchen, welches sie auf des Grundstücksnachbarn Garagendach um eine große Walnuss zankt.
»Wenn ich ehrlich zu mir selbst bin«, sagt sie nach einer Weile, »so regt mich die ganze Geschichte von gestern doch noch ziemlich auf. Aber, ich will nicht mehr daran denken, sonst komme ich den ganzen Tag, und vielleicht auch die nächste Nacht, wieder nicht zur Ruhe. Heute ist schließlich Sonntag. Lassen wir den Tag in aller Ruhe angehen. Ja, mein Schatz? Nach dem Frühstück will ich noch eine Kleinigkeit im Garten machen. Keine Bange, es ist wirklich nicht mehr viel zu tun. Ich muss nur einige Blumenzwiebeln umsetzen beziehungsweise den Bärlauch in die neu angelegte Kräuterecke verpflanzen. Damit wir ihn nächstes Frühjahr nicht wieder zwischen den Maiglöckchen suchen müssen. Du weißt doch, wie schwer sie voneinander zu unterscheiden sind, wenn sie nicht in der Blüte stehen. Und umbringen will ich uns beide nicht, denn Maiglöckchen sind sehr giftig. Zum Glück habe ich die Stelle, wo der Bärlauch steht, ja schon mit Stöckchen gekennzeichnet, bevor er verblüht war. Danach können wir ja noch eine Runde mit dem Hund drehen. Ich würde so gerne mit dir zu der Stelle hingehen, wo ich diese besagten Knochen gefunden habe. Dir alles einfach einmal vor Ort zeigen, damit du meiner Geschichte auch endlich glaubst. Ich habe nämlich das Gefühl, das du sie nicht recht für bare Münze nehmen willst! So kannst du bei passender Gelegenheit der Verwandtschaft alles bestätigen, dass sie wirklich da sind. Was meinst du dazu?« Fragend und gleichzeitig bettelnd schaut sie Lukas ins Gesicht.
Dieser ist wenig begeistert von Marinas Vorschlag, sich diese Knochen in natura anschauen zu sollen. Was er ihr auch gleich unverblümt zu verstehen gibt: »Alles kannst du mit mir machen, Schatz. Aber mir eventuelle menschliche Überreste anschauen? Nein, nein, das geht gar nicht. Schon bei dem Gedanken wird

mir ganz anders in der Magengegend. Das ist mir zu unheimlich. Ich kann nicht über meinen eigenen Schatten springen. Du weißt doch, dass ich schon bei solchen Filmen immer umschalte. Mit Hundl später eine Runde gehen, eine kleine, da mache ich dann mit. Doch zuerst muss ich das Blinklicht vorne links an unserem Auto reparieren. Da drinnen muss irgendwo ein Kabelbruch sein. Das blinkt mal viel zu schnell und ein andermal gar nicht. So kann ich morgen früh beim besten Willen nicht losfahren. Fünf Stunden unterwegs und dann ohne funktionierenden Blinker, das geht wirklich nicht. Das siehst du doch ein? Ich beeile mich auch, versprochen. Pflanze du mal deinen Bärlauch um und ich repariere meinen Blinker. Jetzt lass uns aber erst einmal frühstücken, bevor alles kalt ist.«
Damit scheint das Thema für ihn endgültig beendet zu sein. Er widmet sich nun sehr intensiv seinem Brötchen, dem weichgekochten Ei und der Tageszeitung.
›Na dann eben nicht‹, denkt sich Marina leicht verärgert und sie ist tief im Inneren enttäuscht, dass sie ihren Mann nicht zu einem Spaziergang überreden kann, der sie in das kleine Wäldchen führen sollte. ›Glaubt er mir meine Erzählung etwa auch nicht? Wie kann er nur so an mir zweifeln?‹, schießt es ihr durch den Kopf.
Um sich abzulenken, schaltet sie den kleinen Küchenfernseher ein. Sie möchte sich im Videotext des MDR nur schnell den neuesten Wetterbericht ansehen, bevor sie in den Garten geht.
Dort läuft gerade die Programmvorschau für den Sonntagabend. Unter anderem wird die Sendung ›Kripo Live‹ angesagt, diesmal mit einem Studiogast aus Stendal. Einem gewissen Kriminalkommissar Heinz Schön. Dieser wird über den Vermisstenfall Erwin Schleicher berichten, der vor einer Woche unter mysteriösen Umständen aus dem Seniorenwohnheim ›Geborgenheit‹ aus Kehnert verschwand. »Falls jemand hilfreiche Angaben machen kann, möge er sich doch bitte unter der unten eingeblendeten Stendaler Telefonnummer melden«, wendet sich der Ansager an die Fernsehzuschauer.

Marina hört eigentlich nur mit halbem Ohr hin, denn ihre Gedanken weilen in dem Waldstück und bei ihrem merkwürdigen Fund. Mehr im Gedanken notiert sie sich aber die eingeblendete Telefonnummer. Man weiß ja schließlich nie, wozu es eines Tages noch gut sein wird.
Anschließend schaltet sie den Fernseher aus, ohne wie geplant, nach dem aktuellen Wetterbericht gesehen zu haben.
Ihr Brötchen und ihr Frühstücksei isst Marina dann mit wenig Appetit. Die Zeitung lässt sie ganz links liegen. Unter dem Vorwand: »Mich zieht es nach draußen. Ich will meine Arbeit noch vor dem Mittag erledigt haben«, lässt sie Lukas alleine am Tisch zurück, denn irgendwie hat sie jetzt kein Bedürfnis nach einem belanglosen Gespräch mit ihm.
Bevor sie aber in den Garten hinausgeht, steckt sie für ihre Hündin noch mehrere Kekse ein. Sie möchte sich nämlich erst eine kleine Weile mit Laika und ihrem derzeitigen Lieblingsspielzeug, ein blauer Gummiknochen mit weißen Punkten, beschäftigen. Außerdem müssen sie mal wieder ein paar Gehorsamkeitsübungen machen, denn in der letzten Zeit scheint sie ihren eigenen Kopf zu haben und vor allen Dingen auch durchsetzen zu wollen. Klappt alles wie gewünscht, gibt es als Belohnung dann einen Hundekeks.
Doch aus Marinas Vorhaben wird nichts, denn als sie aus der Haustür tritt, fallen trotz herrlichem Sonnenschein, schon die ersten vereinzelten Regentropfen. Wenig später ziehen, von Richtung Kehnert her, dicke fette Regenwolken auf. In kurzer Zeit wird es dunkel am Horizont. Diffuses Licht macht sich am Himmelszelt breit. Das bis zu diesem Zeitpunkt nur schwache Lüftchen entwickelt sich zu einem auffrischenden unangenehmen kühlen Wind.
»Wenn man sich schon einmal etwas vorgenommen hat. Prompt macht einem irgendwas einen Strich durch die Rechnung, und wenn es das Wetter ist«, schimpft Marina leise vor sich hin.
Auch Laika gefällt das aufziehende Wetter nicht, denn sie hat sich schon in ihrem Körbchen im Schuppen verkrochen und ist

zu keinem Spielchen mehr zu bewegen. Sie hatte schon als Welpe eine gehörige Angst vor Wind und Sturm.

Leider bleibt diese Wetterlage den restlichen Sonntag äußerst beständig. So fällt buchstäblich das Spielen mit dem Hund ins Wasser. Der Bärlauch bleibt auch an seinem alten Platz stehen. Und ans Spazieren gehen mit Laika ist natürlich auch nicht zu denken. Es sei denn, man riskiert eine ordentliche Grippe.

Nur Lukas ist zufrieden mit dem Tag, denn er kann seinen linken Blinker am Auto erfolgreich reparieren. »Es ist schon von einem gewissen Vorteil, wenn man bei solch einem Sauwetter eine Garage hat«, meint er lächelnd zu Marina, als sie später beim Mittagbrot sitzen.

Der restliche Sonntag verläuft, wie alle Sonntage zuvor eben auch. Ein wenig wird gelesen, ein bisschen am Rechner gespielt, ferngesehen und die Tasche für Lukas nächste Arbeitswoche in Bremerhaven gepackt.

Beim Abendbrot kommt noch einmal das Thema mit den Knochen im Wald auf. Es sieht beinahe so aus, als wenn Lukas versucht, seine schroffe Abweisung vom Morgen wieder gut zu machen.

Marina hat zu dieser Stunde aber echt keine Lust mehr darüber zu reden und erwidert nur: »Ich werde morgen mit Laika in den bewussten Wald gehen. Falls es nicht regnet. Ein Spaziergang tut uns beiden sicherlich gut. Im Hinblick darauf, dort vielleicht doch noch etwas wiederzufinden, nehme ich vorsichtshalber meinen Fotoapparat mit, um Aufnahmen zu machen. Als bildlichen Beweis dafür, dass ich nicht gelogen habe beziehungsweise auch für mich sicherzustellen, dass ich keiner bloßen Einbildung unterlag. Mehr möchte und kann ich dazu jetzt nicht sagen. Lass uns noch ein wenig in die Röhre schauen. Es kommt gleich ›Kripo Live‹, die Sendung wollten wir uns doch heute einmal anschauen! Kommst du?«

»Ja, gleich Schnurzelchen. Ich hole mir nur noch ein Bier aus dem Keller. Kann ich dir irgendetwas mitbringen?«, fragt Lukas und schmunzelt sie an.

»Du und dein Schnurzelchen. Seitdem du dies bei ›Elefant, Tiger und Co‹ gehört hast, ist das bei dir jedes zweite Wort. Beeile dich lieber, die Sendung geht gleich los«, erwidert Marina, schon etwas freundlicher gestimmt. »Wenn du mir noch eine Selter mitbringen könntest, wäre das völlig ausreichend für mich«, ruft sie ihm laut hinterher, als er die Kellerstufen hinunterhastet, um sein Bier zu holen.

Viele Wochen hatte Marina sich die Sendung ›Kripo Live‹, eine wöchentlich am Sonntag ausgestrahlte Fernsehsendung des MDR, nicht angesehen. Es macht ihr einfach zu viel Angst und Unbehagen, wie die Anzahl der Straftaten zunimmt und sich ihr Erscheinungsbild in den letzten Jahren verändert hat. Da geht es um Brandstiftung, um Diebstahl, um falsche Spendensammler(innen), um Trickbetrug, um Einbrüche, um Totschlag, auch um Mord, die Zunahme von Sexualstraftaten und vieles mehr.

Da sie aber am Morgen in der Programmvorschau des MDR gesehen hatte, dass in der heute ausgestrahlten Sendung etwas über den aktuellen Vermisstenfall des Rentners Erwin Schleicher aus dem Nachbarort Kehnert gebracht werden soll, schauen sie, Marina und Lukas, erwartungsvoll hinein.

Die Themen sind dann unter anderem Einbruch, Diebstahl, Kartenbetrug und, wie von ihnen erwartet, der vermisste Rentner aus Kehnert.

Wie immer ist zu jedem Kriminalfall der zuständige ermittelnde Beamte im Studio zu Gast und er gibt zu seinem Fall ausführliche Hintergrundinformationen.

Endlich ist auch Kriminalkommissar Heinz Schön, der im Vermisstenfall Erwin Schleicher ermittelt, an der Reihe und gibt detaillierte Auskunft. Sehr ausführlich wird dann von ihm von den polizeilichen Maßnahmen zur Auffindung des Rentners berichtet. Wie zum Beispiel von dem Einsatz eines Polizeihubschraubers mit einer Wärmebildkamera, von der Spurensicherung am wahrscheinlichen Tatort, die Suche durch einen Leichensuchhund und das Absuchen der Gegend durch eine Hundertschaft der Bereitschaftspolizei.

Des Weiteren werden zwei Bilder eingeblendet, wobei die Bevölkerung um Ihre Mithilfe gebeten wird. Einmal wird die Fundstelle eines aufgefundenen und abgetrennten Fußes gezeigt, der eventuell in Verbindung mit dem Vermissten stehen könnte, und in dem Zusammenhang gefragt, ob dort irgendjemand in den letzten Tagen verdächtige Beobachtungen gemacht hat. Außerdem wird die Tätowierung mit der Rose und mit den Initialen HG, die man von der Innenseite des Fußes abfotografiert hatte, gezeigt. Auch hier fordert die Polizei die Bürger dazu auf, hilfreiche Hinweise zu geben, die zur Auffindung der Person, mit solch einer Tätowierung, führen.

Die Erinnerung an ihren grausigen Fund im Wald wird in Marina durch diese Sendung so richtig stark wachgerufen, als wenn das alles erst wenige Stunden zuvor geschehen wäre.

Überdeutlich rutscht ihr der Anblick dieser ausgebleichten Knochen wieder in ihr Gedächtnis. Und auch diese ekelhafte Gänsehaut, das unangenehme Schaudern sowie die panische Angst, melden sich in aller Deutlichkeit zurück. Sie fragt sich wieder einmal ernsthaft, ob sie nur einem überspitzten Hirngespinst unterlag, sie sich alles nur eingebildet hat oder ob es tatsächlich die Überreste eines menschlichen Armes waren, die sie da im Wald gefunden hatte?

Den ganzen weiteren Abend kann Marina sich nicht so recht auf das laufende Fernsehprogramm konzentrieren. Vorzeitig geht sie ins Bett, um noch ein wenig zu schmökern. Doch auch beim Lesen eines Buches bekommt sie die Handlung nicht wirklich mit, weil ihre Gedanken immer wieder abdriften und sich nur um die eine Sache drehen. Genervt legt sie das Buch zur Seite.

Dass Lukas im Schlafzimmer erscheint und sich ins Bett legt, bekommt sie aber nicht mehr mit, weil sie dann doch ganz plötzlich in einen tiefen Schlaf gefallen ist.

Mit dem Durchschlafen will es in dieser Nacht trotzdem nicht recht funktionieren. Von sich wiederholenden Angstträumen gepeinigt, krabbelt sie völlig übermüdet schon gegen fünf Uhr aus ihrem Bett.

Eine Tasse starker Kaffee bekommt sie halbwegs munter, um in den neuen Tag zu starten. Während sie auf den üblichen Anruf am Montag von Lukas wartet, der schon seit zwei Uhr mit dem Auto auf dem Weg zur Arbeit nach Bremerhaven ist, stellt sich für sie schon wieder beziehungsweise noch immer die Frage: ›Sollte ich meinen Fund melden? Einem Förster etwa oder gleich der Kriminalpolizei, diesem Heinz Schön zum Beispiel? Würden nicht alle im Ort sagen »Jetzt spinnt die Pohl total!« Und die Familie. Was würde die wohl erst von mir denken und sagen, wenn ich die Geschichte vom Geburtstag an die Öffentlichkeit bringen würde? Was wäre jetzt das Gescheiteste? Was nur machen?‹

Als das Haustelefon unverhofft klingelt, fährt sie erschrocken in sich zusammen. Schnell hebt sie aber ab, weil es ja um diese Zeit nur ihr Mann Lukas sein kann.

»Ich bin wie immer ohne Probleme hier angekommen. Der Verkehr war auch noch relativ ruhig um die Zeit. Es war zwar etwas nebelig, aber dafür hat es mal nicht geregnet. Ich muss aber in Kürze los, heute kommt ein neues Schiff auf das Trockendock. Da ist gleich Besprechung. Bis heute Abend dann, Schatz. Ich liebe dich. Ach ja, bevor ich es vergesse. Denkst du an den Spaziergang mit Laika und die Bilder? Tschüßi!« Schon hat er aufgelegt.

›So kurz hat er sich ja noch nie gefasst, wenn er montags anruft‹, geht es Marina durch den Kopf. ›Muss wohl ein wichtiges Schiff sein, wenn er es so eilig hat. Vielleicht wieder eins von der Marine. Wer weiß?‹

Da es aber in Gottes freier Natur noch viel zu dunkel ist, um mit Laika spazieren gehen zu können beziehungsweise vernünftige Bilder mit der Kamera zu schießen, erledigt Marina zuerst ihre wenige Hausarbeit.

Der Geschirrspüler ist schnell ausgeräumt, die Betten gemacht, Staub gewischt und die Waschmaschine mit weißer Wäsche gestartet. Bleibt nur noch die tägliche Versorgung der zwei Kaninchen und der vier Frettchen mit frischem Futter.

Endlich ist alles erledigt und Marina macht sich für ihren bevorstehenden Spaziergang mit Laika bereit.
Sie fährt ihren Rechner noch einmal hoch, um die Bilder vom Kamerachip in einen neu angelegten Ordner zu übertragen. Sie rüstet ihren Fotoapparat auch noch mit neuen Batterien aus. Ist es ihr doch schon öfters passiert, dass ihr ausgerechnet, bei einer besonders schönen Aufnahme, buchstäblich der Saft ausging.
Ein kurzer Blick aus dem Fenster suggeriert ihr einen schönen, warmen und sonnigen Tag. Vorsichtshalber schaut sie aber auf das Thermometer, ehe sie nach draußen geht. ›Wow‹, denkt sie, ›das ist ja echt frisch heute. Gerade einmal drei Grad über null. Da werde ich mich wohl etwas wärmer anziehen müssen.‹ So sucht sie für ihren bevorstehenden Spaziergang die dicken Wintersachen hervor.
Eingemummelt im Zwiebelschalenprinzip, ausgerüstet mit ihrer Kamera, begibt sie sich schließlich ins Freie.
Freudig kommt ihr Laika schon entgegengesprungen, denn wenn ihr Frauchen sich so eingepackt bei ihr zeigt, kann es nur eines für sie bedeuten. Entweder ist spielen angesagt oder, wenn es ganz günstig für sie läuft, darf sie sich heute wieder einmal richtig austoben. Ob das nun Löcher buddeln auf dem Acker heißt oder die Jagd nach dem komischen Getier mit Flügeln, welches sie eh nicht mehr zu fangen bekommt. Aber ganz egal, Hauptsache es geht endlich los.
Trotzdem muss sich die Hündin noch etwas gedulden, denn Marina hat etwas im Haus liegen gelassen. Schnell holt sie die vergessenen Dinge, wie ihr Handy und ein Päckchen Taschentücher. Dann schaut sie auch noch in den Briefkasten, aber da liegt außer den üblichen Werbezetteln nichts weiter drin.
Marina legt ihrem ungeduldig hin und her springenden Hund das Geschirr an, dann steht ihrem Spaziergang wirklich nichts mehr im Wege.
Zunächst einmal wählt Marina die Marschroute aus, die ihr Hund und sie immer gehen, damit Laika wie üblich umhertollen kann. So geht es die Sonnemannstraße, dann die Schulstraße

entlang, bis zu einem großen Acker, der schon seit vielen Jahren brachliegt. Lange brauchen sie heute nicht für den circa vier Kilometer langen Weg, der den Acker einsäumt, und der sie genau zu der Kreuzung führt, wo es zu dem Wald und seinem grauenhaften Geheimnis geht.

Zögerlich bleibt Marina stehen und überlegt: ›Soll ich oder soll ich mir das nicht antun? Werde ich diese Knochen wiederfinden? Will ich das denn überhaupt? Was bringt es mir, wenn ich dann davon auch noch Aufnahmen schieße? Noch mehr schlaflose Nächte! Noch mehr die irrsinnigsten Albträume! Puh ...‹

Im Inneren von Marina kämpfen die Angst und die Neugier um ihre wohlwollende Gunst. Dass sie dann doch den direkten Weg zu dem kleinen Kiefernwald einschlägt, rechnet sie aber nicht ihrem inneren Zwiespalt zu, sondern eher dem Gefühl, beim Aufklären einer schweren Straftat hilfreich sein zu müssen, wenn es auch schon mehrere Jahrzehnte zurückliegen mag.

Da es zu der Stelle, wo sie die Knochen entdeckte, keine hundert Meter mehr sind, nimmt Marina die bisher freilaufende Hündin an die Leine. Laika ist schon seit ihrem frühesten Welpenalter an, wo sie als enorm schüchternes Tierchen immer zu wenig vom Futter abbekam, extrem verfressen. Alles, was für sie nur irgendwie essbar erscheint, schlingt sie sofort hinunter. Da ist Vorsicht durchaus angebracht, soll sie nicht eventuelle Beweise einer Gräueltat vernichten.

Obwohl sich Marina durch die Mitnahme ihres Hundes bedeutend sicherer fühlen könnte, überkommt sie doch wieder so ein starkes und merkwürdiges Gefühl von Ängstlichkeit sowie eisigem Grauen.

Vorsichtig steigt sie durch das nicht sehr große Unterholz, wobei ihre Augen den Waldboden vor sich gewissenhaft abtasten. Schon glaubt Marina, die Knochen wiedergefunden zu haben, als ein starker Ruck an der Hundeleine sie fast zu Fall bringt. Schnell greift sie fester nach der Leine, denn ihr ist augenblicklich klar, dass auch Laika etwas erspäht beziehungsweise gerochen haben muss, was ihre unbezwingbare Neugier hervorruft.

Und tatsächlich, keine zwei Meter vor ihr, nicht ganz an der alten Stelle, findet sie die Knochen wieder. Sie hängen jetzt aber nicht mehr aneinander, wie ein Arm, sondern der Ober - und der Unterarm liegen zirka zwanzig Zentimeter voneinander entfernt.
Um diese ganz ungestört betrachten zu können, ob es sich tatsächlich um ein und dieselben handelt, muss sie erst einmal beide Hände freibekommen und ihren Hund loswerden. Kurz entschlossen bindet sie Laika, unweit von ihr entfernt, an einer kleinen Kiefer an. Damit Laika von ihrem Fund abgelenkt wird, legt Marina ihr ein paar Hundekekse direkt vor die Füße, was erfahrungsgemäß bei ihr immer Wunder bewirkt. Wie von Marina erwartet, beachtet Laika nun nicht mehr, was ihr Frauchen gerade so treibt.
Dass diese vielleicht menschlichen Knochen nicht mehr ganz an der alten Stelle liegen, verwundert Marina nicht wirklich. In diesem Wald gibt es neben Füchsen, Schwarzkitteln, Dachse, auch etliche große Raubvögel, wie zum Beispiel mehrere Gabelweihepaare. Sie alle hofften wahrscheinlich noch etwas Fressbares an ihnen zu finden und haben sie dadurch durch die Gegend gezottelt.
Ein prüfender Blick geht von Marina zu Laika hinüber, aber die Hündin ist voll in ihrem Element. Sie hat einen halbvermoderten Stock zwischen ihren Vorderpfoten, kaut genüsslich an ihm herum, und scheint alle Welt um sich her völlig vergessen zu haben.
Marina holt ihren Fotoapparat aus der Kameratasche heraus. Sie poliert mit einem Brillenputztuch die Linse auf Hochglanz. Schaltet dann das Gerät ein, um die erste Aufnahme zu machen. Da die Beleuchtung aber nicht so doll ist, tritt sie näher an den Baum heran, vor dem die Knochen inzwischen liegen. Sie bückt sich etwas tiefer herunter, um eine saubere Aufnahme zu erhalten und drückt ab.
Aus heiterem Himmel knallt es plötzlich überlaut, gefolgt von einem unheimlichen Echo, welches sich durch den gesamten Wald zu verteilen scheint.

Verwundert und gleichermaßen mit Schrecken erfüllt, schaut sich Marina um, bis sie schließlich das große frische Loch in der Rinde des Baumes entdeckt, keine zehn Zentimeter über ihr.
Instinktiv wirft Marina sich zu Boden. Ihr Herz pocht schmerzhaft gegen die Brust. ›Wurde etwa auf mich geschossen?‹, durchfährt es sie. Schweiß rennt ihr den Rücken herab. Ihre Kehle fühlt sich wie ausgetrocknet an. Ihre Glieder scheinen ihr wie erstarrt.
Doch plötzlich erwacht in ihr der Wille, heil aus dieser Situation herauszukommen. Eng auf den Waldboden hinunter gedrückt, kriecht sie hinter den Baum, um sich vor dem Schützen in Sicherheit zu bringen. Sie setzt sich auf den Boden und lehnt sich mit dem Rücken gegen den Stamm. Dann ruft sie leise ihren Hund Laika zu sich, die sich in der Zwischenzeit, wie schon des Öfteren, heute auch zu ihrem Glück, aus ihrem nicht allzu engen Hundegeschirr befreit hat. Winselnd kommt sie Marina entgegengelaufen, die mit Entsetzen feststellen muss, dass Laika eine längliche blutende Verletzung an ihrem rechten Ohr aufweist. ›Ein Streifschuss? Wurde sie etwas von der Kugel getroffen?‹, schießt es Marina durch den Kopf. ›War das etwa Absicht? Hat hier jemand bewusst auf meinen Hund oder gar auf mich gezielt? Sind wir hier irgendwem zu nahegekommen. Habe ich hier doch etwas entdeckt, was nie an das Tageslicht kommen sollte? Was mache ich denn jetzt nur. Ich kann mich doch nicht ewig hier verstecken!‹
Hastig atmet sie ein und aus, wobei sich ihr Brustkorb nur wenig hebt.
Ein knackendes Geräusch lässt sie hochschrecken. Verzweifelt suchen ihre Augen das kleine Wäldchen ab, bemüht jedes einzelne Gebüsch zu durchdringen. Ihre Hündin hält sie ganz dicht an sich gepresst, die es willenlos über sich ergehen lässt. Gerade so, als ob sie spüren würde, dass es hier um ihr beider Leben geht.
Verhaltenes Luftholen, unweit des Baumes, wo sie sich versteckt halten, dann ein leises Rufen: »Ist hier irgendjemand?

Hallo? Komm schon raus, ich tue dir nichts! Wirklich nicht! Hallöchen?«

Eine Weile bleibt es völlig ruhig. Dann entfernt sich die ihr unbekannte Person mit behutsam tappsenden Schritten immer weiter weg von ihr.

Erst als Marina kein Knacken mehr im Unterholz hören kann, lugt sie misstrauisch hinter dem Baum hervor. Zögerlich erhebt sie sich, wobei sie unentwegt einen suchenden Blick durch das Gehölz und den Wald gleiten lässt. Aber es scheint, außer ihr und Laika, niemand mehr da zu sein.

Mit zittrigen Fingern holt sie ihr Handy hervor. Das soeben Geschehene muss sie sich sofort von der Seele reden, und das kann sie am besten immer noch bei ihrem Mann Lukas.

Als sie seine Nummer in das Telefon eintippt, fällt ihr der kleine gelbe Notizzettel ins Auge, der unmittelbar vor ihren Füßen liegt, auf dem die Nummer von Heinz Schön steht. Verwundert bückt sie sich nach ihm: ›Wie kommt denn der hierher? Der müsste doch gewissermaßen auf dem Küchentisch liegen?‹ Unschlüssig dreht sie ihn in ihren Händen und überlegt fieberhaft: ›Wen rufe ich jetzt an? Frage ich erst Lukas um seinen Rat? Aber vielleicht erreiche ich ihn ja gar nicht. Dann doch lieber gleich diesen Kriminalkommissar anrufen. Er sah so vertrauenserweckend aus. Irgendjemanden muss ich doch erzählen, dass hier auf mich beziehungsweise uns geschossen wurde. Ich kann doch jetzt nicht einfach so zum Alltag übergehen, und so tun, als ob gar nichts geschehen wäre!‹

Ein wenig zaudert sie noch mit sich. Doch dann entschließt sie sich, Nägel mit Köpfen zu machen. Es kann ja wohl nicht angehen, dass man am hellerlichten Tag seines Lebens nicht mehr sicher sein kann. Außerdem möchte sie jetzt endlich Kenntnis haben, was es mit diesen Knochen auf sich hat und ob der Schuss im Zusammenhang damit steht.

Marina verschwendet keine Zeit mehr und gibt umgehend die Nummer von Heinz Schön ein.

KAPITEL 13

Assistent Jörg Paulich sitzt seit ihrem Dienstbeginn, um sechs Uhr, über der Bearbeitung seines Berichts. Er tut dies nur sehr lustlos, das Aneinanderfügen von Erkenntnissen, die schon längst ermittelt worden waren, die im Prinzip aus den Beweismaterialien, den Protokollen und den Anlagen hervorgehen. Es ist nun wirklich kein Auffinden von noch nie dagewesenem. Es ähnelt in erster Linie einer neuen Herausforderung, wie etwa das Erstellen einer neuen These, die zwar in allen ihren Teilstücken bekannt ist, aber noch nie zu Papier gebracht worden ist.
Auch das der Obduktionsbefund nichts Neues ans Tageslicht gebracht hatte, da man bis jetzt keine weiteren Leichenteile finden konnte, war zu erwarten gewesen. Er würde in seinem Bericht als Beweisstück mit zum Staatsanwalt wandern, mit dem Vermerk: Der abgetrennte Fuß gehört nicht zu dem Vermissten Rentner Erwin Schleicher, obwohl es die Tätowierung vermuten ließ. Anhand der entnommenen DNA konnte dies zweifelsfrei ausgeschlossen werden. Auch kein anderes Opfer, dem man den Fuß zuordnen könne, wurde bisher aufgefunden.
Jörg legt den Obduktionsbefund und die Bilder erst einmal beiseite. Er versucht jene nüchterne Schreibweise zu treffen, welche der Staatsanwaltschaft wohl als einzig passend erscheinen mag.
Wahre Lustlosigkeit empfindet er bei dieser Art von Tätigkeit. Der Dienst außer Haus, die Arbeit mit den Menschen liegt ihm viel mehr, als dieser unliebsame Bürokram.
Er ist an der Position seines Berichtes angelangt, an dem die persönlichen Daten des Vermissten einzutragen sind. Doch er zögert es aus nicht erklärbaren Gründen immer wieder hinaus.
Uneins mit sich selbst, geht er in das Büro und zu dem Schreib-

tisch von Heinz Schön hinüber. Dieser betrachtet ihn irgendwie unnahbar, zeigt ihm seine kalte Schulter.
Paulich bemüht sich Freundlichkeit in seine Stimme zu legen, um seinen Chef nicht noch mehr in Aufregung zu versetzen. Dass diesem schon heute Morgen eine dicke Laus über die Leber gelaufen sein muss, würde sogar ein Blinder bemerken.
»Herr Kriminalkommissar, wollten wir nicht noch die Verkäuferin vom Backshop Müller befragen? Sie ist doch auf unsere Fahndung aufmerksam geworden, als sich ein Kunde bei ihr neulich so merkwürdig verhalten hat. Sie erinnern sich doch noch? Jener Kunde, der ihr erbost die Zeitung an die Brust geworfen hatte. Bloß, weil sie ihn bat, sein Geschirr wegzuräumen. Die dann nachschaute, was den Mann so erregt haben konnte, beim Lesen der Zeitung. Sie gab doch eine detaillierte Beschreibung von dieser Person bei uns ab, weil sie einen Zusammenhang mit dem Zeitungsartikel über den Erwin Schleicher sah. Vielleicht kann sie den Kunden identifizieren? Bei einer Gegenüberstellung. Möglicherweise handelt es sich ja um unseren geständigen Tatverdächtigen und wir könnten so noch einen weiteren Zeugen im Bericht aufnehmen?!«
»Wenn Sie ihr ein Bild von dem Freitag vorlegen, reicht das vollkommen aus!«, knurrt Heinz Schön. »Junger Mann, was vermuten Sie denn, was uns diese Frau noch für eine Auskunft geben könnte? Sie hat doch nur bedient, kein Trinkgeld bekommen und ist bestenfalls darüber verärgert. Auch über das Benehmen des Kunden. Zur eigentlichen Tat oder wie es dazu kam, kann sie keinerlei Auskunft geben. Belassen Sie es bei dem Vorzeigen eines Bildes von dem Freitag!«
Er hebt bedauernd seine Schultern, um sogleich mit der Hand abzuwinken. »Davon abgesehen, das Gefühlsleben dieser Augenzeugin ist nicht unsere Angelegenheit! Für Ihren vorläufigen Bericht reicht das aus, was wir bereits wissen. Wenn der Herr Staatsanwalt einen Namen lesen kann, ist er doch schon zufrieden. Das wissen wir doch beide!«
Paulich schaut verdrießlich auf seinen Zettel hinunter, liest ihn

sich noch einmal durch. Irgendetwas kommt ihm nicht richtig vor, aber er kann es nicht in Worte fassen, um was es sich dabei handeln könnte. Na ja, vielleicht ist es ja auch nur das gänzliche Desinteresse des ›Alten‹, was ihn augenblicklich so tief kränkt. Schön scheint es ja auszureichen, dass der Mörder gefunden war beziehungsweise dieser sich sozusagen freiwillig stellte. Etwas anderes war nicht mehr vom Interesse, scheint keine Rolle mehr zu spielen.
Ob es dem Herrn Staatsanwalt wirklich ausreicht, dass sie den mutmaßlichen Mörder hatten oder eben den Totschläger, vermag er nicht zu beurteilen. Dafür fühlt er sich noch nicht erfahren genug.
Jörg pustet hörbar aus: »Na, dann wollen wir mal wieder«, und geht zu seinem Arbeitsplatz zurück, um sich seiner langweiligen, aber notwendigen Tätigkeit zu widmen.
Er zuckt regelrecht zusammen, als er plötzlich überaus lautstark von Heinz Schön zu sich gerufen wird: »Herr Paulich, was sitzen Sie dort noch herum. Wir sind zu acht Uhr mit unserem Geständigen, dem Herrn Gustav Freitag, und seiner Freundin Hannelore Golzow verabredet. Haben Sie das vergessen? Aber nun ein bisschen mit Karacho, wenn ich bitten darf. Diesmal bleibt Ihr buntes Papageienauto aber hier stehen. Wir nehmen den Dienstwagen. Dafür dürfen Sie aber das Martinshorn auf das Dach kleben. Fahren werde diesmal ich, das geht einfach schneller. Und nun hopp, hopp, hopp!«
Eilig packen die beiden Kriminalisten all das zusammen, was sie für ihre heutige Vernehmung brauchen werden. Fünf Minuten später sind sie unterwegs.
Dank des eingeschalteten Martinshorns, der etwas überhöhten Geschwindigkeit sowie den sehr genauen Ortskenntnissen des Kriminalkommissars, sind sie eine halbe Stunde später in Bertingen eingetroffen.
Während Heinz Schön vor dem Gemeindebüro darauf wartet, das Jörg Paulich mit dem Schlüssel für das Gebäude, welchen er vom Ortsbürgermeister holen muss, zurückkommt, kann er es

sich nicht verkneifen, wieder einmal nach einer Zigarre zu greifen. Nachdenklich betrachtet er beim Rauchen das kleine Dörfchen, welches heute wie einsam und verlassen auf ihn wirkt. Keine Menschenseele ist zu sehen, keine Fahrzeuge sind auf der langen Dorfstraße unterwegs. Auch die ansonsten sehr zahlreichen Vögel lassen ihren fröhlichen Gesang heute nicht durch die Lüfte schallen. Es ist beinahe so, als ob eine schwere dunkle Macht alles mit einem dunklen Bann belegt hätte, der alles Leben in diesem Ort zerstören soll.

Als der Kriminalkommissar seine Zigarre halb aufgeraucht hat, erscheint endlich auch sein Assistent wieder auf der Bildfläche. Gut gelaunt, mit einem sanftmütigen Lächeln in seinem Gesicht sagt Heinz Schön zu ihm: »Mann o Mann, Bengel. Was, um Himmels willen, hat denn da so furchtbar lange gedauert. Ich wollte schon eine Vermisstenanzeige nach Dir aufgeben.«

Jörg Paulich traut dem Frieden nicht ganz. Oft genug hat er schon erleben müssen, wie die gute Laune seines Chefs ins Gegenteil umschlug. Wie sagte doch immer seine Mutter: ›Vorsicht ist die Mutter der Porzellankiste!‹ Und mit diesem Motto ist er bisher ganz gut gefahren. Deshalb gibt er ihm auch schnell Auskunft darüber, warum er so lange gebraucht hatte, um mit dem Schlüssel für das Gemeindebüro wiederzukommen. »Entschuldigung, Chef. Aber ich musste den Bürgermeister erst aus dem Bett klingeln. Hat eine ganze Weile gedauert, ehe er endlich zur Haustür kam. Er hatte wohl gerade Damenbesuch. Na ja, ich meine nur. So, wie es im Flur ausgesehen hat, ging es dort in der letzten Nacht wohl mehr als heiß her. Überall verstreut lagen Sachen herum, eine Jeans, ein BH, ein roter Damenslip, schwarze Herrensocken und ...«

Als Jörg ein missbilligender Blick von Heinz Schön trifft, verstummt er ganz plötzlich, wieder einmal errötend, wie ein bei einer Dummheit ertappter kleiner Schuljunge. Im Stillen bereitet es ihm großen Verdruss, dass er diesen spontanen Reflex seines Körpers einfach nicht abschalten kann. Schnell geht er zum Gemeindebüro hinüber und schließt die Türen auf, tunlichst den

Blick zu dem Kriminalkommissar vermeidend.
Da es noch gut eine halbe Stunde dauern würde, ehe mit dem Erscheinen von Hannelore Golzow und Gustav Freitag zu rechnen ist, nimmt sich Heinz Schön seines Assistenten Bericht vor, um ihn, wenn er seinen Erwartungen entsprechen sollte, gegenzeichnen zu können.
Jörg Paulich sitzt auf dem Stuhl, der vor dem Schreibtisch steht, hinter dem sein Chef Platz genommen hat, wie auf heißen Kohlen. Wie immer fühlt er sich leicht verstimmt, wenngleich es zu den Gepflogenheiten von Heinz Schön gehört, dass dieser seinen Bericht sorgfältig studiert. Wenn er jetzt ehrlich zu sich selbst wäre, müsste er sein Empfinden als idiotisch einordnen. Schließlich ist Schön für diesen Fall verantwortlich, muss Rechenschaft über alles abliefern, und er muss mit seiner Unterschrift für die Richtigkeit aller Angaben gegenzeichnen. Er hat zwar nicht sehr viel Ehrgeiz bei dem Ausfüllen des Berichts an den Tag gelegt, steht aber für seine Korrektheit ein.
Geräuschvoll holt der Kriminalkommissar Luft: »Ja, ja, diese leidlichen Kommas und diese unnötigen Klammern. Rechtschreibung ist wohl nicht ihre besondere Stärke, Herr Paulich?«
Auch diese Bemerkung bereitet Jörg heftigen Unwillen. Natürlich weiß er, wo ein Komma zu setzen ist oder eben nicht. Schließlich hat er auf seinen Zeugnissen in Deutsch immer eine Eins Plus mit nach Hause gebracht. Worauf er immer besonders stolz war. Wenn in seinem Bericht wirklich ein Komma fehlen sollte, dann im besten Fall aus purer Schussligkeit. Doch irgendeinen Fehler fand ja der Schön immer! Klammern? Na, ja. Die könnte man auch weglassen, wenn man das darin Stehende genauer beschreibt. Aber er wollte doch keinen Roman schreiben.
Heinz Schön weiß sehr genau, was in seinem Assistenten gerade vorgeht. Was dieser aber nicht weiß ist, dass der Kriminalkommissar nach solch kleinen Fehlern bewusst auf der Suche ist, damit der ›Bengel‹ nicht selbstgefällig und leichtfertig wird. Er findet, dass es Jörg Paulich in den Genen liegt. Dass ihm das Lesen seiner Berichte, die durchaus schlüssig und nachvollzieh-

bar sind, die den Sachverhalt klar darstellen, als wäre man mit vor Ort gewesen, ein großes Vergnügen bereitet, lässt er sich nicht anmerken. Er nimmt sich aber fest vor, im nächsten Schlussbericht, ausreichend auf Jörg Paulichs Fähigkeiten hinzuweisen.

Gerade, als er zu seiner Unterschrift, mit einem originell geschwungenen S ansetzt, klingelt sein Mobiltelefon.

Wenig erfreut, angesichts der unverhofften Störung, schaut er auf und gibt Jörg Paulich mit einer Handbewegung zu verstehen, den Anruf entgegenzunehmen.

Dieser hält kurz darauf die Benutzeroberfläche des Handys zu und flüstert seinem Chef zu: »Revierstation Tangerhütte, Kollege Ruprecht!«

Schön kann sich nicht sofort an den Namen erinnern. Fragend schaut er Paulich an.

»Das ist einer der beiden Kollegen, die in Kehnert schon vor Ort waren, als wir dort zum ersten Mal hinfuhren. Das ist ebenjener, der an der Eingangstür vom Seniorenwohnheim stand. Sie erinnern sich? Er sagt, es wäre dringend. Ein Anruf, der Sie erreichen sollte, wäre bei ihm auf der Revierstation Tangerhütte gelandet.«

Der Kriminalkommissar bläst seine Wangen auf, pustet dann langsam die Luft aus und lässt sich dann aber sein Telefon reichen: »Schön hier. Um was geht es denn Herr Kollege?«

Während der Kriminalkommissar den Worten des Polizisten Ruprecht andächtig lauscht, verfinstert sich das Gesicht immer mehr. Er fängt den fragenden Blick von Jörg Paulich ein und sagt in den Hörer: »Wir werden dieser Meldung natürlich nachgehen, dies versteht sich doch von selbst. Ich glaube aber, dass es nichts mit unserem Vermisstenfall zu tun haben kann. Trotzdem werden wir auf Nummer sichergehen. Zumal der Schuss, der auf Marina Pohl abgegeben wurde, in dem Waldstück fiel, wo wir auch unseren Vermissten Erwin Schleicher suchten. Wartet die Frau noch immer an dem Ort, wo auf sie geschossen wurde? Wenn ja, dann fahren Sie bitte dort hin. Sichern Sie den

Tatort, bis die Spurensicherung eingetroffen ist. Ich schicke auch noch meinen Assistenten zu Ihnen. Er soll ihre Aussage aufnehmen, sich alles anschauen, dann die Betroffene mit nach Bertingen bringen, zur genaueren Befragung. Ich werde inzwischen alles veranlassen. Auf Wiederhören, Herr Kollege!«
Während er sich das Gehörte durch den Kopf gehen lässt, versucht er aus dem ungeputzten Fenster zu schauen. Er regt sich für einen kurzen Augenblick über dessen Schmutz auf. Dann trommelt er ruhelos mit den Fingern seiner linken Hand auf der Unterlage des Schreibtisches herum. Der Kriminalkommissar scheint mit sich im Hader zu sein, denn er schiebt seine Unterlippe mit seiner Zunge vor, was er immer nur unter solch vertrackten Umständen tut. Dann wendet er sich an Jörg Paulich: »Wie es scheint, müssen wir ein weiteres Rätsel lösen. Als ob zwei nicht schon genug wären. Eigentlich sagt man ja: ›Aller guten Dinge sind drei.‹ Die Betonung liegt dabei auf gut. Doch von gut kann hier wahrlich nicht die Rede sein. Wir haben einen vermissten Rentner, einen abgetrennten Fuß - von dem wir nicht wissen zu wem er gehört, und nun noch Schüsse auf eine weitere Person. Was hat dies alles miteinander zu tun? Gibt es hier überhaupt einen Zusammenhang?«
Schön denkt noch einen Bruchteil einer Sekunde nach. Dann grinst er. Er verzieht sein Gesicht zu scheinbarer Betroffenheit und sagt ganz nebenbei zu Jörg: »Wie bedauerlich für Sie, Herr Paulich. Es tut mir von ganzem Herzen leid. Aber, wie es im Moment ausschaut, müssen Sie Ihren Bericht vielleicht noch einmal neu anfertigen. Jetzt fahren Sie erst einmal zu dem Stückchen Wald hinüber, der von der hiesigen Bevölkerung auch der Russenwald genannt wird. Dort erwartet Sie Kollege Ruprecht und eine gewisse Marina Pohl. Wenn ich es recht verstanden habe, hat diese einen mittelgroßen Hund dabei. Aber soweit ich es beurteilen kann, ist das ja für Sie kein Problem. Sie wissen, wie Sie fahren müssen? Nein? Also, Sie folgen lediglich dem Ringfurther Weg bis zu einer Kreuzung. Dort schlicht und einfach geradeaus weiterfahren. Hiernach kommen Sie wieder

an eine Kreuzung, da bitte rechts abbiegen. Sie kommen dann auf dem direkten Weg zu dem besagten Wald. Kollege Ruprecht wird sich sicherlich rechtzeitig bemerkbar machen. Alles klar, Herr Paulich? Na dann mal los.«
Jörg Paulich ist seinem Chef nur mit einem halben Ohr gefolgt. Gedankenverloren starrt er vor sich hin. In seinem Kopf arbeitet es wie wild. Dann stellt er sich vor Schön hin und sagt: »Ich habe meinen Bericht mehr als einmal durchgelesen, Herr Kriminalkommissar. Sicherlich kann ich ihn mit einigen brandneuen Erkenntnissen etwas erweitern, ihn dann erst als erledigt verbuchen. Aber, wenn ich ehrlich bin, erscheint mir doch noch so einiges nicht ganz glatt. Ich würde Ihnen dieses gerne genauer erläutern wollen. Wie zum Beispiel ...«
Der Kriminalkommissar sieht nachdenklich zu seinem Assistenten hinüber. Dann unterbricht er ihn barsch und bemüht sich zu lächeln: »Ihr Ehrgeiz in allen Ehren, Herr Paulich. Wir haben alles Notwendige ermittelt, um den Fall Schleicher so weit abschließen zu können, dass wir einen Täter vorweisen und diesen auch der Justiz zuführen können. Was es mit den Schüssen beziehungsweise dem Schuss auf die Frau Pohl auf sich hat, ist noch aufzuklären. Ich bezweifle aber stark, dass es noch eine Rolle spielt, beim endgültigen Abschluss dieses Falles. Gesetzt dem Fall, dass es widererwarten doch noch notwendig ist, ihren Bericht um ein paar Fakten zu erweitern, dann werden Sie eben in den sauren Apfel beißen müssen. Jeder von uns hat mal ganz unten angefangen. Auch ich musste mich einst mit unliebsamen langen Berichten herumschlagen. So ist nun einmal der Lauf der Dinge. Und nun sehen Sie zu, dass Sie ihren aufgetragenen Pflichten nachkommen. Oder muss ich es erst richtig dienstlich werden lassen?«
Mit einem kurzen: »Bin ja schon weg, Chef!«, macht sich Jörg Paulich auf den Weg. Seinen Unmut lässt er mit einem lauten Zuschlagen an der Bürotür aus.
Unwillig schüttelt der Kriminalkommissar den Kopf, grummelt dann leise: »Diese Jugend von heute. Immer brauchen sie eine

Extraeinladung, wenn sie einmal was machen sollen. Sagt man etwas, sind sie gleich beleidigt.«

Nachdem sich Heinz Schön vergewissert hat, das Jörg Paulich tatsächlich mit dem Auto losgefahren ist, ruft er die Spurensicherung an. Er schildert den Kollegen, um was es geht, und fordert ihren Einsatz vor Ort an.

Heinz Schön schaut auf die Wanduhr des Büros. Ihre Zeiger stehen auf halb zehn. Erst jetzt trifft ihn die Erkenntnis, dass Hannelore Golzow und Gustav Freitag nicht zum vereinbarten Termin erschienen sind. »Das darf doch wohl nicht wahr sein«, flucht er leise vor sich hin. Angestrengt überlegt er, was als Nächstes zu tun ist. Da er nicht nur versäumte, sich die Wohnadresse von Hannelore Golzow geben zu lassen, sondern auch ihre Telefonnummer nicht notiert hatte, weiß er nicht, wo er die beiden finden kann.

Hastig durchsucht er den Schreibtisch des Bürgermeisters, in der Hoffnung dort auf das örtliche Telefonbuch zu stoßen. Aber außer einigen dicken Broschüren verschiedener Baumärkte kann er nichts finden, was ihm weiterhilft. ›Die wirklich wichtigen Sachen sind wohl anderweitig unter Verschluss‹, schießt es Heinz Schön durch den Kopf. ›Vielleicht kann mir hier ja der Kollege Ruprecht aus Tangerhütte weiterhelfen. Er müsste doch eigentlich wissen, wo ich Frau Golzow finden kann‹, sind seine nächsten Gedanken.

Nachdem er schließlich die infrage kommende Telefonnummer auf seinem Handy gefunden hat, versucht er, den Polizisten zu erreichen. Aber eine mechanische Stimme teilt ihm mit: »Der Empfänger ist vorübergehend nicht erreichbar. Bitte probieren Sie es zu einem anderen Zeitpunkt wieder. Danke schön.«

So schnell gibt der Kriminalkommissar aber nicht auf. ›Warum einfach, wenn es auch kompliziert geht. Dann versuche ich es eben über einen kleinen Umweg. Irgendwie muss ich doch an die verdammte Adresse oder zumindest an die Telefonnummer der Golzow herankommen?‹ sinniert er. Wieder greift er nach seinem Handy und er wählt diesmal die Nummer von seinem

Assistenten Jörg Paulich. Da er ihn bei dem Kollegen Ruprecht weiß, wird er Jörg einfach bitten, ihn das Handy weiter zu reichen. Dann wird er endlich die Adresse und auch die Telefonnummer erfahren.

Doch wieder ertönt die mechanische Stimme: »Der Empfänger ist vorübergehend nicht zu erreichen. Bitte probieren Sie es zu einem anderen Zeitpunkt wieder. Danke schön.«

»Verflucht und zugenäht. Geht denn heute alles schief? Es ist zum aus der Haut fahren!«, schimpft Heinz Schön laut. Spontan macht er sich seinem Ärger Luft und haut wiederholt mit der flachen Hand auf die Schreibtischplatte ein, bis ihm die Handflächen vor Schmerz brennen.

Warum ihn die augenblickliche Situation so fuchsteufelswild macht, kann er selbst nicht sagen. Aber immer, wenn die Dinge nicht so laufen wie gewünscht, ist ihm einfach mal danach seinem Herzen richtig Luft zu machen. Am liebsten würde er alles aus sich herausschreien.

Erschrocken fährt der Kriminalkommissar zusammen, als sich unverhofft die Tür des Büros öffnet und Jörg Paulich, in Begleitung von Marina Pohl und deren Hund sowie dem Polizisten Ruprecht, den Raum betritt.

Um seine plötzlich einsetzende Verlegenheit zu überspielen, meckert er seinen Assistenten gleich wieder an: »Wo haben Sie sich denn nur die ganze Zeit herumgetrieben, Herr Paulich? Wenn man Sie schon einmal braucht!«

Dann wendet er sich dem Polizisten Ruprecht zu: »Und Sie, wo haben Sie sich aufgehalten, Herr Kollege? Wenn ich fragen darf?«

Er geht auf die beiden vor ihm stehenden Männer zu und fragt sie mit einem bösen Unterton: »Wieso ging keiner von Ihnen an das Telefon? Ich habe mehr als einmal versucht, Sie zu erreichen!«

Gerade als Jörg Paulich etwas zu ihrer Verteidigung sagen möchte, gibt ihm der Polizist flüsternd zu verstehen, dass er ihm lieber das Reden überlassen soll. Nur zu gerne räumt an dieser

Stelle Jörg das Feld, ihm steht es heute nicht mehr nach Maßregelungen durch seinen Vorgesetzten.
Der Polizist Ruprecht stellt sich vor Heinz Schön hin, drückt seinen Rücken durch und erwidert: »Uns hat bedauerlicherweise nicht ein einziger Telefonanruf von Ihnen erreicht, Herr Kriminalkommissar. Wirklich und wahrhaftig nicht! In dieser Gegend ist die Verbindung zum Mobilfunknetz noch nie so prickelnd gewesen. Da gibt es regelrechte Funklöcher, wo man keinerlei Empfang hat. Wahrscheinlich waren wir an eben solch einer Stelle. Auch wir haben versucht, Sie anzurufen, um Ihnen den neuesten Stand, betreffs der Schüsse auf diese junge Frau hier, mitzuteilen.« Dabei deutet er mit seinem rechten Arm auf Marina Pohl hinüber, die eingeschüchtert in der Nähe der Tür stehengeblieben ist.
»Wie sich im Verlauf unserer Nachforschung herausgestellt hat, fand in diesem kleinen Waldstück zur Tatzeit eine Treibjagd speziell auf Füchse statt. Diese wurde nicht ausreichend gekennzeichnet beziehungsweise auf der Seite, wo der Wald von Marina Pohl betreten wurde, gab es gar keine Warnschilder. Der Schütze, Erich Schmitt, hat sich bei uns aus freien Stücken gemeldet, als er uns dort mit der Spurensicherung eintreffen sah. Er ist im vollen Maße geständig. Aber sein Schuss galt nicht etwa der Frau Pohl, sondern ihrem mitgeführten Hund Laika, den er wegen seines rötlichen Felles für einen Fuchs hielt. Dass er sich dafür aber vor Gericht verantworten muss, ist ihm bewusst. Auch, dass ihm der Entzug seiner Jagdkarte droht und der Jagdverband informiert wird. Aber, was mir doch um vieles wichtiger erscheint, ist die Aussage beziehungsweise Beobachtung die Frau Pohl machen möchte!« Aufmunternd schaut der Polizist Marina in die Augen.
Diese macht jedoch keine Anstalten, mit der Sprache herauszurücken. Zu sehr ist Marina noch von dem aufbrausenden Kriminalkommissar beeindruckt, den sie doch aus der Fernsehsendung ›Kripo Live‹ ganz anders, und vor allen Dingen sehr freundlich in Erinnerung hatte. Sie ist sich nun ganz und gar nicht sicher,

ob dies der richtige Ansprechpartner für ihren Fund im Wald ist oder er gar offene Ohren für die damit verbundene Geschichte haben wird.

Aber ein sanfter Rippenstoß von Jörg Paulich und seine freundliche Aufforderung: »Junge Frau, nun mal nicht so schüchtern. Sie wissen doch: ›Hunde, die bellen, beißen nicht!‹ Und unser Herr Kriminalkommissar ist wirklich ein ganz Lieber. Ihm fehlen wahrscheinlich nur ein starker Kaffee und eine selbstgedrehte Zigarre, dann frisst er Ihnen aus der Hand. Stimmt's, Chef?« Vorsichtig schaut Jörg zu Heinz Schön herüber und er wartet darauf, wieder eine Zurechtweisung zu bekommen, weil er in solch einer verharmlosenden Form von ihm spricht. Wider Erwarten nickt ihm Schön aber bestätigend zu.

Der Kriminalkommissar nimmt nun in einem der alten Ledersessel Platz und bittet Marina es ihm gleich zu tun, in den er auf den anderen leeren Sessel weist. »Sie haben mich heute wahrhaftig auf dem falschen Bein erwischt. So einen Tag kennt doch jeder von uns. Dafür möchte ich mich in aller Form bei Ihnen entschuldigen. Doch kommen wir zu dem, was Sie mir gerne anvertrauen möchten. Sie brauchen hier wirklich keine Zurückhaltung an den Tag legen. Sie wissen doch. Ihre Polizei, ihr Freund und Helfer.«

Marina mustert eingehend die drei anwesenden Männer. Doch dann ist sie froh, endlich ihre Seele von dieser großen Last der Ungewissheit, der Angst, und auch des Nichtfürvollgenommen zu werden, befreien zu können.

Aufmerksam lauschen ihr der Kriminalkommissar, sein Assistent und der Polizist Ruprecht, wobei sich alle drei fleißig Notizen in ein kleines Merkheft machen.

KAPITEL 14

Gustav Freitag und Hannelore Golzow werden nach dem abschließenden Gespräch mit Kriminalkommissar Heinz Schön freundlicherweise von Günter Fricke zu dem Wohnhaus der Heimleiterin nach Sandfurth gefahren und dort abgesetzt. Mit einem flüchtigen Küsschen auf jede Wange von Hannelore und einem aufmunternden Schulterklopfen bei Gustav verabschiedet er sich aber schnell von den beiden. Bevor er in sein Auto steigt, dreht er sich noch einmal kurz um, hebt zum Abschied winkend die Hand, und fährt davon.
Im Grunde genommen hätten Hannelore und Gustav sich jetzt viel zu erzählen, aber sie verbringen die restlichen Abendstunden in einem fast vollkommenen distanzierten Stillschweigen miteinander. Keiner weiß so recht, wo beginnen, mit dem Erzählen. Zuviel hatte sich in den letzten Jahren in ihrem Leben zugetragen.
Obwohl sie später das Abendbrot im trauten Miteinander zubereiten, es unter gewöhnlichen Begleitumständen sicherlich sehr lecker geschmeckt hätte, schlägt die Stimmungslage aus heiterem Himmel völlig um. Hannelore weicht nicht nur den Augen von Gustav immer wieder aus, sondern sie spricht auch kaum noch ein Wort mit ihm. Selbst körperlich geht sie auf Abstand zu ihm. Gerade so, als wenn ihr eine Berührung von ihm heftige Schmerzen bereiten würde.
Gustav verspürt eine tiefe Ablehnung an ihr, die sich dann in blanken Ekel zu verwandeln scheint, um letztendlich von einem nur schwer zu umschreibenden Verhalten, einer Art von Reuegefühl, abgelöst zu werden.
Sehr lange bleiben sie an diesem Abend dann nicht mehr auf. Es will sich die alte Vertrautheit, das Gefühl von Verliebtsein, was

sie einst so zart verknüpfte und wie ein roter Faden durch ihr Leben begleitete, nicht wiedereinstellen. So verschwinden sie, wie ein altes verkrachtes Ehepaar, im Schlafzimmer von Hannelore und in ihrem seit langen nur von ihr genutztem Ehebett.

Deshalb verwundert es Gustav sehr, als Hannelore wenig später, ohne ein Wort zu sagen, sich ihrer Nachtbekleidung entledigt und vorsichtig unter seine Bettdecke gekrochen kommt.

Obwohl ihm an diesem Abend nicht nach körperlicher Berührung geschweige denn körperlicher Vereinigung zumute ist, er sich regelrecht dazu durchringen muss, schlafen sie dennoch miteinander. Aus irgendeinem Beweggrund muss sie der Überzeugung sein, dass sie an ihm etwas wiedergutzumachen hätte, ihm etwas schulden würde. Er will und kann ihr zu liebe dieses absonderliche Angebot einer Wiedergutmachung nicht ausschlagen. Zumal er von sich aus, ihr sich an diesem Abend nicht auf diese Art und Weise genähert hätte.

Doch der Beischlaf verläuft dann beinahe so, wie zuvor das Abendbrot. Er tut es auf die Weise, wie man es nur tut, weil man es tun muss, weil sie es von ihm nicht anders erwartet. Im Normalfall hätte Gustav ihre leibliche Annäherung, ihre totale Hingebung, als ein Geschenk angenommen, und es auch als Mann sicherlich genossen. Doch das verhängnisvolle Aufeinanderfolgen all der zurückliegenden Ereignisse trägt wahrlich nicht bei, sein Stimmungsbarometer zu heben.

Das spürt natürlich auch Hannelore, dass alles im Allen nicht ohne Auswirkungen an ihm vorbeigegangen ist, beziehungsweise gegangen sein kann. Gustav ist sich durchaus im Bilde, dass sie es ahnt beziehungsweise weiß.

Irgendwann holt sich Gustavs Körper das, was er am meisten braucht, wovon er in den letzten Tagen zu wenig bekam, Schlaf. Gepiesackt von den Bruchstücken eines einsetzenden Angsttraums, aus dem er aufgefahren ist, und einem empfindungslosen Gefühl im rechten Arm, erwacht er schon nach kurzer Zeit. Diesmal ist aber nicht sein Rheuma daran schuld, wie er zuallererst dachte, sondern es ist Hannelore, die mit ihrem Kopf auf

seiner rechten Schulter vom Schlaf übermannt worden war.
Er hebt mit seiner linken Hand vorsichtig ihren Kopf etwas an, schiebt behutsam sein Kopfkissen darunter, und er bringt es auf irgendeine Art und Weise fertig, sie nicht aus dem Schlaf zu reißen.
Gustav verspürt nicht nur einen faden Geschmack in seinem ausgetrockneten Mund, sondern auch einen tiefen seelischen Schmerz, denn der Angsttraum, an den er sich zu entsinnen glaubt, ist in Wirklichkeit keiner.
Er muss an seine Tochter Irmgard denken. Urplötzlich, im wahrsten Sinne des Wortes von einem Augenblick zum anderen, sind der Seelenschmerz und die Reue da, die er bis jetzt nicht an sich herangelassen hatte. Seine völlig unsinnige Ablehnung, die Realität anzuerkennen, und der ebenso unglaubliche Groll auf die Schicksalsfügung, welche so unbarmherzig und ohne Veranlassung ihr aller Leben gestreift und zugeschlagen hatte.
Gustav Freitag bemüht sich, ein Bild von Irmgard in sein Gedächtnis zu rufen. Doch schockiert muss er sich zugestehen, dass es ihm nicht gelingt. Er sieht sich an dem Tag, an dem ihm unbewusst sein Geständnis ihr gegenüber herausgerutscht war, so glasklar, wie auf einer gestochen scharfen Fotografie. Er sieht, wie sie auf ihrem Sofa sitzt, haltlos weint, sieht ihre Garderobe, hört den Ton ihrer Stimme. Nur ihr Gesicht fehlt auf diesem Bild. Wie kann er ihr Gesicht vergessen haben? Warum weigert sich sein eigenes Ich so hartnäckig, das Bildnis seiner Tochter vor ihm auferstehen zu lassen?
Ihn hält nichts mehr im Bett, er steht auf, tritt an das Fenster. Behutsam zieht er die schweren Vorhänge beiseite. Gustav schaut sich erschrocken nach Hannelore um, als die Vorhangrollen ein klapperndes Geräschel erzeugen. Diese wacht aber zum Glück nicht auf. Sie zappelt nur ein wenig unruhig im Schlaf, dreht sich schließlich auf die andere Seite herum, um mit einem leichten Schnarchen weiterzuschlafen.
Gustav sieht wieder aus dem Fenster hinaus. Die Dorfstraße liegt verlassen da, nur ein paar wenige Autos parken vor den

Einfahrten der Häuser. Ihre Schatten wirken in dem spärlichen Licht der wenigen Straßenlaternen, die aus Sparsamkeitsgründen nächtens ihren Dienst tun dürfen, wie höckerige Kreaturen aus dem Reich der Finsternis. Wie an fast jeden dieser Oktobernächte wabern dicke Nebelschwaden durch die Straßen, die Gustav an blässliche Gespenster denken lässt. Der Anblick der schlafenden Ortschaft ruft in ihm ein befremdliches Durcheinander, bestehend aus Angst und Verzauberung, hervor.

Plötzlich schießt ihm ein Gedanke durch den Kopf: ›Was, wenn Erwin Schleicher doch nicht tot wäre? Der reale Alptraum sich in ein Nichts auflösen würde? Könnte dann alles wieder gut werden, gerade so, als wenn nichts geschehen wäre?‹

Sein Nachdenken wird durch ein dezentes Geraschel unterbrochen. Gustav dreht beschämt den Kopf zu Hannelore um, weil er mutmaßt, sie nun doch gestört und geweckt zu haben. Aber sie liegt immer noch auf der Seite, zusammengerollt wie ein Ungeborenes im Mutterleib. Nur, dass sie jetzt ihren Mund einen Spalt offen stehen und das leise Schnarchen aufgegeben hat. Er ist erleichtert, sie nicht wach gemacht zu haben. Wer weiß, was sie in den nächsten Tagen noch alles erwarten wird. Das ist es für sie sicherlich vom Vorteil, ausgeruht zu sein.

Gustav möchte sie mit seiner nervösen Unruhe nicht anstecken und sie doch noch aus dem Schlaf holen. Er sammelt seine wenigen Sachen ein und verlässt leise, die Tür vorsichtig hinter sich zuziehend, das Schlafzimmer. Er fühlt sich müde, aber nur an Leib und Seele. Im Widerspruch dazu glaubt er zu wissen, dass er in dieser Nacht keinen rechten Schlaf mehr bekommen würde. Vielleicht versteckt sich ja auch einfach nur ein Nichtschlafenwollen dahinter, denn seine Gedanken sind durchdrungen von dem unvermeidlichen Verlust seiner Tochter Irmgard, der Tat an Erwin Schleicher, und das Aufgeben müssen seiner wiedergefundenen Liebe, von Hannelore. Sicherlich würde er zu einem späteren Zeitpunkt eine ordentliche Mütze Schlaf finden, wenn er so schlafbedürftig war, dass selbst Angstträume keinerlei Macht mehr über ihn haben würden.

Gustav geht in die wohnlich eingerichtete Küche hinüber. Kaum hörbar zieht er die Tür ins Schloss. Dann kleidet er sich ohne besondere Eile an, denn es ist erst kurz vor null Uhr, und die Nacht hat noch einige Stunden vor sich.

Durch die, bis auf einen kleinen Spalt, heruntergelassene Außenjalousie dringt nur wenig mattes Licht herein, welches merkwürdig dunstig aussieht, und welches nach und nach den gesamten Raum einnimmt. Gustav spürt beinahe schmerzhaft eine vollkommene Lautlosigkeit, denn von draußen dringt keinerlei Geräusch zu ihm herein. Irgendwie fühlt er sich gefangen in Raum und Zeit. Unter ihm scheint sich ein Abgrund aufzutun, der ihn hinabziehen will.

Gustav schüttelt über dieses sonderbare Empfinden seinen Kopf. Um sich davon abzulenken, bereitet er sich einen Kaffee zu. Leider hat die Frau des Hauses nur lösliches Kaffeepulver vorrätig. So gibt er sehr reichlich Kaffeesahne und viel Zucker hinzu. Anders würde er sicherlich dieses Gebräu, welches für ihn immer penetrant nach künstlichen Aromen schmeckt, nicht hinunterbekommen.

Als die Wirkung des koffeinhaltigen Getränkes einsetzt, hat sich die Problematik, ob er sich doch noch eine kleine Runde auf das Ohr hauen soll, verabschiedet. Was tun, jetzt wo er endgültig putzmunter ist? Zu gern würde er das kleine Kofferradio einschalten, welches auf einem Wandbord in der Küche steht, oder auch den Fernseher. Doch bei seiner schon etwas vorrückenden Schwerhörigkeit müsste er die Lautstärke beider Geräte sehr hoch einstellen, um überhaupt etwas verstehen zu können. Im Zuge dessen würde er mit allergrößter Wahrscheinlichkeit nicht nur Hannelore wach bekommen, sondern die Nachbarn der anliegenden Häuser auch.

So sitzt er im völligen Dunkeln, sein Gesicht der Tür zugewandt, und gibt sich der immer noch beherrschenden Lautlosigkeit hin. Er denkt darüber nach, wie es wohl nach dem Unterzeichnen seines Geständnisses für ihn weitergehen würde.

Ein greller Lichtstreifen am Fußboden, unterhalb der Küchentür, holt ihn aus der Gedankenwelt zurück. Fragend runzelt Gustav die Stirn. Angestrengt lauscht er, ob auf der anderen Seite der Tür etwas zu hören ist, aber alles bleibt ruhig. Er öffnet die Tür einen kleinen Spalt, blinzelt ein wenig mit seinen Augen, bis er sich an das grelle Licht gewöhnt hat, und tritt dann in den Flur hinaus. Erwartungsvoll ruft er: »Hannelore? Bist du das?« Seine Frage wird nicht beantwortet. Nachdem er sich gründlich umgesehen hat, er sieht, dass Hannelore nicht da ist, fragt er sich: ›Wer, zum Teufel noch mal, hat dann aber sämtliche Beleuchtung im Flur angeschaltet?‹

Für einige wenige Augenblicke steht er stillschweigend da, fühlt sich irgendwie ratlos. Plötzlich meint er, aus dem Augenwinkel heraus, eine schnelle Bewegung gesehen zu haben. »Ist hier jemand?«, ruft er nun schon etwas lautstarker, mit fordernder und ungehaltener Stimme. Dann durchsucht er alle Räumlichkeiten, die an den Flur angrenzen. Er ist sich sicher, dass sie nicht allein im Haus sind.

Die Tür zur Schlafstube öffnet sich und Hannelore kommt schlaftrunken heraus. Höchstwahrscheinlich hat er sie mit seinem lauten Rufen aus dem Tiefschlaf herausgerissen. Sie schaut um ihre Augen herum verschwollen aus, beinahe so, als wenn sie stundenlang geweint hätte. Leicht schwankend geht sie auf Gustav zu. »Ist irgendetwas nicht in Ordnung, Gustav?«, fragt sie leise, ein herzhaftes Gähnen unterdrückend.

»Alles in bester Ordnung. Ich bin nur nach einem blöden Traum wach geworden, konnte nicht wieder einschlafen, und wollte dich nicht stören. Da du schon fragst. Eines wäre da, was ich gerne von dir wissen möchte. Geht bei dir das Licht im Flur immer alleine an? Ist das irgendwie gesteuert, durch eine Zeitschaltuhr oder einen Bewegungsmelder? Als ich vorhin in der Küche saß, brannte nämlich plötzlich das Licht und es war keine Menschenseele weit und breit zu sehen. Es kam mir schon etwas merkwürdig vor. Es tut mir echt leid, dass ich dich mit meinem lauten Rufen aus dem Schlaf geholt habe. Das war wirklich nicht meine Absicht!«

»Halb so wild. Es gibt Schlimmeres«, winkt Hannelore ab. »Sag mal, Gustav? Wie spät ist es jetzt eigentlich?« Suchend schaut sie sich nach ihrer Armbanduhr um, die sie am Abend zuvor auf der Flurgarderobe abgelegt hatte. »Oh je, ich muss schon in vier Stunden wieder auf Achse sein, dabei bin ich doch noch so ...«
Mitten im Satz legt sie unverhofft eine Pause ein und als ihr Gustav mit seinem Blick folgt, kann er nur im allerletzten Augenblick ein heftiges Zusammenzucken unterbinden. Die Haustür ist nicht mehr verschlossen, wie noch vor wenigen Sekunden, sondern sie steht sperrangelweit offen. Auf dem mit Schnörkeln verzierten gusseisernen Abtreter vor der Tür steht eine Grablaterne aus massivem Kunststein, in der eine schwarze Kerze im seichten Wind unruhig flackert, und auf welcher ein Strauß schwarzer Rosen liegt. Auf einem Streifen dicker Pappe, die an dem Strauß befestigt ist, steht in Großbuchstaben: ICH WERDE DICH HOLEN!!!
Hannelore ist nicht im Stande etwas zu sagen. Sie schaut nur abwechselnd zu der geöffneten Tür und dann wieder zu Gustav hinüber. Kreidebleich sucht sie an der Wand Halt. Er kann buchstäblich fühlen, wie eine komplette Maschinerie winziger Zahnräder in ihrem Kopf eifrig zu arbeiten beginnt, die immer schneller ihren Gedanken eine Entwicklung geben, der er rein gefühlsmäßig nicht folgen möchte. Und doch fragt er sie behutsam: »Was hat dich so erschreckt? Hast du einen Geist gesehen? Etwa den Geist von Erwin?«
Hannelore sieht ihn einen Augenblick mit einem verzweifelten Ausdruck in ihrem Gesicht an. Sie hebt die Schultern, dreht sich zur Haustür um, und mit einem tiefen Aufseufzen, wirft sie diese zu: »Angenommen, du hast recht, und dein Verdacht wäre nicht aus der Luft gegriffen. Was würde dann geschehen? Würde man mich als durchgedreht bezeichnen und wegsperren? Doch das, was ich glaube gesehen zu haben, ist mit wenigen Worten erzählt. Seine Erscheinung begegnete mir schon kurz nach seinem Verschwinden das erste Mal. Bloß, dass ich damals noch gar nichts wusste von seinem Verschwinden. Das Telefon

riss mich an diesem Morgen aus dem Schlaf. Erschrocken fuhr ich auf und mir schien, als ob ich die Gesichtszüge von Erwin ganz kurz im Spiegel meines Schlafzimmerschrankes gesehen hätte. Ich wischte mir schlaftrunken über meine Augen und das Bild war weg. Ich gab damals noch nicht viel drauf. Dennoch begegnete mir immer wieder und immer häufiger sein Abbild. Ich glaubte schon, dass ich langsam verrückt werde. Es gibt so vieles, was wir Menschen noch nicht verstehen! Lass uns die verbleibenden Stunden, die wir noch für uns haben, nicht mehr von ihm reden. Hast du Appetit auf einen Kaffee? Einen richtigen, meine ich. Nicht solch einen aus Instantpulver. Woher hast du eigentlich dieses Zeugs? Man riecht das ja im ganzen Haus! Ich gehe mir nur schnell etwas überziehen, ich fange nämlich an zu frieren.«
Eilig verschwindet Hannelore im Schlafzimmer.
Während Gustav noch über ihre Worte, betreffs der zahlreichen Erscheinungen von Erwin, nachdenkt, verspürt er einen unbeschreiblichen Schmerz in seinem Nacken, der schnell von seinem ganzen Körper Besitz ergreift. Wie er benommen in sich zusammenfällt, hart mit seinem Kopf auf der Flurgarderobe aufschlägt, schließlich auf dem Teppich zu liegen kommt, dringt schon nicht mehr in sein Bewusstsein.
»Hallo!«, ruft Hannelore, »Was ist denn das für ein Lärm? Ich bin gleich bei dir! Kleinen Moment noch!« Sie hat zwar ein Geräusch gehört, kann sich aber keinen rechten Reim darauf machen. Hastig streift sie sich ihre Hausschuhe über, die sie erst nach intensiver Suche unter ihrem Bett findet. Sie zieht etwas beunruhigt die Schlafzimmertür auf und sagt noch einmal: »Ich habe dich gefragt, was das für ein Lärm ist? Gustav? Was soll das? Wo steckst du, verdammt noch mal? Ich finde das gerade nicht lustig!« Nun schon ziemlich ungehalten ruft sie nach ihm.
Nicht gleich erfasst sie das Blut auf der Garderobe, nur den leeren Flur nimmt sie wahr, dann ein verhaltenes Stöhnen, welches aus ihrer Küche zu kommen scheint.
Mit zittrigen Knien und einem unbehaglichen Gefühl in der Ma-

gengegend drückt Hannelore die Küchentür auf, um nach dem Rechten zu schauen.

»Um Himmels willen, was ist denn hier nur passiert?« Schnell geht sie zu dem bewusstlosen Gustav hinüber. Erschrocken betrachtet sie die große Platzwunde an Gustavs Hinterkopf. »Oh, mein Gott! Das sieht ja schlimm aus! Das muss sofort versorgt werden.«

Sie stockt mitten im Wort, als sie die Bewegung hinter sich spürt. Nur der Schatten an der Wand verrät ihr, dass jemand hinter ihr steht. Wenig später ergeht es ihr so, wie es wenige Minuten zuvor Gustav erging. Ein stechend brennender Schmerz im Nacken, der sich schnell ausbreitet und ihr buchstäblich den Teppich unter den Beinen wegzieht, ist alles, was sie noch wahrnehmen kann. Dass sie im Gegensatz von Gustav liebevoll aufgefangen wird, entgeht ihr aber schon.

KAPITEL 15

Als Gustav Stunden später erwacht, ist es draußen taghell. Dem Stand der Sonne nach muss es schon nach ein Uhr mittags sein, denn nur dann scheint die Sonne geradewegs in das Küchenfenster von Hannelore Golzow hinein.

Er ist nicht nur im hohen Maße verwirrt, sondern auch mit einer gehörigen Portion Sorge erfüllt. ›Wo ist Hannelore? Was geschieht hier?‹, geht es ihm durch seinen schmerzenden Schädel, der sich für ihn irgendwie fremd anfühlt. Plötzlich steigt Übelkeit in ihm auf. Der aufkommende Brechreiz ist überwältigend. Doch ein faustdicker Knebel verhindert, dass er sich übergeben kann. So bleibt ihm nichts anderes übrig, als all das säuerliche Zeug wieder Hinterzuwürgen. Tränen der Verzweiflung und des Ekels rennen über seine stoppligen Barthaare.

Im selben Augenblick wird ihm bewusst, dass er nicht allein in der Küche ist. Irgendwer steht direkt hinter ihm. Er kann es fast körperlich fühlen. Unvermittelt beginnt er, wie Espenlaub, zu zittern. Schweiß tritt ihm aus jeder einzelnen Pore. Gustav möchte sich der Person zuwenden, die hinter ihm steht, aber ein starker Strick, der ihn an den Stuhl gefesselt hält, verhindert es.

Der Fremde greift unvermutet in Gustav seine Haare, zieht dessen Kopf nach hinten, bis man ein lautes Knacken im Nacken deutlich vernehmen kann. Dann lässt er ein lautes böses Lachen erschallen, welches sich nicht natürlich anhört, sondern wie von einer Maschine künstlich erzeugt. Eiskalte Finger legen sich um seinen Hals, die ihm die Luft ohne Erbarmen immer mehr abzuschnüren.

Doch Gustav wehrt sich erfolgreich gegen die aufsteigende Ohnmacht. So leicht will er es dem Fremden nun nicht machen. Irgendwie ahnt er, dass dieser ihn nicht aus dem Weg räumen

will, nicht gleich zumindest. Er ist darauf aus, ihm Schmerzen zu bereiten, um ihn leiden zu sehen. Wofür und weshalb auch immer. Diese Eingebung lässt ihn durchhalten. Er versucht noch einmal sich aus seinen Fesseln zu befreien, aber diese sind so fest angelegt, dass es ihm einfach nicht gelingen will.
Unvermittelt lockert sich der erbarmungslose Griff, der seinen Hals umklammert hält. Auch der Knebel wird ihm aus seinem Mund entfernt. Endlich bekommt er genügend Luft.
»Willst du dir irgendetwas von der Seele reden, du Versager? Dann spuck es aus! So schnell wirst du nicht wieder die Gelegenheit bekommen. Vielleicht auch gar nicht, wenn ich mit dir erst fertig bin!«, fragt ihn die künstliche Stimme.
Unter großer Anstrengung presst Gustav zwischen seine trockenen Lippen hervor: »Wo ist Hannelore? Was haben Sie mit ihr gemacht? Lebt sie noch?«
»Hannelore, ist das jenes Weibsbild, die gestern Abend bei Dir war? Oder warst Du bei ihr? Ist ja auch schnurzpiepegal«, sagt die gekünstelte Stimme. »Sie liegt gut verschnürt im Schlafzimmer auf dem Bett und wartet auf ihren gnadenvollen Tod. Ob er dieses wird, hängt ganz allein von Dir ab!«
Gustav erschrickt, als der Fremde nach seiner unruhigen Wanderung durch die Küche unvermittelt vor ihm stehen bleibt. Mit seinen Augen tastet er ihn unauffällig von oben nach unten ab. Aber nichts an diesem Mann verrät ihm, welche Person sich unter dem schwarzen bodenlangen Überwurf, hinter der schwarzen Skimaske und der dunkel getönten Sonnenbrille verbergen mag. Gerade, als er ihn fragen will, was der ganze Aufstand hier zu bedeuten hat, wird ihm der Knebel wieder brutal in den Mund gestopft.
Händeringend überlegt Gustav, wie er seine Hannelore und auch sich aus dieser Situation befreien kann, ohne dass sie Schaden nehmen. Es muss doch eine Lösung für das alles geben. Seine Überlegungen werden durch das andauernde Betätigen der Türklingel vorerst unterbrochen. Ein kleiner Funken von Hoffnungsschimmer schleicht sich in Gustav sein Herz.

»Kein Mucks, Freundchen! Oder du bist tot!«, flüstert ihm der Fremde in sein Ohr und hält ihm ein scharfes Tranchiermesser an den Hals, welches er zuvor aus einem Messerblock entnommen hat. »Nur einen Ton von dir und mache ich dich einen Kopf kürzer! Was ich mit deiner kleinen Hure alles anstellen werde, wirst du dann nie erfahren. Also Maul halten, wenn du noch ein bisschen leben willst!«
Stumm warten die beiden so verbundenen Männer ab, was weiter geschehen wird.
Schon nach wenigen Sekunden wird die Klingel erneut betätigt. Ununterbrochen schalt ihr Bimmeln durch das Haus, als wenn jemand den Finger nicht wieder vom Klingelknopf nehmen würde.
Dann hören sie, wie heftig an der Eingangstür gerüttelt wird. Eine für Gustav sehr bekannte Stimme ruft: »Frau Golzow, das hat doch alles keinen Zweck. Machen Sie bitte umgehend die Tür auf. Wir wissen, dass Sie zu Hause sind. Ihre Nachbarn haben uns sagen können, dass Sie seit gestern Abend das Haus nicht mehr verlassen haben. Seien Sie bitte vernünftig. Wir haben einen Haftbefehl gegen Herrn Freitag vorliegen. Da er nicht wie vereinbart heute Morgen erschienen ist, betreffs seiner Aussage und der Niederschrift seines Geständnisses, werden wir ihn umgehend vollziehen. Machen Sie es sich doch nicht unnötig schwer. Ich muss Sie sonst wegen Behinderung einer polizeilichen Maßnahme in Gewahrsam nehmen. Das will doch keiner! Also bitte! Öffnen Sie ihre Tür!«
Der Sprecher verstummt für einen kleinen Augenblick. Gedämpft hört man ihn mit anderen Personen vor der Tür diskutieren und Anweisungen geben. Erneut richtet der Kriminalkommissar das Wort an Hannelore: »Wie Sie wollen! Ich werde gleich langsam bis zehn zählen. Öffnen Sie bis dahin nicht freiwillig, werden wir uns mit aller Gewalt Eintritt verschaffen müssen. Haben Sie mich verstanden, Frau Golzow? Es ist ihre letzte Chance!«
Heinz Schön wartet noch eine halbe Minute, bevor er zum wie-

derholten Mal das Wort an Hannelore richtet: »Frau Golzow, ich bitte Sie inständig. Mir liegt jede Anwendung von Gewalt fern. Doch wie es scheint, lassen Sie mir keine andere Wahl. Ich zähle jetzt. Eins, zwei, drei, vier, fünf, sechs, sieben, acht, neun und Zehn!«
Da dem unmissverständlichen Fordern von Heinz Schön nicht Folge geleistet wird, nimmt das Geschehen seinen unabwendbaren Lauf.
Das Zerbersten von Holz, das Zersplittern von Glas, lässt nicht nur Gustav Freitag bis ins tiefste Innere erschrecken, auch der Fremde muss von dieser plötzlichen Wendung völlig überrascht sein. Er bezieht hinter dem Stuhl, auf dem Gustav immer noch gefesselt sitzt, Stellung, wobei er diesem das Messer ganz dicht an die Kehle hält, und völlig die Beherrschung verlierend schreit: »Keinen Zentimeter näher oder der Typ ist tot, mausetot. Ich fackle da nicht lange. Sie sind gewaltig im Irrtum, wenn Sie annehmen, ich habe da irgendwelche Bedenken. Und jetzt raus hier! Sofort!«
Doch der Kriminalkommissar lässt sich nicht so leicht aus der Ruhe bringen. Es wäre ja nicht der erste Übeltäter, den er zur Strecke bringen muss. Deshalb weiß er auch ganz genau, was er tun muss. Er muss versuchen, mit nichtssagenden Worten, den vermummten Mann von seinem Opfer abzulenken, damit seine Kollegen eine Möglichkeit finden, um den Täter überwältigen zu können. So plaudert er munter darauf los, als wenn ihm ein Altbekannter gegenüberstehen würde. »Da Sie ja nun schon einmal ein Gespräch mit mir suchen, wäre es doch sehr höflich von Ihnen, wenn Sie sich mir vorstellen würden. Wissen Sie, als ich noch ein kleiner Knirps war, hat meine liebe Mutter immer gesagt: ›Höflichkeit ziert den Mann und kostet nichts‹. Daran habe ich mich immer gehalten. Wollen wir das auch mal probieren? Mein Name ist Heinz Schön. Würden Sie mir bitte ihren Namen verraten?«, bohrt Heinz Schön hartnäckig weiter.
»Halten Sie ihr verdammtes Maul. Ich muss hier gar nichts. Ich wiederhole mich nur ungern. Machen Sie nicht sofort die Fliege,

dann steche ich diesen verdammten alten Hurenbock ab, wie ein Schwein, und Sie können sich in seinem Blut sielen!«, brüllt der Unbekannte den Kriminalkommissar an.

Während Gustav buchstäblich Blut und Wasser schwitzt, nähert sich Heinz Schön, der inzwischen die Waffe gezogen hat, welche er auf den Fremden gerichtet hält, in kleinen Schritten dem vermummten Mann. »Alles klar. Immer mit der Ruhe. Niemanden muss verletzt werden. Ich will das nicht und Sie wollen das auch nicht. Ich möchte mit Ihnen nur reden. Aber so geht das nicht. Sie müssen das Messer weglegen!« fordert der Kriminalkommissar nun schon recht eindringlich.

Irgendwie hat Gustav Freitag den dicken Knebel aus seinem Mund herausschieben können. Angsterfüllt schreit er sofort los: »So helfen Sie mir doch! Knallen Sie den Wahnsinnigen ab! Sie müssen Hannelore suchen. Er hat sie in seiner Gewalt.«

Ein unbeschreiblicher Schmerz durchläuft Gustav seine rechte Körperhälfte, als ihm das Tranchiermesser in die Seite gestoßen wird. Er bäumt sich ein letztes Mal auf, ehe er bewusstlos wird.

Der Vermummte brüllt: »Ich habe euch gewarnt! Ihr wollt es ja nicht anders? Dann soll es so sein, verbluten vor euren Augen soll dieses Schwein!« Dann holt er zu einem neuen Angriff aus.

Ehe er aber mit dem Messer ein weiteres Mal zustechen kann, mischt sich Jörg Paulich ein, der sich unbemerkt hinter den Rücken von dem Wüterich schleichen konnte.: »Hey, hey, hey! Sie wollen sich mit jemanden anlegen? Wieso nicht mit mir? Es nimmt auf keinen Fall ein gutes Ende für Sie. Seien Sie vernünftig und nehmen Sie die Waffe runter!« Langsam drückt Jörg Paulich seine Dienstwaffe in dessen Rücken. »Geben Sie auf, Mann! Widerstand ist zwecklos. Das Haus ist von der Polizei umstellt. Ich möchte nicht von meiner Schusswaffe Gebrauch machen müssen. Aber ich kann Ihnen ein Versprechen geben, ich werde schießen, wenn es die Situation erfordert! Und nun weg mit dem Messer. Das Ding auf den Fußboden werfen und mit dem Fuß langsam zu mir rüberschieben. Ihre Hände hinter dem Kopf verschränken und schön brav so stehen bleiben!«

Während der Kriminalkommissar unbeirrbar seine Augen auf das Geschehen vor ihm hat, ruft er die beiden Tangerhütter Polizisten zu sich, die ihn zum Haus von Hannelore Golzow begleitet haben. »Legen Sie doch bitte diesem ›netten‹ Herrn die Handschellen an und verlesen Sie ihm anschließend seine Rechte. Dann verständigen Sie bitte den Notarzt. Wie ich das sehe, wird er hier noch mehr zu tun bekommen, als diese Platzwunde und Stichverletzung. Wer weiß denn schon, was dieser Verrückte den beiden injiziert hat. Ich muss mich nun um die Dame des Hauses kümmern. Wenn ich die Situation hier richtig einschätze, dürfte sie sich momentan auch in einer ähnlichen misslichen Situation befinden. Ich danke Ihnen, meine Herren! Ach ja, warten Sie doch bitte damit, das große Geheimnis zu lüften, wer sich hinter der Maskerade und der verstellten Stimme verbirgt, bis wir Frau Golzow gefunden haben. Das wird sicherlich nicht nur mich interessieren, wer hier auf unheilvollen Gevatter Tod beziehungsweise gewaltbereiter Großkotz macht«, wobei er mit seinen Fingern auf den noch Unbekannten zeigt.

Wenig später hört man geräuschvoll die Handschellen einrasten. Der Unbekannte wird auf den einzig freien Stuhl in der Küche platziert. Links und rechts von ihm nehmen die Polizisten ihre bewachenden Posten ein. Während Polizist Ruprecht den Notarzt anruft und ihm die Adresse von Frau Golzow durchgibt, verliest sein Kollege Knecht dem Unbekannten seine Rechte.

Der Kriminalkommissar winkt seinem Assistenten zu sich, um gemeinsam mit ihm die restlichen Räume des Hauses zu durchsuchen. Lange brauchen sie aber nicht bei dem Durchforsten des Hauses, denn ein lautes Stöhnen, und Geräusche, die sich wie das heftige Trampeln von Füßen gegen einen Gegenstand anhören, weisen ihnen buchstäblich den Weg in das Schlafzimmer. Dort entdecken sie dann auch Frau Golzow, die verschnürt wie ein Weihnachtspaket auf ihrem Bett liegt, und verzweifelt versucht, sich aus ihren Fesseln zu befreien.

»Frau Golzow! So beruhigen Sie sich doch endlich. Wir sind ja da. Herr Paulich wird Sie gleich aus ihren Fesseln befreien. Al-

les wird gut! Wir haben den Täter geschnappt. Es droht Ihnen keinerlei Gefahr mehr. Auch Herrn Freitag geht es den Umständen entsprechend gut«, spricht beruhigend Heinz Schön auf die völlig aufgelöste Frau ein.
Jörg Paulich braucht nur wenige Augenblicke, um die Knoten der Fesseln zu lösen. Dankbar fällt ihm Hannelore um den Hals, wobei ihr die Tränen unaufhörlich über ihr Gesicht laufen, die dann auf den Mantel von Jörg hinuntertropfen und dort einen großen nassen Fleck hinterlassen.
»Wären wir dann so weit?«, fragt der Kriminalkommissar etwas ungehalten, weil er solche zu Herzen gehenden Situationen nicht immer gewachsen ist. Sei seine Schale auch nach außen hin ganz fest, tief im Inneren ist er aber ganz weich.
Hannelore Golzow schwankt ein wenig, als sie sich aufrichtet. Halt suchend greift sie nach dem Arm von Heinz Schön. So gehen sie in die Küche hinüber, wo man schon sehnsüchtig auf sie wartet.
Dort hat der herbeigerufene Notarzt Doktor Notnagel Gustav seine Verletzungen provisorisch versorgt. Auf einer fahrbaren Trage liegend, wartet dieser auf seinen Abtransport in das Johanniterkrankenhaus nach Stendal, wo er weiter behandelt werden soll. Auch er ist mit Handschellen am linken Griff der Trage gefesselt worden. Es besteht zwar keine unmittelbare Fluchtgefahr, aber es existiert nun einmal ein Haftbefehl, den es gilt umzusetzen.
Der Polizist Ruprecht hat die Spurensicherung verständigt, die in Kürze im Haus von Frau Golzow eintreffen wird, um ihre Arbeit aufzunehmen.
Sein Kollege Knecht redet momentan beharrlich auf den noch Unbekannten ein. Aber dieser ist nicht gewillt auf irgendeine seiner Fragen zu antworten.
Gebannt sehen alle Anwesenden der Frau Golzow, dem Kriminalkommissar und seinem Assistenten entgegen. Der Ausdruck ihrer aller Gesichter spiegelt Neugier, Anspannung sowie Nervenkitzel zugleich wieder.

Heinz Schön muss sich ehrlich zugestehen, dass er selber überaus gespannt ist, wer sich nun hinter dieser Maskerade verbergen mag. Was wohl diesen Menschen mit Hannelore Golzow und Gustav Freitag in Verbindung bringt? Was hat ihn zu dieser schrecklichen Tat verleitet? Fragen über Fragen.

»Na, dann wollen wir doch endlich das Geheimnis aller Geheimnisse lüften!« Vorsichtig entfernt er dem Fremden die dunkle Sonnenbrille aus dessen Gesicht. Die grauen Augen, die ihn mit wütendem Blick fixieren, kommen Heinz Schön irgendwie vertraut vor. Aber er weiß im Moment wirklich nicht, wo er sie einordnen soll. Um die Spannung nicht weiter im Raum stehen zu lassen, zieht er dem Unbekannten als Nächstes die Skimaske vom Kopf. Plötzlich ertönt neben ihm ein lauter Aufschrei.

Hannelore Golzow fasst sich an ihr Herz, murmelt kaum vernehmbar: »Erwin!«, bevor sie in Ohnmacht fällt.

Gustav Freitag, der der weiteren Entwicklung nicht recht gefolgt war, weil ihm die anhaltenden starken Schmerzen im Rücken zu schaffen machen, und der Schädel brummt, als wenn eine Dampfwalze darübergefahren wäre, dreht sich nur langsam zu dem Mann auf dem Stuhl um. Aschfahle Blässe überzieht mit einem Mal sein Gesicht. Dann stammelt er mit zittriger Stimme: »Du, Erwin? Das kann doch gar nicht sein! Ich habe dich doch ...« Mitten im Satz bricht er ab.

KAPITEL 16

›Ich glaube, mein Schwein pfeift‹, fährt es Heinz Schön durch den Kopf, ›Endlich ergeben so einige Ungereimtheiten an diesem fall einen Sinn.‹

»Das nenne ich im wahrsten Sinne des Wortes eine gelungene Überraschung«, wendet sich der Kriminalkommissar an Erwin Schleicher. »Mit Ihnen hätte hier wohl keiner von uns gerechnet! Kein Wunder, dass wir ihre Leiche nicht finden konnten, wenn Sie unter den Lebenden weilen. Ich bin schon mehr als neugierig zu erfahren, was Sie uns alles zu erzählen haben. Wollen wir gleich hier ein ›gemütliches‹ Plauderstündchen abhalten oder bevorzugen Sie doch eher eine ordentliche Polizeidienststelle?« Abschätzend und fragend betrachtet Heinz Schön Erwin Schleicher.

Der zieht es aber vor, weiterhin auf nicht mitteilsam zu machen. Er hält seinen Kopf tief gesenkt, wobei seine Augen unentwegt auf seinen schwarzen Umhang gerichtet sind. Geradeso, als ob es dort etwas Interessantes zu betrachten gäbe.

»Herr Paulich, seien Sie so freundlich und nehmen Sie doch diesem Herrn erst einmal sein ausgefallenes Spielzeug ab. Das braucht er jetzt sicherlich nicht mehr. Sie wissen schon, diesen sogenannten Stimmenverzerrer. Auf was für Ideen die Leute doch heutzutage alles kommen?«

Auf ein bisschen wunderlich machend, schüttelt der Kriminalkommissar seinen Kopf. Eine von ihm schon mehrfach getestete Vorgehensweise, um den Täter glauben zu lassen, dass er nicht mehr alle Tassen im Schrank und man mit ihm leichtes Spiel hätte. Erfahrungsgemäß werden seine Gesetzesbrecher dann ein wenig schwatzhafter und so mancher hat sich buchstäblich schon verplaudert. Das erhofft er sich nun auch von Erwin

Schleicher, der in seinen Akten einen recht interessanten Wechsel durchlaufen hat, vom vermissten Rentner, über Mordopfer bis hin zum Geiselnehmer. Mal schauen, was da noch alles hinzukommen wird. Sicherlich wird das Gespräch mit ihm die Lücken in seinen Akten schließen können. Wie zum Beispiel, der abgetrennte Fuß mit der Tätowierung einer Rose und den Initialen HG, der von allen Heimbewohnern des Seniorenwohnheims ›Geborgenheit‹, als die von Erwin Schleicher identifiziert wurde, in das Bild passt. Die Untersuchung durch das gerichtsmedizinische Institut hatte ja keinen Zusammenhang mit dem für ein Mordopfer gehaltenen Erwin Schleicher erbracht. Aber sein Bauchgefühl sagt ihm deutlich, dass es dort einen Zusammenhang geben muss. Welcher, wäre noch zu klären.
Inzwischen hat Jörg Paulich ausgeführt, worum er gebeten wurde. Er hat das Gerät Erwin Schleicher ab und an sich genommen, welches er zugleich hoch interessiert untersucht. Er hat schon viele derartiger Stimmenverzerrer in seinen Händen gehalten, aber immer nur zur Faschingszeit oder als er noch Student war, um dort einen Mitstudenten, natürlich nur aus Spaß, etwas zu erschrecken. Das Gerät hier ist ihm noch völlig unbekannt. Deshalb kann er es sich jetzt nicht verkneifen, es gleich durchzutesten. ›Wie praktisch‹, denkt er, ›Früher musste man seine Stimme bei Telefonstreichen noch umständlich verstellen, heute übernimmt das schon so ein kleines Gerät. Damit lässt sich die eigene Stimme entweder geringfügig mit der Einstellung ›Own‹ oder erfreulich stark in den beiden Stufen ›Monster‹ und ›Alien‹ verändern. Während die Monster-Stimme mit ihrem tiefen, furchterregenden Klang den Angstschweiß bei den Angerufenen auf die Stirn treiben dürfte, klingt die Alien-Stimme, als hätte man eine gute Portion Helium inhaliert.‹
Über die Vorstellung, einmal mit einer solchen hohen Stimme eine wichtige Vernehmung durchzuführen, muss er leise vor sich hin kichern, was prompt mit einem unwilligen Stirnrunzeln von Heinz Schön quittiert wird. Doch Jörg Paulich ist so intensiv mit der Erforschung des Stimmenverzerrers beschäftigt, dass

er es nicht einmal mitbekommen hat.

›Ah ja, hier befindet sich die Halterung, mit der das Gerät am Körper befestigt wurde und auch am Mikrofon ist ein Clip vorhanden, womit man es unter der Gesichtsmaske anbringen kann. Sicherlich muss das Mikrofon möglichst nahe am Mund getragen werden, sonst übertönt man den Lautsprecher mit der eigenen Stimme‹, gehen seine Überlegungen weiter, die von Heinz Schön recht übellaunig unterbrochen werden.

»Sind Sie endlich fertig, Herr Paulich! Wir sind nicht aus unserem Vergnügen hier. Wäre schön, wenn ich von ihrer Anwesenheit auch etwas Nutzbringendes hätte. Wie zum Beispiel, dass Sie sich um den Abtransport der beiden in Mitleidenschaft gezogen Geiseln in ein Krankenhaus bemühen. Keine Widerrede. Ich weiß schon, was Sie gleich sagen wollen. Aber der Notarzt hat noch anderweitig zu tun. Es dreht sich schließlich nicht alles um uns. Wären Sie nicht so vertieft in dieses Spielzeug gewesen, hätten Sie auch den Anruf mitbekommen, den der Doktor erhielt. Ein Krankentransport ist schon von Herrn Doktor Notnagel bestellt worden. Diesen werden Sie dann begleiten, beziehungsweise hinterherfahren. Im Krankenhaus werden Sie sogleich das schon längst fällige Geständnis, von Gustav Freitag, notieren. Es anschließend in der Dienstelle zu Papier bringen und es von unserem Täter, also Herrn Freitag, gegenzeichnen lassen. Dies alles, bevor er auf dem Operationstisch landet. Ich bitte mir diesmal wirklich Eile aus. Haben wir uns fürs Erste verstanden? Ich erwarte Sie später bei mir im Büro. So und nun los!«

Kriminalkommissar Schön wartet gar nicht erst ab, ob seinen Anordnungen von Jörg Paulich nachgekommen wird. Er glaubt seinen Assistenten inzwischen so gut zu kennen, dass er ihm einfach sein volles Vertrauen schenkt. Enttäuscht wurde er schließlich von ›seinem Bengel‹ noch nie. Mag er manchmal auch noch etwas verspielt und blauäugig durch das Leben wandeln.

Wenig später ist auch der Rettungswagen eingetroffen.

Hannelore Golzow, die aus ihrer Ohnmacht zwar wiedererwacht ist, sich aber wegen der durchstanden Strapazen der letzten Stunden noch nicht ganz sicher auf den Beinen fühlt, wird als Erste vom Notarzt ins Auto geführt. Nachdem sie auf dem Tragsessel, der gleich neben der Trage und der Schiebetür des ›Behandlungraumes‹ steht, sicher untergebracht ist, wird Gustav Freitag auf der fahrbaren Trage auf seinen Platz geschoben.
Während die Rettungssanitäter alles zur Abfahrt bereitmachen, nutzt Gustav die günstige Gelegenheit, um Heinz Schön seinen Dank auszudrücken:»Ich weiß, und Sie wissen, dass ich etwas Unrechtes getan habe. Trotzdem haben Sie uns aus den Fängen von dem Unbekannten, das war er ja bis dahin, befreit. Ich bin Ihnen auf immer und ewig zu Dank verpflichtet. Sicherlich sieht das Hannelore auch so. Eine kleine Bitte hätte ich dann aber doch noch an Sie. Könnten Sie bei meiner Tochter Irmgard vorbeischauen und dort nach dem Rechten sehen? Wir sind so unschön auseinandergegangen, dass ich mir nicht nur bittere Vorwürfe mache, sondern auch immense Sorgen um meine Tochter. Auch dafür werde ich tausendmal ›Danke!‹, zu Ihnen, sagen.« Flehend schaut Gustav Heinz Schön in die Augen.
Dieser zieht gedankenvoll seine Stirn in Falten. Noch mehr Aufschub bis zu dem Verhör von Erwin Schleicher wollte er eigentlich vermeiden. Zu sehr brennen ihm verschiedene Fragen auf der Zunge. Doch plötzlich fällt ihm ein, dass ein Gespräch mit Irmgard Jungnickel eh noch aussteht. ›Warum nicht das Eine mit dem Anderen verbinden?‹, überlegt er. Laut sagt er:»Ich habe sowieso noch ein paar Fragen an ihre Tochter, wie Sie sich vielleicht denken können. Natürlich werde ich mich nebenbei, ganz unauffällig, auch nach ihrem Befinden erkundigen, wenn es Sie beruhigt, Herr Freitag. Lassen Sie sich erst einmal ärztlich versorgen und kommen Sie schnell wieder auf die Beine. Nun aber los. Die Zeit drängt.«
Heinz Schön klopft mit seiner rechten Faust an das Fenster der Fahrerseite. Er gibt mit einem Daumen hochhalten zu verstehen, dass einem Abtransport nun nichts mehr im Wege steht.

Der Fahrer des Rettungswagens schaltet die Rundumkennleuchte ein, stellt das Signalhorn auf die Einstellung ›Landhorn‹, dann fahren sie in Richtung Stendal und Johanniter Krankenhaus davon. Wenige Augenblicken später sind sie nicht mehr zu sehen. Nur das aufdringliche Heulen des Horns ist noch eine Weile zu hören, bis auch das schließlich verstummt.
Im gebührenden Abstand folgt ihnen Jörg Paulich mit dem Auto seines Chefs.
Dieser schaut etwas beunruhigt den Abfahrenden hinterher. Ganz besonders Jörg gilt seine ungeteilte Aufmerksamkeit, weiß er doch um dessen auffallenden, manchmal gefährlichen Fahrstil. Schnell, schneller, am Schnellsten.
Die Polizisten Ruprecht und Knecht haben währenddessen den verhafteten Erwin Schleicher in das Polizeiauto einsteigen lassen. Dort sitzt dieser auf dem Rücksitz, die Hände hinter dem Rücken mit Handschellen gefesselt, vollkommen in sich zusammengesunken, und hängt seinen widersprüchlichen Gedanken nach. Auch das der Kriminalkommissar sich wenig später neben ihm setzt, geht an ihm spurlos vorbei. Gerade so, als wenn alles um ihn herum nicht wirklichkeitsnah wäre. Nur aus der Ferne dringt in Erwins Bewusstsein, dass sich der Kriminalkommissar in Bertingen beim Ortsbürgermeister absetzen lassen will. Das Warum dahinter, interessiert ihn nicht wirklich.
Die Fahrt von Sandfurth nach Bertingen dauert nur wenige Minuten. Doch auch nach längerem Klingeln öffnet sich die Tür des Hauses vom Bürgermeister nicht für sie. Eine Nachbarin, man sieht ihr regelrecht an, dass sie nur so tut, als hätte sie momentan etwas Wichtiges hier draußen zu erledigen, teilt ihnen gerne mit, dass Günter Fricke dienstlich für mehrere Tage nach Hamburg verreist sei.
Heinz Schön weiß nun nicht, ob ihn das Nichtantreffen des Bürgermeisters ärgern oder erfreuen soll. Ärgern deshalb, weil er sich wertvolle Hilfe bei der Befragung von Irmgard Jungnickel erhofft hatte, kennen sich die beiden doch schon seit Kindheitsbeinen an. Sicherlich hätte die Frau sich ihm, im dabei sein von

ihrem Altbekannten, eher geöffnet. Erfreuen, weil ihm so das neugierige Gerede von Günter Fricke erspart bleibt. Nun muss er notgedrungen in den sauren Apfel beißen, und den Versuch starten, auch so bei Frau Jungnickel einige verwertbare Informationen zu erhalten.

Der Kriminalkommissar ergibt sich seinem Schicksal und lässt sich zu dem Haus von Irmgard Jungnickel fahren. Bevor er aber die Türklingel betätigt, erteilt er den beiden Polizisten aus Tangerhütte den eindringlichen Befehl, auf ihn zu warten. Schließlich müssen sie ihn, wenn er das Gespräch mit Frau Jungnickel geführt habe, nach Stendal hinüberfahren, da er ja seines Fahrzeugs ›beraubt‹ wurde.

Nachdem das Polizeiauto in einer Parknische abgestellt wurde, dreht sich Heinz Schön zur Tür um und klingelt.

Doch es bleibt hinter der verschlossenen Tür verdächtig still. Abermals betätigt Heinz Schön den Klingelknopf. Angestrengt lauscht er, aber außer dem Klingelton ist wiederum nichts zu hören. »Verdammt und zugenäht! Geht denn heute alles schief? Erst ist der Bürgermeister nicht zu erreichen und jetzt treffe ich wohl schon wieder auf ein verlassenes Heim«, brabbelt er leise vor sich hin, als er doch noch das Geräusch eines sich drehenden Schlüssels im Türschloss vernehmen kann.

Dem Kriminalkommissar überfällt plötzlich eine unerklärliche Befangenheit. Er ist sich längst nicht mehr so selbstsicher, wie er gern den Eindruck erwecken würde. Nur zu gut kann er sich daran erinnern, dass Irmgard Jungnickel seiner vor langer Zeit verstorbenen Frau, bis auf das i-Tüpfelchen ähnelt. Er ist sich mit einem Male unschlüssig, den Besuch und die Befragung wirklich durchzuführen. Heinz Schön besitzt genug Fantasie, um sich ausmalen zu können, welche Emotionen das auf seiner Seite hervorrufen könnte, welche denkbar wären. Es wird sicherlich nicht angenehm, jetzt mit ihr reden zu müssen.

Doch da wird schon die Tür einen schmalen Spalt breit aufgemacht. Eine in Tränen aufgelöste Frau, ihr Gesicht scheint alle Farbe verloren zu haben, die Augen und die Nase sind stark ge-

rötet, schaut ihn fragend an. Irmgard schluckt ein paar Mal, dann wischt sie sich die Tränen aus ihrem Gesicht. So beherrscht wie nur möglich erkundigt sie sich: »Ja, bitte! Was kann ich für Sie tun?« Gleich danach weint sie von Neuem los. Weshalb sie schon wieder weint, kann sie nicht einmal gedanklich in Worte fassen. Ist es die Erinnerung an ihren tödlich verunglückten Mann? Oder die an ihren Vater, der sich als Mörder bei ihr offenbart hatte? Oder was die Leute aus dem Dorf jetzt alles zu wissen glauben, tratschen werden? Oder war es das Leben an und für sich, in dem immer wieder alles gründlich daneben lief?
»Frau Jungnickel! Mein Name ist Heinz Schön. Ich bin der ermittelnde Beamte im Fall ihres Vaters«, spricht Heinz Schön sie behutsam an: »Wie geht es Ihnen. Darf ich hereinkommen?«
Irmgard hält für einen kurzen Moment den Atem an und befiehlt sich selbst: ›Hör auf zu flennen, du hirnverbranntes Weib. Was soll denn dieser Mann hier nur von dir denken!‹ Sie durchsucht hektisch ihre Hosentaschen nach einem Taschentuch, findet es schließlich, schnäuzt sich ausgiebig die Nase, schluchzt ein allerletztes Mal auf, bringt ihre Tränen endgültig zum Stillstand, und holt tief Luft. Ein jähes Zittern durchläuft sie. Als Nächstes versucht sie mit den unterschiedlichsten Gesichtsübungen, ihr verkrampftes Gesicht aufzulockern. ›Fehlt nur noch etwas Farbe in meinem Gesicht‹, denkt sie, und rubbelt sich die bleichen Wangen und die Stirn, um sie der roten Nase und den roten Augen anzugleichen.
Der Kriminalkommissar betrachtet, ohne ein Wort zu sagen, ihr tun. Er möchte sie sich erst fangen lassen, ehe er sie mit seinen Fragen behelligen will.
Irmgard bleibt noch eine ganze Weile unbeweglich im Türrahmen stehen, bemüht an nichts und niemanden zu denken, damit sie nicht wieder ins Weinen verfällt. Sie schaut die lange Dorfstraße von Bertingen hinunter, ohne wirklich etwas zu sehen. Bewusst vermeidet sie jeglichen Blickkontakt zu Heinz Schön. Erst als sie sich hundertprozentig sicher ist, ihre aufgepeitschten Emotionen wieder im Griff zu haben, bittet sie den Kriminal-

kommissar, ihr in das Haus zu folgen.
Heinz Schön geht ihr in das Wohnzimmer hinterher. Dort legt er seinen Mantel auf der Seitenlehne des Sofas ab. Er wartet höflich, bis sich Irmgard in einem großen Sessel, der ganz in der Nähe eines Heizkörpers steht, niedergelassen hat, ehe er sich in den Zweiten setzt. Verlegen bemüht er sich, seine etwas zerknitterte Hose glattzustreichen, bevor seine ungeteilte Aufmerksamkeit Irmgard gilt. »Würden Sie mir bitte anvertrauen, was mit ihnen gerade eben los war?«, fragt er besorgt, bemüht einen väterlichen Ton anzuschlagen.
»Eigentlich nichts Besonderes. Ich bin nur entsetzlich müde, völlig ausgelaugt. Auf die eine oder andere Weise geht gerade alles durcheinander in meinem Leben. Der unverhoffte Unfalltod meines geliebten Mannes, mit dem ich dreiunddreißig Jahre lang glücklich verheiratet war. Die Kinder, die sich von diesem Zeitpunkt an nicht wieder gemeldet haben. Das Verhältnis meines Vaters zu dieser Golzow, welches dann doch keines ist. Der Mord an den Rivalen meines Vaters, wobei er der Täter ist. Mein Vater, meine ich. Verstehen Sie, in welchen schrecklichen Dilemma ich stecke, Herr Kriminalkommissar?« Hilfesuchend schaut sie ihn an.
Heinz Schön geht auf ihre Frage ein und er entgegnet: »Ich verstehe ihre Situation genau. Habe ich doch vor vielen Jahren Ähnliches durchmachen müssen, als meine Frau viel zu früh verstarb. Sie sehen ihr übrigens ...« Mitten im Satz bricht er ab.
›Verdammt! Ich kann ihr doch nicht einfach so meine Lebensgeschichte erzählen. Das führt wirklich zu weit. Wenn doch bloß diese riesengroße Ähnlichkeit nicht wäre‹, durchfährt es Heinz Schön.
Für einen Moment liegt ein in Gedanken verlorenes Schweigen zwischen Irmgard Jungnickel und dem Kriminalkommissar, welches zuerst von Irmgard gebrochen wird. »Soll ich uns einen Kaffee kochen? Oder wäre ein Tee eher ihre Wahl?«
Sie erhebt sich, geht in die Küche hinüber, wo Heinz Schön sie kurze Zeit später hantieren hört. Interessiert schaut er sich in der

Zwischenzeit im Wohnzimmer um. An einem Bücherregal, welches die halbe Wand einnimmt, bleibt er stehen. ›Wow! So viele Kochbücher. Da drinnen würde ich gerne mal länger schmökern wollen‹, denkt er sich und zieht ein dickes Buch mit dem Titel »Italienische Küche« hervor. Er liebt italienische Küche und er hat schon so manches Rezept, für seine Freunde und Arbeitskollegen, in seiner Küche gezaubert.
Als Heinz Schön Irmgard zurückkommen hört, stellt er das Buch auf seinen alten Platz im Regal und lässt sich wieder im Sessel nieder.
Während beide noch an dem heißen Bohnenkaffee nippen, sagt Heinz Schön in die friedlich erscheinende Ruhe hinein: »Ich muss Ihnen noch etwas Wichtiges über Ihren Vater berichten. Er hat Erwin Schleicher nicht getötet. Der erfreut sich noch seines Lebens und bester Gesundheit. Wir sind uns ziemlich sicher, so haben es unsere umfassenden Ermittlungen jedenfalls ergeben, dass ihr Vater eine uns noch unbekannte Person umgebracht hat. Es hat, als Folge dessen, keinen Einfluss an der Beschuldigung, dass ein Mord begangen, beziehungsweise ein Tötungsdelikt, vollzogen wurde. Wer nun sein Opfer geworden ist, bleibt noch zu klären. Das sind die neuesten Entwicklungen.«
Irmgard Jungnickel, die immer noch blassgesichtig in ihrem Sessel sitzt, kämpft wieder einmal mit den aufkommenden Tränen. Man sieht ihr an, wie alles in ihr arbeitet. Unruhig flackern ihre Augäpfel hin und her. Nervös kaut sie auf ihrer Unterlippe herum. Dann sieht sie Heinz Schön fest in die Augen, sagt: »Ich möchte mich jetzt zurückziehen. Es wäre schön, wenn Sie mich allein lassen würden. Ich bin einfach zu müde, um heute noch etwas in diesem Zusammenhang sagen zu können. Ehrlich gesagt, will ich das auch nicht. Es ändert ja nun nichts an der Tatsache, dass dieser Schleicher noch lebt, ein anderer dafür tot ist, dass mein eigener, einst vielgeliebter Vater, zum Verbrecher wurde. Bitte gehen Sie! Sie finden sicherlich alleine raus.«
Heinz Schön erhebt sich langsam, greift sich seinen Mantel, geht dann zu Irmgard herüber: »Falls Ihnen noch etwas einfallen soll-

te, was Ihren Vater entlasten könnte, rufen Sie mich bitte an. Brauchen Sie jemanden zum Reden. Ich bin jederzeit für Sie da. Tag und Nacht. Ich lasse Ihnen meine beiden Visitenkarten da, die für die Dienststelle und die für privat. Wenn etwas sein sollte, vergessen Sie einfach ihre Angst und melden Sie sich bei mir. Bitte.«

Der Kriminalkommissar geht zur Tür, dreht sich dort noch einmal zu Irmgard um und sagt: »Auf Wiedersehen, Frau Jungnickel. Wir bleiben in Kontakt. Alles Gute für Sie.« Leise zieht er die Wohnzimmertür hinter sich zu und verlässt das Haus.

Heinz Schön hat zugegebenermaßen nichts Neues in Erfahrung bringen können, aber die persönliche Begegnung mit Irmgard, so hofft er, wird bestimmt nicht die Letzte gewesen sein.

Schnellen Schrittes geht Heinz Schön zu dem parkenden Polizeiauto hinüber. Nachdem er eingestiegen ist, bittet er seine beiden Kollegen loszufahren und ihn in seiner Stendaler Dienststelle, samt Geiselnehmer, abzusetzen.

Dort angekommen, bereitet sich der Kriminalkommissar auf die Vernehmung von Erwin Schleicher vor, die in etwa einer halben Stunde beginnen soll.

KAPITEL 17

Übermüdet erscheint Heinz Schön in seinem Büro. Schwarze Augenringe, blasse Gesichtshaut sowie tiefliegende Augen lassen ahnen, dass er nur zu wenig Schlaf gekommen ist. Die Vernehmung von Erwin Schleicher am Vortag hatte sich wider erwarten doch länger hingezogen, als von ihm eingeplant war. Wie sich herausgestellt hat, hört Erwin sich mit Vergnügen selber reden. So bekam der Kriminalkommissar zu jeder seiner Frage einen halben Roman zu hören. Sich daraus das wirklich Wichtige herauszupicken, war nicht immer kinderleicht. Nach vielen Stunden des Geduldaufbringens, lag nach der Beendigung der Vernehmung das Abschlussprotokoll des Falles ›Erwin Schleicher‹ vor ihm.
Die Geschichte, welche letzten Endes dem Krimanalkommissar präsentiert wurde, hörte sich an, wie eine bunte Mischung aus zwei Büchern, die er irgendwann einmal gelesen hatte, und wenn er sich recht erinnerte, die auch verfilmt wurden. Sie heißen ›Das doppelte Lottchen‹ und ›Prinz und Bettelknabe‹. Nur, dass bei dieser Geschichte zwei Brüder die Hauptrolle spielen, die nichts von ihrer Existenz wussten und sich aus puren Zufall begegneten.
Leise liest Heinz Schön die Aufzeichnungen durch, die Erwin Schleicher auf einem Blatt hin gekritzelt hat.
… Ich wurde am 8. Mai 1946 in Dranske, auf der Halbinsel Wittow im Nordwesten der Insel Rügen, als drittes Kind von einer Fischerfamilie geboren. Eingeschult wurde ich 1952, drückte zehn Jahre lang die Schulbank, erhielt aber auf Grund schlechter Zensuren nur den Abschluss der 8. Klasse.
Meine Eltern wünschten sich vom ganzen Herzen, dass ich in ihre Fußstapfen treten und das Handwerk eines Fischers erlernen

werde. Dessen ungeachtet entschloss ich mich, den Beruf eines Schlossers zu erwerben. In der Abendschule holte ich die 10. Klasse nach.

Im August des Jahres 1964 begann ich in Warnemünde auf der Warnowwerft, einst der größte Schiffbaubetrieb der DDR, zu arbeiten, wo ich elf Jahre lang blieb.

Bei einem Urlaub in Binz lernte ich 1973 meine zukünftige Frau kennen, die ich zwei Jahre später ehelichte. Die Ehe hielt aber nicht lange, da ich nicht nur einmal Ehebruch beging. Im Mai 1975 wurde die Ehe geschieden.

Mich zog es dann buchstäblich in die Ferne, weg aus meinem alten Lebensbereich. Nur wohin mich mein neues Leben führen sollte, da war ich mir einige Zeit lang nicht schlüssig. Durch Zufall unterhielt ich mich in einer Gaststätte mit einem jungen Mann, der seit einem viertel Jahr auf der Wanderschaft war, und aus Tangerhütte kam. Dort habe er im Eisenwerk gearbeitet. Ebenda würden gerade noch Schlosser gesucht, dringend.

So packte ich meine sieben Sachen, kaufte mir die Fahrkarten für die Bahn und fuhr auf gut Glück los. In den Abendstunden eines sehr warmen Augusttages kam ich in Tangerhütte an. Nun hatte ich ein großes Problem. Wo sollte ich die Nacht verbringen und wie kam ich schnellstmöglich an eine eigene Bude.

Verloren stand ich ein Weilchen auf dem Bahnsteig des Tangerhütter Bahnhofes herum, als ich von einer jungen blonden Frau etwas doppeldeutig angesprochen wurde. Schnell erkannte ich die passende Gelegenheit und nahm ihre angetragenen Dienste an. So kam ich nicht nur für diese Nacht unter, sondern konnte mich auch noch meiner Fleischeslust hingeben. Ungefähr drei Wochen blieb ich. Nebenher bemühte ich mich um eine eigene Wohnung, war ich doch nicht alleiniger Gast der Blondine.

Auf Grund glücklicher Umstände, glücklich ist vielleicht etwas überzogen, aber ein Todesfall wie er eben vorkommt, machte es möglich, dass ich eine möblierte Wohnung beziehen konnte. Traurig war meine Sexualpartnerin nicht darüber, konnte ich ihr doch für ihre Dienste keinen Pfennig zahlen.

Irgendwie musste ich ja von etwas leben und auch die Miete bezahlen können. So ging ich Ende September 1975 zum Eisenwerk in das Personalbüro und bewarb mich um eine Stelle. Für mich völlig überraschend, haben die mich mit sofortiger Wirkung eingestellt. Schon am nächsten Tag begann ich dort zu arbeiten. Bis zum Eintritt meiner frühzeitigen Rente im März 1990, bedingt durch einen Arbeitsunfall am Hochofen, blieb ich im Betrieb.

Zuhause fiel mir aber buchstäblich die Decke auf den Kopf, und des Alleinseins müde, zog ich Ende 2010 in das Seniorenwohnheim ›Geborgenheit‹ um. Eingelebt habe ich mich dort recht schnell. Schöne Frauen gab es auch, was wollte ich mehr.

Vor einem Jahr, bei einem Ausflug der alten Garde aus dem Wohnheim, führte uns eine Busfahrt nach Berlin.

Am Alexanderplatz stand ich plötzlich mir selbst gegenüber. Voller Überraschung schaute mich auch der Andere an. Dass wir als Folge dessen ein längeres Gespräch führten, ist einleuchtend. Wie sich schließlich und endlich herausstellte, saß ich meinem Zwillingsbruder gegenüber. Dieser war gleich nach der Geburt von meinen Eltern zur Adoption freigegeben worden, weil sie zu der damaligen Zeit keinen weiteren Fresser hätten durchbringen können. Er habe im Alter von zehn Jahren von seiner Adoption erfahren. Als er achtzehn wurde, begann er mich zu suchen, ohne Erfolg, bis heute.

Sein Blick ging plötzlich zu meinem Fuß herunter. »Das gibt es doch gar nicht. Du hast ja die gleiche Tätowierung wie ich. Zeig mal her«, meinte er dann. Ich hob meinen Fuß, er auch. Tatsächlich, wir hatten die gleiche Tätowierung und auch das gleiche Monogramm neben der Rose, ein H G. Er erklärte mir, dass sein Monogramm für Hans-Georg steht, seinen Vornamen. Ich erklärte ihm, dass meines für Hannelore Golzow steht.

Wir verstanden uns wirklich auf den ersten Augenblick. Schließlich wollten wir wissen, ob unser Aussehen wirklich identisch ist. So schlossen wir eine kleine Wette ab. Hans-Georg wollte sich mit einigen Senioren vom Heim unterhalten. Sollten sie ihn für mich halten, wollten wir einen Rollentausch machen. Also, er sollte zu ich werden und umgekehrt.

Das Experiment wurde ein voller Erfolg. Niemand erkannte oder sah einen Fremden in ihm. Nun musste die Wette nur noch eingelöst werden. Aber jenes bedurfte noch einiges an Vorbereitungen. So musste ich mich mit dem Umfeld von Hans-Georg vertraut machen, er eben mit meinem. Nach vierzehn Tagen war es dann soweit. Ich nahm seinen Platz in Berlin ein, er den Meinigen im Kehnerter Seniorenheim.

Was ich nicht vorausahnen konnte, dass er die Beziehung zu Hannelore breittreten und sich als Langfinger entpuppen würde. Davon habe ich erst viel später erfahren. Ich weiß gar nicht mehr, wann das war. Jedenfalls wollte ich einmal heimlich die Lage im Seniorenheim peilen, wo mir prompt mein Zimmergenosse Gustav Freitag über den Weg lief. Er stellte mich zur Rede und verpasste mir ein blaues Auge. Ich konnte gar nicht anderes, als das hinnehmen. Als hinter dem Rücken von Gustav mein Zwillingsbruder auftauchte, machte ich, dass ich Land gewann. Sicherlich wird sich Gustav gewundert haben, dass ›ich‹ kein Veilchen bekam. Jedenfalls fuhr ich nach Berlin zurück, weil wir unsere Rollen erst nach Weihnachten wieder tauschen wollten. Der Ausgang der Geschichte ist bekannt. Trotzdem fühlte ich mich verpflichtet, es Gustav heimzuzahlen. Schließlich hatte dieser, meinen gerade erst gefundenen Bruder getötet«.

Heinz Schön ist am Ende des letzten Blattes angelangt. ›Im Prinzip eine runde Geschichte‹, denkt er. Zufrieden legt er das Geschreibsel beiseite. Für ihn ist dieser Fall abgeschlossen und kann der Staatsanwaltschaft überreicht werden. Er hat alles beieinander, sein Abschlussprotokoll ist von Jörg längst ins Reine getippt worden, fehlt bloß noch seine Unterschrift. Die er sogleich daruntersetzt.

Einen neuen Fall wird es in Kehnert auch nicht geben, denn die kriminaltechnische Untersuchung der abgelieferten Knochen aus dem sogenannten ›Russenwald‹ hat unzweifelhaft ergeben, dass es sich dabei, zum Glück, nur um die Knochen eines Rehkitzes handelte.

»Und jetzt ist Feierabend. Der Letzte macht die Tür zu«, ruft Heinz Schön seinem Assistenten fröhlich zu, der in seinem Büro seinen Schreibtisch aufräumt. Endlich!

ENDE